从一粒微尘中窥得日月　在异世中寻找完美世界

辰东超高人气幻想之作　千万读者热烈追捧

完美世界

辰东 ◎ 著

完美世界19
PERFECT WORLD
Oriental Fantasy
辰东 ◎ 著

小千世界 深渊鏖战 祭坛通道 再起冲突

东方幻想热血之作

诸神争霸 谁与争锋　乾坤袋，黄金船，十丈石室，黑暗牢笼，元神散
上古传奇 完美奉献　蛮荒兽，十界图，神禽轻鸣，巅峰大战，脾睨苍穹

人气之作重磅出击，幻想世界热血风暴震撼来袭
起点中文网点击榜、推荐榜双榜热捧！千万读者热烈追捧！备受期待的热血态态来袭

定价
29.80元/册

小千世界 深渊激战 祭坛通道 再起冲突

《完美世界》第1～19册全国火热销售中！

完美世界18
PERFECT WORLD

异人崛起

2

辰东

湖南少年儿童出版社
HUNAN JUVENILE & CHILDREN'S PUBLISHING HOUSE

异人崛起 ②

CONTENTS
/目 录/

图书在版编目（ＣＩＰ）数据

异人崛起. 2 / 辰东著. -- 长沙 ：湖南少年儿童出
版社，2018.5
　　ISBN 978-7-5562-2269-8

　　Ⅰ．①异… Ⅱ．①辰… Ⅲ．①长篇小说－中国－当代
Ⅳ．①I247.5

　　中国版本图书馆CIP数据核字(2018)第055658号

YIREN JUEQI

异人崛起2

辰东 著

责任编辑：阳　梅　　梁　洁　　黄香春
特约编辑：段健蓉　　朱碧倩
装帧设计：杨　洁　　田星宇

出版人：胡　坚
出版发行：湖南少年儿童出版社
社址：湖南省长沙市晚报大道89号　　　　邮编：410016
电话：0731-82196340（销售部）　　　　82196313（总编室）
传真：0731-82199308（销售部）　　　　82196330（综合管理部）
常年法律顾问：北京市长安律师事务所长沙分所　　　张晓军律师

经销：新华书店　印刷：湖南天闻新华印务有限公司
印张：18　　　　字数：264千字
开本：710 mm×1000 mm　1/16
版次：2018年5月第1版
印次：2018年5月第1次印刷
定价：32.00元

第〈27〉章

牛神王

因为一些摩擦便发生了流血冲突，可以想象今日会是多么的不平静，待松果成熟时，想必争斗会更加激烈。

白蛇岭前。

此地已有很多异人，有的坐在山峰上，有的站在山谷口，还有可以飞行的异人，正悬在半空中。

人一多，各种声音自然也就多了，这片区域不再宁静，显得十分热闹。

但是，人们明白，此地弥漫着杀气，争夺大战一旦打响，身边的异人都有可能立刻成为敌人。

所以，他们虽然在交谈，但也都在提防着彼此。

楚风和黄牛也来到了白蛇岭前，原本他和黄牛还想匿迹潜行过来呢，结果发现根本不需要，这里到处都是异人。

"你们两个鬼鬼祟祟的，头上套着个破口袋干吗？"

楚风与黄牛刚来到这里，就有人找碴儿了。那人这样呵斥楚风与黄牛，显然是想给楚风与黄牛一个下马威。

那名异人长相有些可怕，脊背上有一排骨刺，身上有一层细密的青色鳞片，阔口獠牙，看起来很狰狞，跟一只山鬼差不多。

"关你什么事，欺负人吗？"

楚风刚说完，顿时就有四五名异人快速围了上来，他们都是以那名异人为首的。他们几个现在这么做无疑是想抓个典型，建立威势，从而聚集人手。

实力不凡的异人只要展现出自己强硬的手段，便可吸引其他异人加入，从而组成一支队伍。早就有其他异人这么做过了。

"呵，你口气挺冲啊，今天我非要把你那兽皮扒下来不可，我就是看你不顺眼！"为首的那名异人嗤笑道。而后，只听"轰隆"一声，他那覆盖着青色鳞片的拳头快如闪电地直接朝楚风的太阳穴轰了过去。

他十分狠毒，话音一落就展开了凌厉的攻势。要是真的被他打中了太阳穴，楚风估计会丢掉半条命。

"滚！"

楚风眼神冷厉，凌空一脚踢在了他的青色拳头上，当即传出了"咔嚓"一声脆响。他的手骨折断了。

"砰！"

接着，楚风又一脚踢在了他的胸膛上，他顿时如炮弹一般向后飞去，将另外几人撞倒在地。

这才两脚而已，楚风便当场立了威。此时那名异人已满嘴血沫子，浑身痉挛着昏了过去，其他几人则脸色发白。

他们知道自己这回是踢到铁板了，从地上爬起后，都赶紧向后退去。

"兄弟真是厉害啊，我们一会儿结伴而行怎么样？"

果然，楚风只是踢了两脚而已，周围就有一些认可了楚风实力的异人凑了过来，想跟他组成一支队伍。

"对不起，我没什么兴趣。"楚风说道。

在他看来，这种临时组成的队伍看似可以抱团取暖，跟个人比起来强大了不少，但其实队伍里都是一群乌合之众，关键时刻没什么用。

"你也太傲了吧？"有人不满地小声咕哝道。

楚风一眼扫过去，那边顿时没了声音，似乎十分忌惮他，不敢招惹他这种实力强大的异人。

"兄弟，我们跟定你了！"

也有一些人不听劝，执意要跟在楚风后面。

"我真没兴趣！"楚风再次拒绝道。

然而，他低估了这些人的脸皮厚度。他们见他实力出众，而且不愿意跟人组队，觉得他可能是一个顶级高手，说什么都不肯走，死活要跟在他的后面。

楚风哭笑不得，只好随他们，他则径自和黄牛向前走去。

结果，没想到这群人非常自觉，有的在前面开道，有的在后面簇拥着他，俨然都已视他为核心人物了。

楚风越是拒绝，这些人就越是觉得他强大，怎么样都不肯走开，最后足有数十人跟在了他的身边，形成了一支不小的队伍。

这些人只有一个念头，那就是跟在强者身边才能更好地浑水摸鱼，万一能冲到那棵奇异小树的近前，摘了果子就塞进嘴里，他们就会发生变异，成为金刚、银翅天神那样的高手。据说，连重型热武器都对付不了那样的高手！到时候他们还需要怕谁？

"现在想进白蛇岭深处居然还要排队，不然天神生物的人就会动手。看来他们是想坐庄，吃定我们啊。"

有人十分不满地低声咒骂道。

"什么情况？我们这里怎么说也有数以千计的人吧，难道还怕天神生物一家不成？"有人想煽动众人的情绪。

"你看看那边是什么，他们可是连重型热武器都架在山顶上了。"有人指向了远处。

众人望去，无不脸色大变。

"我就不信他们真的敢下手，我们走！"有人说道。

来的异人实在太多了，即便天神生物再强，恐怕也不敢以一敌百，对抗成千上万的异人，毕竟那样做的话无疑会成为大家的公敌。

事实上，这次的事情已经闹大了。

自从走漏了风声后，天神生物的高层就一直很头痛，事情已经脱离了他们的掌控。

而现在，他们还在努力地维持着秩序，依旧把守着通往白蛇岭深处的路。

楚风也正排队向前走。他没打算攀崖避开这里，而且现在也不需要如此，就这样混在人群中显得普通一些会更好。

"都走开！"

就在这时，后面出现了骚动，进山的路上涌来了一批人，他们十分霸道地将排在前面的人都推搡到了一边。

楚风也被人用力地推了一下，后面的人真可谓蛮横霸道至极。

他发现先前嚷着要跟他组队的那群人已经全都跑开了。果然是一群乌合之众，完全靠不住。

"你们是不是太霸道了？"楚风回头，不满地说道。

"滚！"这群人态度恶劣，十分蛮横，见楚风不让开，就不光是推搡了，竟还想出手，有人甚至已经抬起了脚。

楚风怒了，他一大早就被林诺依的小叔叔找上门，现在又被人欺负到头上来，心中压抑着的一股火气顿时爆发了。

"该滚的是你们！"

下一刻，他出手了，还不忘让黄牛也别客气，跟他一起暴打这些人。

一瞬间而已，就有不少人口鼻喷血，骨折筋断，倒飞了出去。

"找死！"

这支队伍的确很强，为首的异人足有两米高，剃了个大光头，脑门锃亮，此时，他的身上爆发出了恐怖的气息。

下一刻，他化为了岩石之躯，身体暴长到七米高，变得力大无穷，一脚就踩裂了地面，直接冲了过来。

有人躲避不及，被他的脚掌踩中，直接惨叫出声，当场毙命。

被那么沉重的岩石之躯碾轧，一般人当然会丧命。

楚风看到这一幕后，双目中精光暴涨。他意识到，后文明时代的这场剧变不同于以往，有些人释放出野性后，就变得完全不同了。

他见光头大汉化身成岩石巨人后如此凶残，便也不再手下留情，直接举拳轰杀，下了致命的杀手。

"咚！咚！咚！"

在人们震惊的目光中，楚风一拳接着一拳地轰了出去，最终将拥有岩石之躯的巨人打得惨叫出声，直接毙命。

这支队伍当即一哄而散。

楚风击毙那个巨人后没有停留，径直向前走去。后面一阵骚乱，所有人都看得心惊肉跳，心想，这绝对是一个顶级高手。

刚才逃跑的那群乌合之众暗自后悔不已，但现在也没脸再凑过去了。

"兄弟，你叫什么名字？我们认识一下吧。"后面有一些人喊道，显然，他们实力不弱，很看重楚风。

"我叫牛神王！"楚风也不矫情，直接回答道。

一群人闻言面面相觑，而后看向了他头盔上的银色犄角，觉得倒也贴切。

但是，楚风并没有就此打住，而是将直立着身子，穿着兽皮衣，只露出了眼睛与两根金色犄角的黄牛拉到身前，介绍道："这是我兄弟牛魔王！"

这次，一群人都哑口无言了，心想，牛神王和牛魔王，还真是兄弟俩啊。

"我看他们更像金角大王、银角大王。"有人盯着楚风和黄牛头上的犄角，小声嘀咕道。

蜕变后的异人什么样子的都有，长出犄角不算什么。

楚风转身离去，没有理会他们。

后面的异人仍在议论纷纷。

虽然很多人都来到了白蛇岭深处，但他们都各据一方，因此这里还算平静。

敢走到这里并留下来的人，显然都是高手。

因为，很多人来了以后，一看这阵仗便又退走了，不敢再参与争斗！

楚风选了一个山头，直接登了上去。

这个位置不错，正好能看到不远处的奇异小树。而附近的山头也都已经被人占领了。

"那果实还没有成熟，看样子，还得等上小半日。"楚风视力超群，比常人的好许多倍。他看得十分清楚，那棵小树上的松果还有一点淡绿色没有褪去，尚未完全变成紫金色。

楚风在这个山头上发现了一眼山泉。他看了看这眼山泉，而后转身去猎杀了一只小獐子。

他的早餐被黄牛独吞了，所以他准备在这里烤野味。

忽然，他又看到了林夜羽和那名女子，那两人也踏入了白蛇岭深处，还向他这个方向望了几眼。

随后，一名异人攀上小山，客气地请楚风让出这个山头，因为天神生物的人选中了此地。

"立刻消失！"楚风瞥了他一眼，以极其简短的四个字回答了他的请求。

攀到山头上的异人听到这句话后，眼中顿时凶光一闪，用有些沙哑的声音沉声警告道："朋友，我已经很客气了，你别不识抬举！"

楚风清楚地看到，这人刚才是从林夜羽和许婉清的姐姐那里过来的，显然是在奉命行事。经历了早上的事后，楚风对他们实在是没什么好感。

"赶我走也算客气？"楚风扫了他一眼，脸色微沉，道，"要不要我客气地将你请下去？"

"你有这个本事吗？"这名异人冷笑道。再怎么说他也是林夜羽身边的异人头领，哪怕在天神生物里也算是高手，外面随便来一名异人就敢这么轻视他？

"轰！"

楚风二话没说，上前一步，使出了大力牛魔拳。这一击伴随着雷鸣声，凶猛而霸道，整个山头都在震动。

什么情况？异人头领有些吃惊。他随便选了一个山头，怎么就遇上了这种高手？

他低吼一声，张开嘴，喷出了一道蓝色的火焰。那火焰炽烈无比，可怕的温度让山上的岩石都熔化了。

楚风讶然。这果然是一个强者，拥有与周全相似的能力。这种火焰十分恐怖，可焚石熔金，只要稍微沾上一点，肯定就会被烧成灰烬。

此时，异人头领的双眸变成了蓝色，他浑身都跳动着炽烈的蓝色火焰，火焰冲起十几米高，景象十分恐怖。

人们看到了这样的一幕——山头在熔化，最后居然化作了鲜红的岩浆。岩浆如同红色的铁水一般，沿着山壁缓缓流淌而下。这景象实在是让人悚然心惊。

众人意识到，这名异人强大无比，谁要是跟他对上，他只消喷出一道火焰，便足以将对方焚成灰烬。

"这是天神生物的一个高手，可掌控火焰，威力无穷！"

"连山石都化作了岩浆，血肉之躯要怎么抵挡？这种能力太恐怖了，对于我等异人来说也是致命的威胁，毕竟这火焰连金属都能轻易熔化。"

一些人低语着，显然十分震惊。

尤其是那些离得近的人，此时全都觉得毛骨悚然，正快速地后退躲避着。要知道，山上现在正在向下流淌着岩浆呢，谁不害怕？

远处，林夜羽与许婉怡都注视着这边，虽然距离颇远，但他们还是可以看到异人头领对那人动手了。

"那个人脾气不小啊，竟惹得王极头领不高兴，要出手教训他了。"许婉怡轻声细语道。跟她妹妹一样，她也拥有一双丹凤眼，但她比她的妹妹更漂亮。

"王极头领实力强大，少有人可敌，那个人根本不可能是他的对手。"旁边有一名异人开口道。

林夜羽没有说话，只是平静地看着。

许婉怡微微点头，道："王极头领掌握了三昧真火的少许真义，一旦悟出来，便可焚天熔地。"

她道出了王极的可怕之处——掌握了三昧真火的雏形。如果这种能力可以继续变异下去，那威能将不可想象。

"那个人真倒霉，惹谁不好，偏偏让王极头领不高兴了。痛快地早点将山头让出来有什么不好。"另一名异人幸灾乐祸地嗤笑道。

他觉得，那个人下一刻就将成为焦炭，必死无疑。

实际上，几乎所有人都这么认为。三昧真火的雏形一出，无论谁去硬碰，都注定会吃大亏。

山头上，楚风并未退避，稳妥起见，他动用了特别的呼吸法。

同时，他出拳更加暴烈了，拳头震荡出了一阵阵罡风，使得周围飞沙走石，与此同时，还传出了震耳欲聋的响声，如电闪雷鸣一般，景象十分恐怖。

"轰隆！"

蓝色的火焰被楚风击穿了，只见他的身体表面密布着一层神秘能量，宛若淡金色的轻纱，阻挡了那种火焰。

这是特别的呼吸法带来的奇效。

而事实上，单以大力牛魔拳也能阻挡火焰。楚风使出拳法后，身体表面便会自动密布上一层神秘能量，以抵御外界的伤害。

王极看得两眼发直，自己那可以轻易让金属熔化的蓝色火焰，竟然就这么被击散了。

下一刻，他遭受了一拳重击，"噗"的一声口喷鲜血，坠下了山头。

"居然发生了这种事？！"

附近的一群人惊讶不已，都张大了嘴巴。

远处，林夜羽周围的那些异人全都闭上了嘴巴，停止了议论。他们觉得惊悚不已，都被震撼了，他们的头领竟然就这样被人一拳打下了山头？

许婉怡的美目中闪过精光，心中十分震惊：我们随便看中一个山头，想要"借用"，竟然都能遇上一个顶级高手？

"这个人很厉害。去，让王极回来，不要鲁莽。"林夜羽面色平静地开口道。他很英俊，雪白的衬衣将他衬托得十分儒雅。

一名异人赶紧向前奔去，等他赶到时，王极却已经再次攀上那个山头。

"砰砰砰！"

山头上传来了几声巨响。随后，人们便看到，王极满身的火光都被那人打得暗淡了，直接跌倒在了那人的脚下。

"这人太霸道了！"远处，许婉怡开口道，她娇媚的面庞上露出了不满的神色。再怎么说王极也是他们的人，属于天神生物，而且是一个异人头领，那人竟然丝毫不给王极面子。

她眼中闪动着寒光，而后看向林夜羽，等待他的决断。

忽然，不少人发出了惊呼，一个个都呆呆地望着那个山头。

许婉怡急忙扭头，再次看向那里，下一刻，她也不禁瞠目结舌，彻底惊呆了。

只见那个山头上，楚风在山泉畔将自己猎来的那只獐子剥皮洗净后，便将它穿在了一根削尖的木棍上，架在那里烤了起来。

火源则在他的脚下——他压着异人头领王极，让他在那里张嘴喷火。

附近的众多异人都傻眼了。他们看到了什么？那人也太霸道了！居然……居然让掌握了神焰的人张嘴喷火，帮他烤肉！

尤其是天神生物的人，一个个都看得目瞪口呆，不敢相信眼前所见。这人也太张狂了，那可是他们当中的一个头领啊，居然沦落到了如此凄惨的境地。

王极恼羞成怒，想烧死楚风，于是喷出了滔天大火，但是他随即发现，火焰已经不受自己控制了。楚风将他压制在那里动弹不得，时不时还会给他一拳，打得他口中喷出的火焰变得十分微弱，明灭不定。

本是可以焚石熔金的三昧真火雏形，现在却成了烤肉的火源。

"啊！"王极气得咆哮出声，拼命扭动身子，口鼻中顿时冲起了十几米高的火焰。

但这个时候，楚风拎起他，将他的嘴巴对准了天空，让他喷的火无法烧到烤肉。

"这位爷是谁啊？也忒霸气了！"

"太彪悍了，头一次见人用这么霸气的方式烤肉！"

"我敢肯定，他一定是菩提基因请来的顶级强者，这是在羞辱天神生物啊。"

此地顿时一片嘈杂，楚风烤肉的一幕引发了热议。

许婉怡的脸色不太好看。王极是他们的人，如今却被人按在那里当柴火用，她实在是咽不下这口气。

"夜羽，你就这么看着，也不管一管？那个人太嚣张了，完全不给我们面子啊！"她用力地摇晃着林夜羽的手臂，娇嗔道。

林夜羽面露异色，盯着那个山头，轻声感叹道："看来奇人异士很多，不能小觑天下人啊。"

"我不管，太丢人了，赶紧教训一下那个人。"许婉怡说道。

林夜羽闻言摇了摇头，道："我这次过来，只想看一看这里的情况，不会出手，毕竟卫城山的事是由诺依他们负责的，刚才是我们冒失了。现在过去个人，向人家道歉，将王极带回来吧，我不想扰乱诺依他们的部署与节奏。"

他十分平静，居然没有报复的意思。

"夜羽！"许婉怡有些不满。

"我觉得有些不安，白蛇岭非常危险，我们不宜在此久留，还是先退出去吧。"林夜羽说道。

他看起来很平和，话语中却有种不容置疑的威严。

"好吧。"许婉怡无奈地说道。

结果，所有人都没有想到，居然是林夜羽的人先服软了，他派人前去道歉后，便将气昏了的王极带走了。

"请问，你究竟是谁？"临走前，天神生物的人还有些不忿，向楚风问道。

"牛神王！"楚风自报名号。

一群人闻言，发出了阵阵低语。这名字太别致了。

"记住，我是牛神王，不叫银角大王！"楚风还特意强调了一句。他的声音很大，附近的所有人都听得清清楚楚。

一群人都哭笑不得。

至此，众人知道了，他是牛神王，实力强大得可怕。

"什么牛神王，你算得了什么？等天神生物的银翅天神到了，一只手就可以灭了你！"不远处的一个山头上有人开口道。那是一个年轻人，语气中带着敌意，显然是在针对楚风。

众人讶然。

"你又是谁？这么崇拜银翅天神，你跟他很熟吗？"楚风看向他，问道。

"我对天神生物很是向往，今日会选择加入他们。虽然我和银翅天神不熟，但是我知道，只要他出手，天下便无人能敌！"那个年轻人说道。

听到他这么说后，不少人都了然了。

楚风闻言，露出了冷笑。这人还真是够无耻的，当众针对他，竟然只是为了向天神生物示好，希望加入他们。

或许这个人还期待着加入天神生物后能被他们另眼相看呢。

"就你这样的品性，我估计天神生物也不敢收你。算了，我就帮个忙，替他们解决这个难题吧。"

楚风说到这里，一拳挥了出去。

只听"砰"的一声，对面的那个年轻人大叫了一声，瞬间倒地不起。

楚风没有杀他，只是收拾了一下他。对于这个羞辱自己的小人，楚风虽然没什么好感，但也不至于将他直接击毙。

"啊——"那个人倒在山头上翻滚着，不断地发出惨叫。

众人倒吸一口凉气，都感觉到了那个牛神王的霸道，谁要是再去主动招惹他，那纯粹是嫌命长。

同时，不少人也恍然大悟：牛神王是想通过这两次出手巩固自己的威势。现在估计不会再有人敢去烦他了。

"我有预感，'牛神王'这个名字将在今日被所有人记住，并传向四方。"有人说道。

事实上，现在再提"牛神王"三个字，人们就已经能感觉到其中所蕴含的沉甸甸的分量了。

"唰！"

忽然，一束光从半空中洒落，一道翩翩丽影随之降落，落在了楚风所在的山头上。

周围的人都看到了这一幕，不禁暗暗吃惊，因为这女子的姿容实在太出众了。

只见她发丝轻扬，肌肤似雪，明眸动人，身着白衣白裤，纤尘不染，背后还有一对光翼，从天而降时，更是有一种说不出的干净绝美的气质。

"这是谁？真是太漂亮了！"

那女子惊艳了周围所有人，大家都目不转睛地看着她。

楚风认识她，心中暗暗惊讶：这不就是那个被黄牛敲晕后扔在我床上的白衣女子吗？居然这么快又见面了！

他多少有点心虚，因为他不知道上次这女子吃完羊肉串后身体是否也出了问题。

— 第⟨28⟩章 —

天下异人齐聚

那年轻女子背负一对光翼，整个人散发着圣洁的光辉。她轻灵地落在山头的岩石上，看上去清新而出尘。

她生得极美，青春而富有朝气，尽管她看上去并不孤傲，可是真正接近她的时候，又让人有一种距离感，觉得她不容亵渎。

人们十分讶异，显然，这个漂亮得不像话的女子想拉拢楚风。

她叫宫小西。此时，她的脸上带着温和的笑，她正简单而得体地做着自我介绍，还很有礼貌地说明了来意，表示想跟楚风一叙。

楚风没敢使用自己原本的声音，而是特意装出了一个沙哑的声音。上一次的事让他至今都有些心虚，真不知道她吃下那些羊肉串后到底如何了。

当然，他其实是很想知道的，这可以算是他的一点恶趣味。

所以在说话时，他一直在打量这个青春靓丽的女子，略微有些出神。她看上去年纪不是很大，也就二十岁左右。

宫小西很温和，一直礼貌地笑着，见楚风婉拒了她，表示自己不愿意加入任何阵营，她也没有勉强。

事实上，她之所以会出现在此，的确是因为看重楚风的实力，但初次见面就想成功邀请他加入，这就有些不现实了。

而且，她还得从另一个角度来考虑：这会不会是林夜羽故意设的局？万一这个人是天神生物的高手怎么办？

因此，她现在只想向他示好，传达一下自己的善意，不管这个人是什么来历，她这么做都不会有什么损失。

楚风琢磨一番后，难免有些惊讶，因为他突然意识到，这个气质出尘、极其漂亮的白衣女子绝不简单。

宫小西向前走了两步，突然，她微微一怔，因为她闻到了一股很淡的清香，让她觉得有些熟悉。

"是你！"回忆了片刻后，她突然惊呼出声，美丽的面孔有些扭曲。

她的声音很小，别人都没听到，但是楚风听得真切，顿觉不妙。他佯装诧异，面露不解之色。

"你身上有一股清香，那气味没变！"宫小西盯着他，肯定地说道。

楚风闻言一惊，他知道自己大意了。她口中所谓的清香是他的身体自然散发出来的，自从他体质进化之后便这样了。

按照古代人的说法，这是肉身成圣的迹象。

平日里他很注意，会依照黄牛教的方法来隐藏那种清香，所以几乎不会泄漏什么。

但是，他觉得在这里没必要隐藏气息，大家都是异人，而且都亮出了实力，真遇到了危机的话，他随时可以发动攻击。

上一次，这个身着白衣白裤的年轻女子意外地出现在楚风的床上，当时他有些发蒙，故而一时不慎，忘记隐藏了，让身体散发出了清香。

宫小西扬了扬好看的眉毛，背后的雪白光翼洒落光辉，让她看起来越发清雅，不染尘埃。

"竟然是你！"她真是太意外了，上次她根本就没有发觉他竟然是一个高手。

在这之前，她一直举止得体，给人一种很温和的感觉，但显得过于稳重从容了，跟她的年龄不大相称。

直到这时，她精致而绝美的脸上才浮现出其他情绪，嘴里似乎还发出了磨牙的声音。不过，或许是家教使然，她看上去依然很优雅。

"你认错人了吧？"楚风小声地道。跟她一样，他也不想让别人听见。

宫小西笑了，流露出了真性情。她的气质很甜美，即使她现在的笑容中带着嗔怒，也显得很甜，就跟上次楚风在家里见到她时的感觉一样。

"我知道你是谁了，哼！"说罢，她不再看楚风，而是盯住了黄牛。此时她笑得十分灿烂，黄牛却有些紧张、心虚，毕竟它上次平白无故地给了人家两蹄子。

　　不过黄牛的脸皮很厚，它很快就镇定自若了，还很绅士地将一条"手臂"平放在胸前，而后弯腰，来了个西式礼节。

　　宫小西转身就走，没有多作停留。

　　楚风琢磨着自己恐怕是瞒不住了，于是用自己本来的声音在后面问道："上次我给你的药管用吗？"

　　闻言，宫小西身体一僵。她背对着他，没有转身，白皙的额头上暴起几根青筋。但她最终还是努力克制住了，展开光翼，升上了高空。

　　她在空中喊道："牛神王，就这么说定了。"

　　说定什么了？黄牛在旁边看得一头雾水。

　　山地中的很多人都面露惊容。

　　"这丫头诓我！"楚风赶紧喊道，"我一个人自由惯了，以后这种事免谈！"

　　他可不想让人误解为自己加入了某一阵营，像天神生物、菩提基因那样庞大的组织，要是他真的与之对立的话，后果无疑会很严重。

　　此地骚动了一会儿后，很快就恢复了平静。毕竟这些人都是为白蛇岭的神秘果实而来的，其他的事情都是次要的。

　　随着时间的推移，这片区域的异人越来越多。

　　早先时候占据此地的大多都是高手，但现在其他人的胆子也变大了，因为他们看到这个地方十分平静，没什么争斗，便都想近距离看看。

　　虽然很多人都知道自己没什么得到异果的希望，但只要能亲眼见到别人得到的经过，那也算是不虚此行了。

　　"怎么什么人都混进来了？"有的异人不满地说道。

　　因为，就在这片山地中，有一名很古怪的异人正在四处发名片，表示自己想跟其他的异人认识一下。

　　半个小时后，这片区域的异人更多了，此地越来越嘈杂。

　　尤其是一名特殊的异人出现后，更是引发了骚乱，那里瞬间便围了很多人，都吵吵嚷嚷的。

　　更让人哭笑不得的是，居然还有不少人在拍照！

　　黄牛戳了戳楚风的腰，示意他向那边看。

楚风转头看去，发现来人原来是周全。此时周全已经被人们彻底围住了。

楚风立刻猜到发生了什么，侧耳倾听了一会儿后，发现果然和他所想的一样，顿时忍不住乐了。

"神人啊，你居然出现了，而且你竟然还是一名异人！"

"这绝对是个大新闻！"

"表情帝别走，来，咱俩合个影，我可是无比敬仰、佩服你的！"

……

周全有些发蒙。他是攀崖潜入这里的，并没有排队走山路，没想到才露面就被人堵在这里了。

此刻的他是两眼一抹黑的状态，完全不知道这是什么情况！

直到"表情帝"几个字传进他的耳中后他才明白过来，然后就忍不住在心中破口大骂起来：这都什么破事儿啊？该死的黄牛！

"走开，我不认识你们！"周全嚷道。

"不行，来张合影！"有人跟他并肩而立，举起通信器就是一顿自拍。

"行了，该我了，快点让开！表情帝，麻烦你配合下，摆个经典造型，我们头挨着头照一张！"

"你们这是侵权！都给我走开！"周全快哭了，就这么片刻间，"咔嚓"声不断，他都不知道自己被他们拍了几百张照片。

然而，这还只是开始，很快，越来越多的人涌了过来，那些没机会跟他合照的人也都在远处不断抢拍。

"你们能不能矜持点？咱们都是异人，别这么围着我！"周全后悔极了，早知道会这样的话，他是绝对不会露面的，一定有多远躲多远。

他现在黑着一张脸，已经想象到今天之后关于他的报道肯定又会多上不少了。

糗事晒图网上最火的存在竟然是一名异人，而且还在卫城山现身了，估计这又会是一个热门话题。

"我快被那头牛害死了。"周全一遍又一遍地诅咒着黄牛，他知道，以后肯定会有不少乱七八糟的事，光想想都头大。

就在此时，有一名力气很大的异人将其他人都推开了，硬生生地挤到了周全跟前，嘴里说道："我们要懂得尊重别人，要得到别人的允许后才能拍照。"

周全一听，立刻对此人生出了好感。

这个人赶紧递上一张名片，自我介绍道："认识一下，我叫周倚天，这是我的名片。"

周全顿时有点蒙，心想，这人原来还是我的本家，但这是什么情况？我只是为凑热闹而来的，这人至于要递名片吗？

"你是一个导演？"周全看过名片后惊讶不已，这种人找他干什么？

"我有一个伟大的梦想，就是要拍出一部最真实的神话大片，展现东方古老神秘的文化底蕴！"周倚天很郑重地说道。

"关我什么事啊？"周全还是一脸迷茫的样子。

"因为你的造型粗犷、奔放、狂野，你看，这对粗大的牛犄角被你这样藏在大背头里，实在是暴殄天物啊！"周倚天很严肃地说道。

周全瞪着他，心想，这是啥意思，是在夸我吗？

"我想拍的是神话大剧，名字叫'牛魔大圣之上古战记'，整部剧会从一头牛魔的故事讲起，然后把所有的上古神话贯穿起来。你看，这简直就是为你准备的啊。"周倚天认真地说道。

"你走！"周全愤懑不已，这哪儿来的破导演，竟然在这里捅他的心窝子。他的两根牛犄角都快成他的心病了，这人还想给他拍个牛魔神话大剧！

"我是认真的！"说着，周倚天指向了旁边，只见那里还有几名异人，每个人都扛着各种摄像器材。

"你们都是些什么人啊，跑这里来胡闹？"周全黑着脸说道。

"他们也是异人，不是在胡闹。我们以前是影视圈的，现在想利用我们身为异人的优势来卫城山取景。这里不是会有异人大战吗？这些都将成为我们神话大剧的宏大背景。你想啊，这么多异人大战起来，那将是何等壮观的场面，这可不是特效，而是真实发生的，可以想见，我们的剧必将成为史诗级的神话大剧！"周倚天越说越激动，还拉着周全，告诉他自己将让他成为第一主演。

周全听得头晕，一把甩开周倚天的手，很直接地拒绝道："这破戏，我不拍！"

他愤愤地从人群中挤出来，逃也似的冲向了人少的地方。这也太倒霉了，还真是什么人都能遇上！

忽然，他听到了一些声响，于是抬头向上望去，发现近前的这个山头上有两个怪模怪样的家伙，头上也都长着犄角。

竟然遇上处境相同的人了，这一刻，周全的眼泪都差点流出来。

"兄弟，你们也长了犄角啊，咱们好好聊一聊。"他噌噌地爬了上去，看着那两个穿着兽皮衣，捂得有点严实的怪人。见他们一个长着金色的犄角，一个长着银色的犄角，他顿时觉得他们真是与自己同病相怜。

周全像是遇上了亲人，在这里唉声叹气地诉说苦闷，结果旁边的那人拍了拍他的肩头，似乎是在同情他。

周全顿时更加感动了，恨不得与他们交心相谈。

"哞！"接着，旁边的另一个怪人也拍了拍他的肩头，同时发出了一种奇怪的声音。周全闻声身体顿时僵住了。

他猛地转身，盯住了两个怪人。

"是……是你们两个？！"他恨不得一头撞在黄牛身上！

楚风安慰道："别苦恼。另外，我觉得那个导演说得有些道理。看得出他很认真，是一个有情怀的人，说不定真会在这次的卫城山异人大战中绽放出另类的璀璨光彩。我觉得，你不该拒绝他。"

"你们两个也有犄角，更合适！"周全没好气地说道。

"咦？快看，那是谁？"楚风面露异色，惊讶地问道。

"啊，那不是丁思彤吗？我的女神，我的梦中情人啊！"周全原本的唉声叹气早就没影了，双眼放贼光。

只见远处有一个女子，容颜极美，周围有不少保护着她的人，不过她居然站在了某一个异人阵营中。

"那是菩提基因的人！"有人低语道。

什么情况，女神丁思彤跟菩提基因的人在一起？虽然过去大家都说她背景不俗，但是这未免也太惊人了吧。

"我听闻，丁思彤也是异人，而且发生的变异很不一般——她生出了九条雪白的狐尾！"远处，有人小声说道。

"啥，九尾狐？！"

……

楚风听到后，颇感惊讶。

天地剧变的影响果然巨大，波及了所有人，丁思彤竟然也成了异人，而且还很像神话中的九尾白狐！

"情况不对！"突然，楚风脸色微变。此时，他感觉从地面上传来了一阵震动，而且有一股强大的恐怖气息正朝这片天地弥漫而来！

其他异人也有所察觉，都朝着一个方向望去。只见那里有一座山，这令人不安的躁动就是来自那里。

当身体产生变异，某种能力觉醒后，异人的五感都会变得更加敏锐，只是敏锐程度不同而已。

白蛇岭深处一下子安静了下来。

人们闻到了一股腥味，很淡，但确实存在。那腥味是从不远处的一座山峰上飘来的，应该不是人类散发出来的，而是源自猛兽！

"小心戒备，可能有异兽要来了！"一名男子提醒道。

自人类开始发生变异起，就不断地有相关报道出现。异兽肯定也存在，只是很少进入人们的视线中。

没人能说得清现在究竟有多少异兽，因为它们仍在蛰伏，被人类忽略了。

很少有人见到异兽！

"咔嚓！"

一声异响突兀地传来，只见竟然有石块从那座山的山体上脱落，随后，山体上的石壁裂开了一道缝隙。

接着，有岩石从那里坠下，动静非常大，砸断了许多老树。

又是"咔嚓"一声，石壁上的缝隙变大了，紧接着，许多岩石一起滚落了下来。

那里冒出了烟雾，突然，一颗长有一根独角的硕大的头从山体中探了出来！

那是一只猛兽，体形非常庞大，浑身布满了青色鳞片，十分狰狞。

"这是什么怪物？"

这片山地顿时一阵大乱，所有人都开始快速倒退。

那异兽一张嘴，腥臭味扑鼻，烟火四散，散发出硫黄的气味，此地的山石、草木等物都瞬间被它烧成了灰烬。

"轰隆！"

下一刻，它从石壁上的缝隙中钻了出来，露出了全貌。它像是由青金铸成，通体泛着冰冷的金属光泽。

同时，它浑身散发着腥味，像是由于常年捕杀猎物而沾染了很浓的血腥味。

它身长有十二三米，形似鳄鱼，但它的头上长着一根犄角，刚才它正是以此角撞裂山壁的。

可见它有多么大的蛮力，犄角坚硬，肉身更是强得可怕！

"那不是鳄鱼，更像是穿山甲！"有人低语道。

经他一说，人们注意到那异兽的确很像穿山甲，只是它的个头也太大了，可见发生变异后，它的体质产生了多么惊人的变化。

怪物出现后，便昂着可怕的头，眼神冷厉地扫视着众多异人，脸上毫无惊慌与惧怕之色。

人们注意到，在它的身后有一个很大的山洞，山洞黑乎乎的，不知道有多深，也不知道通向哪里。

"不愧为穿山甲，如今更加名副其实了！"有人感叹道。

人们迅速倒退，不愿与它发生碰撞。这只怪物散发着恐怖的气息，给人一种强烈的压迫感，让人心中不安。

随着它的移动，有些人的脸色顿时变了！

只见它那巨大的爪子每一次落下，沿途的山石、大树等便会全部碎裂，没有什么能够阻挡它。

"咔嚓！"

众人看得真切，当它经过一块千斤巨石旁边时，那巨石直接就被它一爪子拍裂了，形同虚设，根本就拦不住它。

它的目标明显只有一个，那就是白蛇岭中的奇异小树。它瞳孔中闪烁着冷森森的光芒，速度极快地朝小树冲去。

"不行，拦住它！"有人大叫道。

这么多异人都在这里等待紫金松果成熟，谁都没有妄动，难道随便来一只异兽就想半路摘桃子？

"砰砰砰！"

就在此时，天神生物的人出手了，有几人扣动了扳机，以大口径热武器向它射击，火力凶猛。

其他异人的脸色顿时变了。如果这些子弹是射向他们的，他们能躲得过、挡得住吗？

"当当当！"

一时间，火星四溅。让人震惊的事情发生了，只见那些子弹打在那怪物身上后，如同撞击在金属上，发出刺耳的响声，溅起了成片的火花。

人们都没想到那怪物身上的鳞片竟比钢铁还坚硬，连子弹都穿不透，子弹打在上面后还当当作响、火星飞溅，景象相当恐怖。

那还是血肉之躯吗？它到底进化到了什么层次，竟然可以硬挡子弹，这可是许多异人梦寐以求的能力，如今却被异兽拥有了。

"嗷！"

怪物大吼了一声，显然是被激怒了。它猛地一跃而起，速度非常快，如同一道青色的闪电。

"啊！"

手持大口径热武器的几人惊恐地大叫出声，叫声非常凄厉，但只持续了那么一瞬间而已。下一刻，惨叫声戛然而止。

因为他们想逃却都没有成功，数十米的距离，那怪物一个扑击就到了，将他们全部拍在了爪下，场面十分骇人。

那几人顿时都不成人形了，当场殒命。

怪物眼睛冰冷无情地扫视了一圈，随即便继续向小树进发。刚才的那一击像是它在用残暴的手段立威，在有意地震慑众人。

它的速度怎么会那么快？简直快如闪电，一个扑击就杀到了，敏捷、狠辣、精准，一击必杀，根本就没有一丝笨拙之感，这跟它的体形有些不符。

"宰了它!"天神生物的人声音冰冷地下令道。

大口径热武器本来在这里是有一定的威慑性的,结果那几人竟就这么惨死了。一只异兽而已,居然瞬间就让他们损失了几名高手。

一个山头上,有人扛着火箭筒朝下方轰击,巨大的响声传来,火舌喷出,突破了音障!

"咚"的一声,火箭弹命中了怪物的躯体!

"去死吧!"山头上有人喊道。众人都紧张地等待着结果。

只见那里腾起了一片烟尘,怪物被打得一个趔趄,随后翻滚了出去。

可以看到,它的表皮破了,身上的鳞片脱落了不少,但是它并未伤及筋骨,依旧好好地活着。

它一翻身就爬了起来,眼中闪烁着仇恨的光芒。它仰头发出一声凄厉的嘶吼,眼睛随之变成了赤红色。

"轰隆!"

它动作太快了,在这片区域里横冲直撞,见到人类就一击扑杀。

刚才它杀的是持枪的凡人,现在针对的则是异人,局势依旧是一面倒。它快如闪电,庞大的躯体丝毫没有影响它的敏捷,它一跃就是数十米,所过之处,异人成片倒下。

"啊!"

不少异人都发出了惨叫。他们都不是它的对手,根本就挡不住它。

一名异人的身体开始暴长,变得如同古树一般,上面覆盖着老树皮,紧接着,他伸出了巨大的枝丫。这是一种很神秘的能力。

最后他长到了十几米高,化作了一棵人形古树,枝丫向地面刺去,只听"砰"的一声响起,土石崩裂,威力奇大。

然而,他的枝丫也没有刺透怪物身上的鳞片。

下一刻,怪物跃起,爪子探出。

"啊!"

那名异人惨叫一声后,直接毙命了。

在场的异人都看得毛骨悚然,如此强大的异人竟然就这么惨死了,接下来他们要如何抵挡它？

他们远不是这只怪物的对手，要知道，其他稍弱的异人已经死去了十几名，这都只发生在一瞬间而已。

只要是异人，都有非凡的能力，可以再现神话中的不少手段，可是面对这只怪物，他们都觉得自己无能为力。

"噗噗噗！"

怪物的速度太快，它巨大的利爪凿穿了所有阻挡，一路碾轧过去，转眼间就有数十人死于非命。

"逃啊！"有人大叫道。

然而，但凡在怪物附近的人都无法逃脱，因为他们的速度没有怪物的快。它飞快地移动着，一个起落就是四五十米，如同一道青色的闪电，恐怖无比。

"啊！"这时，不远处的山头上，刚才发射火箭弹的人突然发出了惨叫。

"什么情况？"

"天啊，还有一只怪物！"

人们看到，从早先出现的山洞中又爬出了一只怪物，那怪物的体形与第一只的相近，也像是穿山甲，分明是一雄一雌。

后出现的怪物也十分敏捷，施展动作时带起一阵阵狂风，摧毁了大片的林木。它冲上山头，将手持热武器的那几人全部击杀了。

接着，这只怪物在山头上仰天长啸，那声音十分骇人，拥有可怕的穿透力，许多异人都忍不住捂住了耳朵。

"砰！"

下一刻，随着一声巨响，它从山头上跃下，重重地落在地上，当场将数名异人砸得断了气。

两只怪物都身覆坚硬的鳞片，无惧热武器，且力大无穷，速度极快，简直令异人们无从下手。此时，它们已经会合，一起冲向了奇异小树。

众人看得心中发毛。这两只怪物都像是史前神话中的凶兽，不知它们与传说中的饕餮、梼杌、穷奇等比起来有多大的差距。

"嗷！"

两只怪物咆哮着，如两道青色闪电一般疾速奔行，数里路一眨眼就被它们甩在了身后，沿途有一大片异人都被它们击杀了。

眼看它们就要接近那棵小树了。

小树上有一颗成年人拳头大小的松果，紫莹莹的，散发着清香，香气飘出了很远。

许多人都瞪大了眼睛，惊愕不已。难道到头来那奇异小树上所结出的果实将属于这两只怪物？这么多异人赶了过来，难道都只能眼睁睁地看着？

很多人心有不甘，却不敢上前，因为那两只异兽太过残暴了。

那么多异人啊，每一名都实力强大，结果竟全部惨死，这两只异兽的实力得有多强？简直不可估量！

"滚开！"就在这时，半空中突然传来了一声冷喝。一个男子化成一道银光疾速冲来，光芒璀璨无比，照亮了天空。

他声音不大，却如同惊雷炸响，镇住了两只怪物。

银光璀璨，疾速而至，转眼间，他便到了近前，当空而立。

"银翅天神！"不少人抬头看到了这一幕，忍不住大叫出声，显得异常的激动。

来者是一个年轻的男子，身姿挺拔，全身散发着银光，像一尊神祇。

可以看到，那银灿灿的光辉十分圣洁，笼罩了这个男子，使他显得十分超凡脱俗。

"嗷！"

地面上，一只怪物大吼一声，而后猛地跃起，蹿上数十米的空中，探出锋利的巨爪，张开血盆大口，向那男子扑了过去。

它速度太快了，转眼即到，如同青色雷电破空，引起众人惊呼。

"唰！"

然而，银光一闪，那个年轻男子直接从原地消失，避开了血盆大口。

紧接着，他身形再动，背后一对银色翅膀张开，绽放出神圣光辉，照亮了天空，同时他发起了猛烈的攻击！

只见他俯冲了过去，横击怪物的腰部！

炽烈的银光爆发，许多人都只觉那里像是有一轮银色的太阳当空炸开，璀璨无比，照得他们睁不开眼。

"嗷！"

下一秒，怪物发出了一声凄厉的哀号。它断成两截，从空中坠落了下来。

这一刻，所有人都震惊了！这是何等的强大？

连火箭弹都打不死的怪物，如今却被天空中那个散发着银色光辉的年轻男子直接拦腰斩杀了！

一些人刚才看明白了，年轻男子在俯冲过去时，背后一对银翅发光，如天刀一般斩落，生生劈开了怪物的躯体。

这震撼的一幕惊呆了所有人。

年轻男子依旧当空而立。他有一头垂到腰际的银发，长得非常俊朗，全身散发着光辉，如神祇临世。他眼中绽放出银色光芒，气质清冷，更显得超凡脱俗。

这个人太出众了！

"银翅天神！"

短暂的寂静后，很多人都大叫出声。这年轻男子轻易地就斩杀了那么恐怖的怪物，手段何其惊人。

"不愧是站在金字塔顶端的存在，强得可怕，让人无话可说。"有人赞叹道。

尤其是一些女性异人，都当场发出了尖叫，不断地叫喊着"银翅天神"。

就连菩提基因阵营中的女神丁思彤也在凝视着他，美丽的瞳孔中闪烁着光芒。刚才那一击，但凡是异人都看得出它的威力，堪称惊天耀世。

"丁思彤，我的女神，看这边啊，我在这里！"周全趁着这混乱之际，站在山头上，没羞没臊地冲着丁思彤大喊大叫了起来。

异人的五感都非常敏锐，丁思彤真的听到了，她转过身，向这边看了一眼，见到三个"牛头人"后，顿时愕然。随后，她以纤手掩嘴，微微一笑，不胜娇柔。

周全顿时激动得又叫又跳。

黄牛看不过眼，差点气得一蹄子将他踹下山去。

楚风则在默默地思忖，评估银翅天神的战力。

那一击的确非常可怕。连火箭弹都打不穿那怪物身上的鳞片，这银翅天神却轻易将它劈开了，还直接将怪物拦腰斩杀了，那对翅膀得有多锋利？

·——第〈29〉章——·
金刚

半空中，银翅天神静立不动，浑身笼罩着银色的光辉，看起来神圣而超俗。

他穿着一身锃亮的银衣，与他的银发和银翅交相辉映，衬得他越发出众，让他看上去就如同俯视众生的神灵一般。

地面上，怪物断作了两截，让人触目惊心。

这只十几米长的怪物刀枪不入，无惧热武器，一路势不可当，杀死了数十名异人，如今却横尸于此。前后的对比让许多人都觉得无比震撼，银翅天神果然可怕，风采过人。

"嗷！"

地面上还有一只怪物，此时它仰望着半空，眼睛猩红，张开血盆大口，发出了凄厉的叫声。

一些人捂住了耳朵，脸上露出了痛苦之色，显然，这只怪物发出的音波具有很强的杀伤力。

在它的大吼声中，周围草木摧折，飞沙走石，烟尘漫天。

它作势欲扑向高空，为伴侣报仇。

银翅天神静默地悬在空中，俯视着下方，脸上没有一丝波澜，镇定而从容。

"唰"的一声，怪物动了，十几米长的庞大身躯敏捷而矫健，快如青色电光，瞬间就蹿出了数十米远。

不过，它并没有跃向半空，而是扑向了不远处的小树，想吞食那颗紫金松果。

哪怕它猩红的眼中满是仇恨，它也依旧压制着，选择争夺异果。

只要吞下那颗松果，它就会实力大增。到那时，它便可以冲出卫城山，横行于北方大地，向更为神秘的名山大川进军。

至于仇人，它一旦实力大进，自然可以全部屠杀。

这个结果出乎许多人的意料，这只双目赤红的怪物居然没有凭着本能发起攻击，有些古怪。

随着它的奔跑，狂风大作，地面龟裂。因为它太重了，且每次跃起都是数十米远，砸得大地都在轻颤。

"快，拦住它！"一些人惊叫道。

他们无论如何也不愿意看到紫金松果落入怪物口中。

"咚！"

一声巨响传来，像是一面悬在半空中的大鼓被人猛力敲响，声音沉闷如雷，震动四方。

接着，人们便看到，那十几米长的怪物被一股巨大的力量生生撞开，竟直接飞了出去，砸在了远处的山地间。霎时间，古树折断，土石迸裂。

什么情况？许多人蒙了，十分不解。

只见场中多了一个人，就站在小树边，毫无疑问，就是他将怪物打飞出去的。这场面让人悚然心惊，人群顿时安静了。

此人穿着一身宽松的练功服，虽然身上没有鼓胀起来的肌肉，但是身体非常健硕，整个人显得非常结实，有一股阳刚之气，让人只是看着就觉得他一定拥有惊人的力量。

他很特别，容貌谈不上英俊，但双目炯炯有神，气质出众。他如同拈花的神佛一般宁静，却又蕴含着可怕的力量。

他留着一头短发，淡黄色的肌肤像黄玉一般，竟还带着晶莹的光泽，显然绝非常人。

"他……他是金刚！"

有人猜出了他的身份，失声道。

又来了一个！位于金字塔顶端的四大异人之一——金刚！

竟然一击就将怪物打飞了，他究竟有多大的力量？

不久前，所有人都亲眼看见了，那十几米长的怪物一路横冲直撞，就连十几米高的树人都被它轻易杀死了。而现在，一个人类轻轻松松就将它打飞了，单就力量而言，金刚比怪物还可怕。

那怪物一骨碌爬了起来，眼中带着怒火。刚才它只差一点就要吞掉松果了，却在关键时刻被人拦住了。

不过，它的双眼中也明显地透着忌惮之色。刚才那人仅凭拳头就将它打得栽了个跟头，这让它心中有些发慌。

"嗖！"

怪物还是选择了进攻，松果即将成熟，近在咫尺，它又怎能甘心舍弃！

另一边，金刚也动了。他的速度比它的还要快，数十米的距离，他迈开脚步，如缩地成寸一般，瞬息即至。

"砰！"

这一次，他使出了金刚拳法，力道更大的拳头砸在了怪物张开的嘴巴一侧，当场打掉了它的牙齿，顿时血液飞溅。

怪物承受不住那种力道，又一次飞起，砸在了更远的地方。

它原本蛮横无比，结果遇上了一个更狠的，只动用蛮力就把它死死地压制住了。

地面上有几颗牙齿，每一颗都有一尺多长，雪白锋利，上面还带着殷红的血，令人触目惊心。

"他就是金刚？果然神勇，那力量太可怕了！"

"金刚来了，肯定会与银翅天神一争高下，今日我们没有白来！"

许多人又激动又欣喜。

人们刚才都十分害怕那恐怖的怪物，现在却完全不将它放在心上了，有金刚在这里，对付那怪物根本就不成问题。

半空中，银翅天神动了。他带着银色的光辉，落在了不远处的一个山头上。

那里有一些人，都是天神生物的重要人物！

林诺依就站在山顶上。她身材修长，气质清丽，长发垂到腰际，白皙而精致的面孔上看不出什么表情，显得十分平静。

银翅天神降落，与她并肩而立。

人们看到后面露异色。

　　林诺依曾被人拍到侧身照，当时人们就觉得她极其美丽，因而拿她与银翅天神说事，这事当时还成了热门话题。现在见到本人后，所有人都觉得她比那张照片中的样子还要美上几分，更令人惊艳。

　　紧接着，山顶上又出现了一名年轻男子，那男子十分英俊，看起来也颇为出众。他走到了林诺依的另一侧，不断地吩咐一些人着手布置着什么。

　　"穆？"

　　楚风看向那个方向，认出了他。

　　楚风看过穆的照片，而且知道穆和许婉清关系不一般，因此一直留意着他。

　　"轰！"

　　随着一声巨响，场中的怪物再次被金刚轰得飞了出去，砸断了一棵又一棵古树，闹出了非常大的动静。

　　很多人注意到，金刚像是在活动筋骨，并没有急着下杀手。

　　人们知道，他的对手是银翅天神，他根本就没将那只恐怖的怪物放在心上，此时只是在舒展四肢而已。

　　怪物发怒了，张嘴喷出带着硫黄味的黑色火焰，要与金刚拼命。

　　显然，金刚不想再跟它浪费工夫了，只见他"唰"的一下从背后抽出了一柄雪亮的长刀，一迈步便是数十米远，疾速冲到了它的近前。

　　"噗！"

　　刀光一闪，雪亮如银河，在山岭中反射出白茫茫的光，一颗硕大的头随之飞了出去。

　　就这么一刀，金刚便斩杀了怪物，早先他果然只是活动筋骨而已！

　　"快，都拍摄下来了吗？这都不是特效，是最珍贵的资料啊，我的作品一定会成为一部史诗级的神话大剧！"在这么紧张的时刻，竟有人大声地催促道。

　　人们一怔，随即便看到周倚天正带着几个人架着各种摄像器材全方位地录制着。

　　"在我们的大剧中，银翅天神和金刚都将成为无敌英雄。"周倚天略显激动地嚷嚷着。

　　没人理他，也没有人再关注他。

所有人都被金刚可怕的战力震惊了。佛刀既出，谁与争锋？

"金刚，这边！"

山顶上的银翅天神开口道。他一振双翅，朝一个方向飞去，银灿灿的光辉随之流转。

一路上，他在高空俯视着所有异人。与其他异人比起来，他真的是天神一般的存在！

金刚抬头看去，像是与银翅天神早有默契，知道他们之间必有一战。他迈开脚步，同样速度极快，转眼间就到了远处。

众人骇然，他真的是在地上行走吗？这速度未免太快了，许多飞鸟都不见得能比得上他。

"轰！"

远处一片开阔的山地中，银翅天神跟金刚交手了，绝世大战就此展开！

"出击，那颗果实只能属于我们天神生物！"穆开口下了命令。

随着他一挥手，许多异人纷纷向那棵奇异的小树逼去，想先占据有利地形，因为此时果实马上就要成熟了。

人们吃惊地发现，有些山头上出现了黑洞洞的炮口，震慑着所有人。

与此同时，远处传来了轰鸣声，几架武装直升机如钢铁怪兽般快速飞来，盘旋在这片山岭上方。

众人的脸色都变了，武装直升机上携带的武器威力太惊人，随便开一次火就可以毁掉大片区域。

"周全，你赶紧离开！"

山头上，楚风无比郑重地嘱咐周全马上逃离这片区域，甚至带上了命令的语气。因为他预感到了不祥，一种危险的感觉浮上了他的心头。

周全知道事情的严重性，二话不说，快速冲下山，而后便撒腿狂奔，一转眼就跑出了数百米。

楚风心中悸动，身上的许多部位都有些疼痛，跟以前的感觉相仿。这是他的本能直觉在发出预警，说明有人在拿热武器瞄准他。

"挑衅我天神生物者——死！"

远处，穆冷森森地说道，英俊的面孔上带着冷酷之色。紧接着，他一挥手，下达了命令。

"砰砰砰！"

顷刻间，大口径热武器发出轰鸣，凶猛的火力朝着楚风所在的山头齐齐射来，密密麻麻的子弹突破了音障，全部向楚风与黄牛喷射而来。

楚风提前动了，如猛兽下山一般，向山头的另一侧翻去，躲过了所有子弹。

黄牛也动作迅疾地跟着楚风躲到了山头这一边。

楚风的眼中泛着寒光，本来他不想跟天神生物的人动手，因为林诺依在那一边，但是现在有人想杀他，他不得不做出决断。

下一刻，他举起了自己带来的热武器，冷酷而无情地朝着某一个方向发起了攻击。

"砰！砰！砰！……"

一瞬间，他接连扣动扳机，一颗子弹杀一人，精准而狠辣，刚才想对他下手的六名高手顿时全部毙命。

这一切发生得太快了，许多人都还没有反应过来就已经结束了。

"天啊，牛神王竟然可以躲过子弹，随后还展开了反击，接连射杀了天神生物的六名高手！"

"他的反应速度到底有多快，他怎么可能躲过那么多的子弹？！"

一群人简直不敢相信自己的眼睛。

穆也面露惊容，此时此刻，他感觉很不妙，知道了自己招惹的这个人很不简单，居然可以避开热武器的袭击。

林诺依转头看向他。

"我见林夜羽叔叔的人被他羞辱了，便想趁此机会解决他，没想到这个人竟如此强大，我失策了。"穆坦然地说道。

几句话简单而直接地告诉了林诺依，他是在为她的小叔叔出手。

"砰！"

山头上，楚风再次扛起热武器，朝远方射出了一颗子弹。

"嗯？"穆面色微变。他不是常人，拥有可怕的直觉，顿时"嗖"的一声从原地消失了。

一颗子弹与他擦肩而过。

"这个人不简单!"楚风心中讶然,他还是头一次遇上跟他一样可以躲过子弹的人。

不过,金刚、银翅天神的实力更恐怖,他们早已无惧热武器。

"给我杀了他!"穆眼神冰冷地看着那个山头,浑身散发出可怕的杀气,一挥手下达了命令。

一些山头上,黑洞洞的炮口转动,瞄向了楚风所在的山头。

与此同时,空中有一架武装直升机掉转方向,也朝楚风飞去。

"穆,你想杀我?那今日我便正好跟你了结上次的恩怨!"楚风的眼中露出杀意。

黑洞洞的炮口突然发出刺目的光芒,可怕的火力喷射而出,轰向不远处的那个小山头。

楚风跟黄牛纵身一跃,如大鹏一般,从山顶上扑了下去,顺着陡峭的山壁落下,激荡起一阵狂风。

"轰!"

山顶上,六七枚炮弹同时落下,发出了炽烈的光芒,巨大的爆炸声震动了白蛇岭。一时间,地动山摇,乱石飞溅,景象十分可怕。

见此情形,所有异人都心中发毛。天神生物太狠了,对异人动用这种热武器,谁能挡得住?

只见那个山头上翻涌着的滚滚热浪之中,成片的古树折断,化作了灰烬,连岩石都熔化了!

整个山顶都不见了,已被彻底炸毁,并且,那里变得光秃秃的,一片焦黑,景象让人胆寒!

楚风要是晚那么一步,后果将不堪设想。

他不得不感叹,在这后文明时代,各大财团掌控的力量实在太惊人了,连各种热武器都能拥有,普通人根本不敢想象。

在后文明时代重建秩序时,早期的财团曾作为一股重要力量,参与许多规则的制定。

这么多年过去，他们一直都很低调，从不显山露水，但谁能想到，关键时刻他们竟然会这么恐怖。

楚风从山上俯冲下来，没入了山林，他的身后依旧有炮火在追击，一时间乱石翻滚，那座小山都矮了一截！

一块山石落下，砸在了黄牛身上，疼得它发出了"哞"的一声低吼。不是它反应慢，而是它穿着兽皮衣，必须直立行走，着实别扭。

黄牛被砸得一个趔趄，险些摔飞出去，好在它皮糙肉厚，力大无穷，若是换作另一个人被一块重达八百斤的岩石砸中，想必早就骨折筋断了。

即便如此，黄牛也还是发怒了，它发出了一声低沉的咆哮，一双瞳孔中射出金色光束，盯住了远处的山头。

"那边的火箭筒交给你了！"楚风说道。

他知道黄牛不是善茬儿，多半会冲过去毁掉那些对着他们轰击的炮筒，估计有些人要遭殃了。

同时，他自己也动了，冲向了另一边，打算亲自去找穆算账。

都到这个地步了，他哪里还会管对方是否为天神生物的重要成员。敢这么针对他，想置他于死地的人，无论是谁，他都照杀不误！

楚风的速度太快了，百米距离他只需一秒一的时间就能到达，故当他迈开大步前进时，在许多人看来他似乎是一步就跨了数十米远。

"砰砰砰！"

在这个过程中，依然有无数的子弹成片地扫来，打在他的身后，许多大树随之折断，轰然倒下。

子弹实在是太密集了！

"轰！"

随即更是有炮弹落下，在山地中爆发出了恐怖的光芒，极高的温度使岩石都熔化了。

令人震惊的是，没有一颗子弹击中楚风。他不断地改变方位，总能提前避开，那些热武器喷出的火舌一直在后面追逐着他，却难以伤他分毫。

许多异人睁大眼睛看着那诡异的一幕，都傻眼了。他们既震撼又发怵，同时还很羡慕，心情十分复杂。

这种本领是他们梦寐以求的，日后在面对热武器时，他们必须过这一关，而这个人竟提前做到了！

楚风动作极快，一个侧身就是十几米远，一次腾跃便至数十米外，那速度实在太惊人了。

在战场中，他如一道光束一般迅疾无比，凭借超常的感知躲避着各种危险，在枪林弹雨中飞快地穿行。

许多人都看得呆住了，这还是人类吗，他是如何做到这一步的？！

林诺依脸色微变，她知道这次遇上了大麻烦，天神生物本就在与菩提基因对抗，根本就不该招惹这等顶级高手。

穆的脸色也变了，他先前已经重新评估了那个人的实力，现在却发现对方比他想象的还要厉害，是一个极其危险的人物。

"必须解决他，集中所有火力给我杀了他！"穆眼神冰冷地咬牙说道。

既然已经招惹了，就要斩草除根，趁此机会斩杀此人，不然将来他肯定会成为大患。

穆是一个果决的人，一旦做出了决定，就会立刻执行。

一时间，爆炸声更加惊人了，楚风哪怕躲进了山林中，在一座又一座矮山间不断穿行，也还是遭到了凶猛火力的扫射。

换作其他人，肯定早已成为一摊烂泥！

"导演，那个人太厉害了，都不怕子弹啊，炮火也对他无用，这还是人吗？简直就是一个陆地神仙！"

有人惊叹着，快看傻了。

"还愣着干什么，都给我录制下来，要全方位录制，一段都不能少！"周倚天无比激动地怒吼着，眼睛都急红了。

在他看来，这个牛神王太厉害了，竟能无惧恐怖的热武器，避开密集的子弹，就这样横行于白蛇岭。

他觉得，这次有可能拍摄到惊人的资料。

"砰砰砰！"

楚风还会不时发动反击，大口径热武器在他的手里如臂使指，每一颗子弹都会夺走一个天神生物的高手的性命。

"神人啊，这就是我要找的牛魔大圣的原型！快，给我录好了！"周倚天咆哮道。

"导演，放心，一点都没有错过！我们带来的器材非常先进，隔着很远都可以拍摄得清晰到位，刚才的已经全都录下来了！"有人激动地说道。

"好，太好了！"周倚天用力握拳。

有不少人看到他们几个，脸上都露出了古怪的神色，无法理解这几人的举动，心想，这几人是活腻了还是原本就是疯子？

周倚天几人我行我素，没有管别人的眼神，几次险些遇难，也依旧在大呼小叫地疯狂追逐着进行拍摄。

片刻后，炮火停歇了。

因为在那个山头上，有一个长着金色犄角的"牛头人"正在大开杀戒。只见"他"一对"巴掌"扇出，各种炮管便直接变形，甚至崩断。

"天啊，那还是人吗？简直就是一个魔头啊！你们看到了吗？他竟然徒手拍烂了大腿那么粗的炮管，真让人难以置信！"

"那是牛神王的兄弟，据说叫牛魔王，跟牛神王的名字真配啊，他竟和牛神王一样强大，就这么一路横扫了过去！"

山地中传来了成片的惊呼声，即便身为异人，他们也看得头皮发麻，简直不敢相信那个怪模怪样的人居然会如此凶猛。

远处，枪声也止住了。

就这么片刻的时间而已，天神生物便已损失惨重。他们连楚风的衣角都没有碰到，反倒被楚风杀死了很多枪手，这损失有点大。

本来热武器是一种威慑，可以让不少异人忌惮，从而不敢跟他们撕破脸，争夺紫金松果，而现在却被楚风一口气干掉了十几名狙击手，他们怎么能不心痛。

"嗖嗖嗖！"一道道人影闪过，一队隶属于穆家，听命于穆的异人出现了，他们一个个实力都非常强，联手杀向了楚风。

这一队中总共有十六名异人，每一名都是有着非凡手段的高手，实力远超寻常异人。

他们在围向楚风的过程中，各自取出了一个拇指大的水晶瓶，里面装着蓝色的液体，他们毫不犹豫地将液体倒进了嘴里。

"轰！"

突然，异常恐怖的波动在此刻爆发，十六名异人身上的气息暴涨，实力大增。

哪怕隔着很远，其他异人也感觉到了一阵心悸，仿佛自己正面对着一群庞然大物。

十六名异人的实力皆提升了十倍，这是非常可怕的，现在他们当中的任何一人都可以横扫成片的异人。

他们这么多人集中在一起，本就手段过人，现在战力又提升了十倍，简直成了一群不可战胜的怪物！

"我不屑知道他的来历，杀了他，永绝后患！"穆面色阴冷地命令道，他的心中压抑着一股怒火。

今日是他做了错误的决策，为了在林诺依面前表现一番，他想为林夜羽讨个说法，结果却造成了这样的局面。

他的命令导致了很多人惨死，如今热武器也被人无视，天神生物的威严严重受损。

"嗷！"

突然，一声大吼震动了白蛇岭，许多异人顿时感觉头晕目眩，一个个眼前发黑，险些摔倒在地上。

接着，只见楚风的周围飞沙走石，草木摧折。他又咆哮了一声，那十六名异人全都发出惨叫，七窍流血，抱着头倒在了地上。

就跟上一次一样，穆还想用这一招对付楚风，殊不知，服药后的异人对楚风来说简直就像是送上门来的菜，等着他去切。

"天啊，发生了什么事？"异人们震惊不已。

那十六名强者服食了那蓝色药剂后便爆发出了恐怖而惊人的气息，一个个都强大得让人心悸，如今却全都口鼻喷血，被牛神王的一声大吼震翻在了地上。

楚风手中握着黑色短剑，冷酷无情地出手，没有任何犹豫，哪怕是大财团天神生物的异人也照杀不误。

"噗噗噗！"

他接连挥剑，转眼间，那十六名异人全部被他斩杀了，一个都没有留下。

"啊！"

远处的山头上，穆眼睛都红了，沉稳如他，此刻也受不了了，发出了野兽般的号叫声。

这是他穆家的异人，都是听命于他，由他亲手掌控的，结果竟在一眨眼间尽数被灭。

上一次他已经损失了一支异人队伍，现在又被灭了一支，而且还是被同一人轻而易举地瞬间击杀的。

穆眼睛充血，愤恨欲狂。

那药剂有致命的缺陷！

他现在明白了，但为时已晚。

那个人当着所有人的面，一口气杀光了穆家的这些异人，非常冷酷。

白蛇岭中，所有人都大为震惊。

"你们都拍摄下来了吗？"周倚天颤抖着嘴唇，激动地向其他几人问道。

"导演放心，都拍下来了！"有人回道。这几人也都在颤抖，心中有惊惧，但更多的是震撼与激动。

附近的异人看向他们，认为这几个人都是疯子，脑袋不太灵光。

"我要亲手杀了你！"穆站在山上，咬牙切齿地吼道。他失态了，他此时的形象跟平日里的稳重形象大相径庭。

收到他的信号后，一架武装直升机快速飞来，降落在此地。他随即登了上去。

不过，有一个人比他更快，已经杀了过来。

只见天空中银光璀璨，一道身影横空而过，带着不可战胜的威压向楚风俯冲而来。

"天啊，是银翅天神，他杀过来了！"

"他这是要维护天神生物的威严，不容他人冒犯？"

半空中，银翅天神浑身散发着恐怖的气息，宛若一轮银色的月亮。他暂时放过了金刚，向楚风杀去！

—— 第⟨30⟩章 ——
横行无阻

银翅天神出手了！

很多异人见状都心中惊悸，因为银翅天神横空杀来时，周身流转着银色光辉，同时散发出非常恐怖的气息。

这是屹立在金字塔顶端的异人才能散发出的气息，让其他异人都有种压迫感，就好比狮虎出行可惊退其他各类走兽一般。

尤其当他俯冲而来，从低空掠过时，有些异人立刻躁动不安，并为其威势所慑，产生了一种无力感，难以与其对抗。

"银翅天神……真是太强大太可怕了！"一些人低语。面对那道银光，他们竟然觉得很难抬起头来。

"唰！"

那道绚烂的银光速度实在太快，瞬间便从很多人的头顶上方掠过，带着可怕的威势直冲楚风而去！

至此，一些人才长出了一口气。

"天啊，太吓人了！"

一名扛着摄像器材的异人面色发白，望着从头顶飞过的那道银光，心有余悸。刚才近距离接触时，他有种仿佛被史前凶兽盯上了的感觉。

"还愣着干什么？那可是当今四大异人之一！快录，一段都不能少，一定要录下银翅天神的所有画面！"周倚天咆哮道。

而后，他更是亲自上阵，扛着摄像器材狂奔了起来。

"导演，我们并没有错过什么，都拍下来了，你放心吧！"旁边，有一人激动地说道。

下一刻，成片的惊呼声响起。只见银翅天神纵横白蛇岭，浑身绽放着神圣的银色光辉，这一刻，他宛若神祇临世。

楚风瞳孔骤缩，凝视着半空。他想杀穆，结果却引来了一个更恐怖的人，隔着很远，他就已感应到了危险。

"轰！"

不过一眨眼的工夫，银翅天神便杀到了，挟无敌之势横扫而来。

此时此刻，他张开一对银色的翅膀，释放出神秘能量，那对翅膀顿时如两柄雪亮的利刃一般向下斩去，画出了两道优美而又恐怖的弧线！

"啊！"附近一些人觉得眼睛刺痛，不禁大叫出声，因为那一对银翅上的光芒实在是太过炽烈了。

不少异人遮住双眼，快速倒退。

那对银翅蕴含着神秘莫测的能量，无坚不摧，且能发出强光，灼痛了许多人的眼睛。

远处，一些女子在尖叫。

自从上一次银翅天神的战斗视频泄露，被人发布到网络上后，他便吸引了一大批人的关注，人气暴涨。

他体形匀称健美，容貌俊朗，更是站在金字塔顶端的异人，部分年轻女子对他自然分外有好感。

现在，一些女异人就显得特别激动，见他这么霸气地出击，都十分期待！

牛神王虽强，但毕竟是今日才出现的，而且还顶着一对犄角，也看不到他的真容，他的人气无论如何都不可能有银翅天神的人气高。

如今，当两人生死相搏时，楚风毫不意外地听到了一大批人在高呼银翅天神的名字。

哪怕有许多人看不惯天神生物的霸道，反感天神生物动用热武器以势压人，但这一刻他们中还是有不少人偏向了银翅天神。

"银翅横空，我相信除了金刚等两三人之外，没有人能抵挡得住！"

一名女子很笃定地说道。她眼神热切地注视着不远处那道正疾速俯冲的银光，看起来紧张而兴奋。

"可惜了牛神王，他也很强，但现在遇上了银翅天神，他终究还是无法与之相比，想必会丢掉性命啊。"有人带着惋惜之情感叹道。

当然，也有人对银翅天神看不过眼，发出了诅咒。

"天神生物的人太霸道了，真希望牛神王可以赢这一战。"有人小声说道。只是他也明白，这希望太渺茫了。

高手对决，胜负有时只在刹那间！

楚风双目深邃，注视着半空，感受到了危险正在临近，但他很冷静，心中没有一丝慌乱。

"锵！"

关键时刻，他并未动用大雷音弓，而是拔出了黑色短剑，因为银翅天神已经逼至近前，很霸道地想要挥动双翅斩杀他。

这让楚风看到了一个机会！

既然对方如此强势，浑然没将他放在心上，想要一击格杀，那他便准备送对方一份大礼。

许多人都已看出银翅天神的强势，他想以不可阻挡的力量压制对手，并在刹那间斩杀对手，可谓霸道无比。

许多人都曾听闻，他的那对银翅是所向无敌的，可以轻易地切开钢铁，挡住子弹。

不久前更是有目共睹，他横空一击便将一只十几米长的怪物劈为了两段，震慑了在场的所有异人。

要知道，连火箭筒都杀不死那只怪物，而银翅天神却轻易地将那只怪物斩杀了。

楚风扬起黑色短剑，挡在身前，跟那对银翅碰撞在了一起！

"完了，没什么希望了，牛神王怎么能跟银翅天神硬碰，这是在自绝生路啊！"有人轻声叹息道。

那柄短剑就算再锋利，威力再大，能比得过火箭筒吗？

早就听说银翅天神已经无惧热武器，他的那对银翅无坚不摧，堪比传说中的神兵利器。

人们不禁有些同情牛神王，他就要这么死去了，实在有些可惜。

毕竟，有相当一部分人觉得是天神生物的穆欺人太甚。明明是他主动招惹牛神王的，后者不过是在被动还击，到头来却引来了银翅天神出手。

"不自量力，手持一柄短剑而已，也敢跟银翅天神争锋？"

"他这样跟银翅天神交手，明显是不智之举啊。"

有些女性异人开口道。她们并不是偏向天神生物，而是对银翅天神有好感，所以自然站在了他那一边。

"当！"

铿锵之音传出，像是金属摩擦的声音，那里随之绽放出了刺目的银光，整片区域都变得一片璀璨，让人眼睛生疼，无法直视。

人们知道那是银翅之威，那对银翅蕴含着的神秘能量在这一刻都爆发了出来，威力无与伦比。

这是可以摧毁热武器的力量！

"牛神王终究不能跟银翅天神比肩，他们之间还是有不小的差距啊。"有人低语道。

"也只能同情一下他了，他遇上谁不好，偏偏遇上了站在金字塔顶端的异人，这结局早已注定了。"有人摇头叹息道。

在众人看来，这一战没有任何悬念，牛神王再强，也不可能跟银翅天神相提并论，他们俩根本就不是一个级别的。

炽烈的银色光辉渐渐散去，半空中露出了那道银色身影的轮廓，毫无疑问，那是银翅天神。

"太霸气了，银翅天神无敌！"

有一名少女尖叫道。

她显然年龄较小，眼中只有那道银色身影，脸上带着狂热之色，至于孰是孰非，她并不怎么在意。

在她的身边，还有另外几名少女附和着。

"什么牛神王，即便他十分强大，可以躲避子弹，又有什么用呢？还不是被斩杀了。"

"银翅天神太帅了，真是霸气无比，一招就解决了一个厉害人物，谁与争锋！"

几名年轻的女异人十分激动、兴奋。

远处，周倚天发出了叹息，原本他还对牛神王抱有很大的期待呢，不承想牛神王竟这么早就跟银翅天神对上了，真是太不幸了。

其他几名扛着摄像器材的异人也都轻叹了一声，为牛神王感到惋惜，不过，他们依然在执着地录制着。

片刻后，刺目的银光终于彻底暗淡了，银翅天神的身影不再是一个轮廓，而是清晰地浮现在了半空中，人们也能彻底看清那片战场了。

这一刻，所有人都呆住了，整片山地一下子安静了下来。

"什么情况？！"片刻后，有人惊叫出声，打破了宁静。

刚才大声尖叫的几名少女此刻也都愣住了，简直不敢相信自己的眼睛。

"不可能吧？"一名女异人心中震惊，呆呆地看着前方喃喃道。

"导演，有情况！赶紧啊，不要错过，继续全方位录制！"有一名异人扛着摄像器材，主动提醒周倚天。

此时，白蛇岭中的所有异人都在盯着那片区域。

人们看到，悬在半空中的银翅天神身上有血，虽然很少，但是很醒目——他负伤了！

他的一对银翅上各有一道伤口，血正是从那里淌落的，有些滴在了他的身上。

银衣染血，但他依旧面无表情，冷漠地俯视着下方的那个人。

牛神王安然无恙地站在山地中，他手持一柄黑色短剑，指向半空中的对手，无畏无惧，镇定而从容。

黑色短剑上带着血，闪烁着冷森森的光泽！

周倚天震惊而激动地叫道："真是出乎我的意料啊，继续录，千万不要漏了什么！"

银翅天神面无表情，目光冷厉，他知道自己刚才大意了，不然自己无论如何也不至于受伤。

异人崛起

| YIREN JUEQI

他没有使出拳法，更未使用技巧，只想凭着无坚不摧的银翅压制对手，一招击杀对手。

可以说他的确有这个资本，他的银翅无坚不摧，甚至可以斩断金刚石，这一点早已得到过验证，所以他很自信。

但他怎么也没有料到，他这能挡住炮弹的一对银翅竟然会被人用一柄短剑割开两道口子。

说到底，他还是太自负了，小觑了天下人。

"杀！"

银翅天神轻喝一声，就要再次俯冲下去。

这次负伤，并不是因为他太弱，而是因为他太轻敌。有了这一次教训，他今后都不会再那么自傲与大意了。

"快挡住金刚啊，他要摘走松果了！"

这时，突然有人焦急地大喊了起来。

只见金刚正直直地朝那棵碧绿的小松树冲去，他的速度太快了，每一次跃起都是数十米远。

在那棵高一米二左右的小树上，结有一颗紫金色的松果。此时，松果已经成熟，上面最后的一抹绿意也消失了，正散发着清香，周围还弥漫着紫雾。

"哧！"

银翅天神生生地止住身形，如一道银色闪电般迅速远去，身影在空中画出了一道弧线。他要阻止菩提基因的金刚。

"咚！"

两人已经不是第一次交手了。

随着一声巨响，他们再次发生大碰撞，产生的动静极大，就像发生了一场剧烈的地震。

一击之后，银翅天神飞上半空，而金刚也倒退了出去。

"抢啊！"

一些异人大叫着疯狂地向前冲去。

当然，更多的人在后退。虽然那颗果实十分让人心动，他们都很想得到，但是

042

他们明白，自己跟这果实无缘，此时不顾后果地冲上去，只能落得枉死的下场。

一些人赶到这里，只是为了亲眼见证果实被摘取的经过，如此，他们便觉得不虚此行了。

刚才牛神王吸引了不少人的目光，人们无论如何也没有想到银翅天神与他之间的一战会是这么一个结果！

自今日起，他想不出名都不行了，要知道，他可是第一个伤到银翅天神的人啊。这么片刻的工夫而已，这消息就已经震动了白蛇岭。

"穆，来做个了结吧！"楚风在关注小松树的同时，也在留意穆的动向。

"他要做什么？"人们不解。

楚风速度太快了，一跃就是数十米远。他宛如一阵狂风，所过之处飞沙走石，场面有些骇人。

他一路硬闯，中途有人想击毙他，甚至动用了火箭筒，想将他格杀于此。

但楚风的直觉极其敏锐，他总是能预知危险，于是，在巨大的爆炸声中，在可怕的火光中，他依然横行而过。

这一幕令所有人都震惊了，他竟然无惧热武器的轰杀。

楚风一路疾驰，挟着狂风，来到了一座山峰前。

此时他已经能够看到穆了。此外，林诺依也在这座山峰上，她冷艳动人，正注视着他。

"给我杀了他！"穆发怒了。今日穆家损失惨重，全是拜这个人所赐。这人一口气杀了他手下的十六名异人，现在竟然还主动出击，杀到了近前，看样子是要跟他算总账。

在决策失误后被人如此逼迫，这让他还有什么脸面可言？他自然不能忍受，恨不得立刻诛杀此人。

"轰！"

山头上，黑洞洞的炮口瞄准了下方，朝着楚风接连开火，威力无比巨大，让下方瞬间成了一片焦土。

只是，楚风转眼间就消失了，他避过了所有火力，快速地冲上山体，开始迂回前进。

"嗖嗖嗖！"

下一刻，从山上冲下来十几道身影，个个都是异人，且全部扛着火箭筒，他们不相信以他们的身手还不能击毙此人。

同一时间，穆登上了一架武装直升机，他表情有些狰狞，脸上带着浓重的杀意，咬牙道："我要亲手杀了你！"

这边的动静引起了众多异人的关注，众人见状不禁悚然心惊，穆居然动用了武装直升机，想借此轰杀牛神王。

一个人再强大也是会有弱点的，毕竟是血肉之躯，牛神王可以躲过子弹，难道还能躲过直升机的轰炸吗？

"我不管你是谁，也不屑知道你的来历，今日，你必须死！"穆疯狂地吼着，连面部都扭曲了。

今日的事对于他来说简直是奇耻大辱，如果不能杀死牛神王，他还有什么颜面回穆家？族人会质疑他，觉得他没什么能力。

"轰！"

武装直升机开火了，密集的弹雨射向山林，成片的树木随之倒下，甚至许多参天古树都爆碎了。

穆发疯了，誓要解决楚风。

与此同时，从山上冲下来的那些异人也都手持火箭筒不断地轰击楚风。

他们有些忌惮他，不敢靠得太近，于是就站在了一个恰好的位置上阻击他。

这边的动静太大了，又是枪炮，又是武装直升机，简直就像是在打仗。

白蛇岭顿时大乱，所有异人都被震撼了。

楚风在山地中疾速奔跑着，穿行于炮火中，灵巧地躲避着攻击。

"牛神王，你给我去死吧！"穆大叫道。哪怕他此时正身处于武装直升机中，他的怒吼声还是传了出来，被众人听到了。

人们知道，他此前遭遇大败，心态失衡，彻底发狂了，所以现在他才会不计代价地要诛杀牛神王。

楚风眼神冷厉地抬头看向高空。

这一刻，他感觉浑身都剧痛难忍，说明有极其严重的危机即将来临。有所警觉后，他便开始疾速横穿林地。

"轰！"

下一刻，这片山地被彻底炸平了，草木成灰，山石熔化，什么都没有剩下。

小型空对地导弹！

穆非常疯狂，为了对付一个仅有血肉之躯的人，他竟然直接动用了这种大杀器，想来个绝杀。

虽然他正处于盛怒之中，但是性格使然，此时他依旧十分谨慎、阴狠，哪怕知道根本不需要这么浪费，他也还是动用了这种武器。

他只求一击必杀，趁早解决那个人，不想再出现任何意外。

远处的众多异人脸色都变了，这实在太可怕了，谁能挡得住导弹？估计就算是银翅天神与金刚也不敢用血肉之躯硬接导弹吧？

穆为了杀一个人，竟然动用了此等大杀器。

"什么？！他还在！"

"天啊，牛神王还活着！"

众人看着那片焦土的边缘，都惊呆了。

只见楚风一骨碌爬了起来，拍了拍身上的尘土。他并没有受伤，只是兽皮衣有一些破损。

牛神王居然活了下来？！

白蛇岭间顿时一片嘈杂，这一幕实在太震撼人心了。

"怎么可能？！"穆眼睛发直，难以置信地怒吼道。这个人究竟是妖还是人？他竟然连导弹都可以躲开，简直就是一个非人类。

山地中那十几名扛着火箭筒的异人也傻眼了，这家伙究竟是不是人啊，穆开着武装直升机一路追击轰炸，竟然都没有将他弄死。

白蛇岭间一时间难以平静，众异人心中都震颤不已，觉得这个牛神王实在是太强悍了。

牛神王不久前就曾伤到银翅天神，现在更是躲开了导弹，难道热武器对他彻底失效了吗？真是太邪门了！

"神人啊！"

有人发出了长叹，觉得所谓的陆地神仙也不过如此。

其中一个人最为激动，那就是周倚天。他一直在关注着楚风，在拍摄时，他的重点一直都在向楚风倾斜。

这一刻，他发现自己可能押对宝了。

"你活不了！"穆觉得自己受到了羞辱，不禁发出了一声怒吼，原本英俊的五官现在彻底扭曲变形了。

开着武装直升机都杀不死这个牛神王，他还有什么脸回族中去？

就更不要说他在林诺依面前的失败表现了，动用了这么多资源都没杀死那个人，他真是太可笑了。

楚风没有说话，只是冷漠地看着穆，杀气毕露。

楚风也彻底愤怒了。

别人看着只觉得他神通广大，就那么避开了，可是，刚才其实是险之又险，他只差一点点就要被导弹击中了。

"穆，你这只疯狗，我现在就宰了你！"楚风寒声道。

他的声音是沙哑的，很低沉，却传遍了这片区域，显示了他的怒火和杀意。

白蛇岭中的异人闻言都十分惊诧，心想：牛神王能有什么手段，可以攻击到坐在高空中的武装直升机内的穆？难道牛神王变异后还生出了翅膀，就藏在他那厚厚的兽皮衣里？

众人都惊疑不定地看着他。

穆眼睛赤红，被彻底激怒了。他自幼便一路顺风顺水，谁敢称呼他为"疯狗"？

"牛妖，我立刻灭了你！"他怒吼道。

不过，下一刻他就呆住了，停止了攻击，怔怔地看着下方。

不要说他，在场的其他人此时也都僵住了。

只见楚风从背后取下了一张大弓，抽出了一支箭，而后居然将箭尖对准了高空。

什么情况？

用弓箭射武装直升机？这是在开玩笑吗？即便是普通材质的飞机，想拿弓箭去射，也是荒唐不经。

在后文明时代，这种大型武装直升机都是用特别的材料组装而成的，弓箭怎么能将其射穿？就算是用一般的枪械都够呛！

穆稍稍愣了一下，而后便忍不住大笑了起来。

"你这个蠢货，被火箭筒轰傻了吧？竟敢拿这破弓箭对着我，愚昧！"他有些怀疑，难道这个人是从深山老林中跑出来的，对这个时代什么都不懂？

"哈哈！"

那十几名扛着火箭筒的异人也都大笑了起来，不能理解这么彪悍的一个人怎么会如此可笑，竟做出了这种没头脑的事。

山地间的其他异人也都有一些发蒙，心想：牛神王这是怎么了，难道是刚才被炮弹震晕了？

一群人都看着他，不知道说什么好。

"导演，怎么办？"一名扛着摄像器材的异人苦笑着看向周倚天。

周倚天一咬牙，道："别管了，暂时还是集中资源，都给我继续跟踪拍摄他，豁出去了！"

此时，穆的手下都还在大笑。

"轰隆！"

然而，下一刻，随着一声巨响，所有人都笑不出来了。

只见楚风的周围雷霆阵阵，电弧四射。他拉开弓弦，随后"嗖"的一声将箭射了出去。

"咔嚓！"

天空中顿时像是有一道雷电劈落，响声震耳欲聋，楚风的周围飞沙走石，雷光闪烁，至于那支箭，则带着电弧，冲向了武装直升机。

所有人都傻眼了，这到底是什么情况？

"轰！"

霎时间，武装直升机尾部炸开了，爆发出了炽烈的火光和浓重的烟雾，而后一头向着山林中扎去。

穆脸色煞白，脸上满是惊骇之色。他简直难以置信，刚才那个牛神王就像一个原始人一般对着他开弓，而后就真的将武装直升机给射下来了！

"不！"他恐惧地大叫着。

那十几名扛着火箭筒，刚才还在大笑的异人全都闭上了嘴巴，一个个都被吓傻了。

白蛇岭陷入了短暂的寂静，所有人都惊呆了。刚刚那一幕真是太诡异了，让人难以置信。

周倚天一脸呆滞，有点不敢相信自己看到的是真的。

"导演，都录下来了。"一名异人扛着设备，激动地对他喊道。

远处的其他人也都蒙了，很长时间后才爆发出喧闹声。

"活见鬼了！"

"牛神王到底做了什么？这……这不科学！"

……

紧接着，楚风追向了那架武装直升机。刚才他故意将箭射在了机尾，给了穆一次逃生的机会，就看穆能否把握住了。

果然，穆非常人，在武装直升机一头扎向山林时，他提前冲了出来，跳上了一棵巨树。

那架武装直升机就那样继续向前冲去，"轰"的一声撞在了远处的地面上，下一秒便炸开了，一时间火光冲天。

"嗖！"

楚风眨眼间就追了上去，一把拎住了穆的衣领，将他提了起来。

此时，虽然穆还活着，但是从那么高的地方坠落，他早已骨折筋断，即便有大树的缓冲，他还是受了重伤。

"不要杀我！"这一刻，穆脸色惨白，心中满是恐惧，什么果决，什么阴狠，在生死考验面前，他都丢下了。

"真是猛啊，牛神王太恐怖了！"白蛇岭间一阵喧嚣，所有人都觉得心惊肉跳，牛神王实在是太厉害了，所做的事简直有些不可思议。

楚风提着穆，大步走到了开阔的山地中，他看了一眼穆的那些手下，又望向了先前他们所在的那个山头。

山顶上，林诺依也正看着这里，她美目深邃，十分冷艳。

"放了我吧！"穆服软了，低声求饶道。

楚风没有理会他。

"我警告你们，不要再惹我，不然这就是你们的下场！"楚风喊道，警告所有的人。

而后，他只低头看了穆一眼，便果断地挥起手中的黑色短剑，"噗"的一声，当着所有人的面，将穆斩杀了！

"你这只疯狗，害我提前暴露了我的大雷音弓！"楚风低语道。

既然已经暴露了，那就没必要再掩饰了！

楚风猛地抬头，迈开大步，朝白蛇岭内的另一个激战之地奔去。

所有人都知道，他要去争夺紫金松果了。

还隔着很远，楚风就取下了大雷音弓，搭上一支箭，拉开弓弦，对准了银翅天神！

他要干什么？要射杀位于金字塔顶端的存在？

此时，一群人都震惊了。

早先，银翅天神想去杀牛神王，但由于大意没有成功，现在牛神王主动杀过去了！

——第〈31〉章——
神箭所向

山地中有很多异人。

那棵小松树青翠欲滴，枝头的松果已经成熟裂开。

松果中的一粒粒松子非常饱满，泛着紫金色的光泽，晶莹剔透，像是由玉石打磨而成的。

楚风手持大雷音弓，缓缓靠近。

小松树周边的十米范围内都没有人，因为那两大高手正在附近争霸，激烈地厮杀着。

起初倒是有人硬闯过来，想夺取异果，可是最终除了让这里多了一地尸体之外，并没有改变什么。

楚风带着杀意，想挽弓射下银翅天神！

但是，随着一步步接近，他改变了想法。既然那两人正在进行大决战，那他还去掺和什么，就让他们死战到底好了。

到那时，他再来收拾残局。

最好那两人来个两败俱伤，他也乐得清闲与省力。

想通后，楚风心中平静了下来，不再急于找银翅天神算账，而是向远处退去。

他选了一块山石，坐在上面，面色平和。

一些异人见状，心中不安，脸上露出了忌惮之色。

这位牛神王实在太彪悍了，竟然用那么原始的弓箭射下了一架武装直升机，这太不合情理了，他们到现在都还觉得有些蒙呢。

附近有很多异人，敢凑在这里的自然都是有些想法的，说白了，他们都在觊觎紫金松果。

楚风在静静地等待黄牛出现，他相信那家伙很有眼光，不会错过这个机会，到时候他就可以和黄牛联手了。

远处的大战更激烈了。

银翅天神头下脚上地从空中俯冲而下，同时双手捏拳，砸向金刚。他一头银发飞舞，眼神冷厉如电光。

金刚面色平和，非常勇猛，他使出了金刚拳法，向天上轰去！

"轰！"

从他们那边传来了可怕的轰鸣声，如惊雷炸响一般震耳欲聋。

附近烟尘四起，古树折断，就连岩石都裂开了。两大高手交锋，所过之处无一物完好。

人们不禁脸色大变，他们得有多大的力量？！

地面上像经历了一场地震一般，出现了一道道黑色的裂缝，都是被两人给震裂的。

两人拳风呼啸，一时间飞沙走石，景象骇人。一名异人被卷了进去，结果毫无疑问地当场毙命了。

银翅天神周身流转着神圣的光辉，显得无比英武，每次出手都如同闪电一般迅疾而猛烈。

在使用拳法出击的同时，他还拍动着一对银翅横劈竖斩，一时间，银光闪烁，杀气滔天。

"轰！"

只听一声巨响，一块万斤巨石被他轻易劈开，在地上炸裂开来。

然而，金刚毫不畏惧，十分镇定，他右手使出强大的拳法，与银翅天神抗衡。

与此同时，他的左手还握着一柄雪亮的佛刀，不时劈出，光芒璀璨！

两人在激战中不断地碰撞着，速度非常快，几乎要突破音障了，每一次对击都爆发出了惊雷般的轰鸣声，十分恐怖。

"拼了！"

有些异人按捺不住了，因为两大高手越战越激烈，离小树越来越远了。

这是机会！要是错过了的话，他们必将后悔终生。

在许多人看来，只要摘下果实，一口吞下去，自己就会进化，成为第五名屹立在金字塔顶端的异人。

"嗖嗖嗖！"

一道又一道身影向前冲去！

"啊——"

下一刻，惨叫声传来，异人们都在对彼此下杀手，在前进的过程中，有些人倒下了，再也没有起来。

这太残酷了，他们还没有采摘到松果，就对彼此下了黑手。

每一个人都杀红了眼睛，因为周围都是竞争者。

白蛇岭间的宁静顿时被打破了，异人们躁动了起来，喊杀声震天，此地一时间陷入了可怕的混战之中。

现在，就算金刚与银翅天神回来了，这些人也不会再退缩。

血腥味刺激着每一个人的神经，让他们释放出了原始野性。面对诱惑，很多人都抛开了心中的恐惧，一心只想争夺果实。

越来越多的异人参与进来，舍生忘死地向前冲去。

在那棵奇异小树的方圆百米内，不断有异人殒命。

有些强大的异人冲到了小树附近，眼看就要得手了，却突然面色发黑，摔倒在地，竟是中了剧毒。

不过，其他人并没有退缩，他们将满地的尸骸、灌木扔了过去，铺在地上，继续向前冲，大有不得到异果誓不罢休之势。

"轰隆隆！"

突然，半空中传来一阵轰鸣声，几架武装直升机飞来，开始疯狂扫射，可怕的弹雨倾泻而下，瞬间便造成了无数死伤。

地上血迹斑斑，尸体横陈，不少异人心惊胆寒，迅速后退。

哪怕现在他们实力再强大，又有几人可以无惧热武器？他们还没有达到那种高度。

"跟他们拼了！"

有人大喝一声，背后浮现出蓝色的翅膀，随即那人便腾空而起，向一架武装直升机杀去。

"砰！"

可惜，有狙击手暗中出手，在大口径热武器的攻击下，那人额头上冒出了一串血花，一头栽落了下来。

这是一种震慑！

天神生物露出狰狞的獠牙，对敢于争夺异果的人下了杀手。

然而，下一刻，一架武装直升机蓦地在半空中炸开，爆发出了一团炽烈的火光，爆炸声震耳欲聋。

人们悚然心惊，这是谁做的？

远处又出现了几架武装直升机，但显然跟天神生物的不同。

"是菩提基因的人！"有人喊道。

菩提基因同样是一个大财团，跟天神生物相似，两者谁都不怕谁，都做了充分的准备，带来了震慑性的武器。

"哼！"

半空中传来一声冷哼，银翅天神舍弃了金刚，化成一道银色的闪电疾速冲了过去。

太快了！

许多人都还没反应过来，他就已经杀到了菩提基因的一架武装直升机前。

紧接着，他双翅一展，璀璨的银光随之炸裂，如同太阳炸开，非常刺眼，照亮了那片空间。

他一冲而过，银翅扫过机身，只听"咔嚓"一声，那架大型武装直升机就被他拦腰斩断了。

"轰隆！"

武装直升机砸在了地上，爆发出恐怖的火光，爆炸声震动了白蛇岭。

所有人都无比震撼，那可是一架武装直升机啊，竟就这么被人斩落了下来……

许多异人都觉得心中发毛，不敢相信。

菩提基因击落了天神生物的一架武装直升机，结果银翅天神立刻还以颜色！

他当空而立，满身银色光辉，威风凛凛。

地面上，金刚一跃就是数十米远，很快就到了那棵小树附近，没有了银翅天神的牵制，谁能与他抗衡？

"咚！"

他用力地在地上踏了一脚，一时间地面崩裂，像是发生了大地震一般，周围的异人全都倒飞了出去。

在他面前，这些异人都如同稻草人！

他一脚落下，便可震飞地面上的一大群异人，这是一种可怕的力量，近乎神通。

金刚探出一只手，向小树上的紫金松果抓去。

"砰！"

然而，随着一声巨响，地表突然塌陷，他险些就坠落下去了。

他一个翻身跃出了十米远，而后回头凝视，发现地下早已被挖空，奇异小树连土带根茎全部落入了一个大铁箱中。

下面是天神生物的人，他们做好了充分的准备，就等着果实成熟呢，不然他们早就动手了。

当然，他们也确实想在这里进行伏击！

金刚的皮肤表面发出黄光，同时他发出了一声低吼，吼声如凶兽咆哮，震耳欲聋，顿时让下方的人头昏脑涨，一阵失神。

而后，金刚一跃而下，杀到了地下。

一时间枪声大作，密集如雨的子弹向金刚扫射而来。

"当当当！"

只见他挥动佛刀，劈开了许多子弹，有些子弹更是被反弹了回去，伤到了天神生物的人。

不过，子弹太密集了，在这么狭小的空间内，金刚即便反应再神速，直觉再敏锐，也没有办法全部避开。

下一刻，让人惊恐的事情发生了，那些子弹打在他身上后，确实让他的脸上露出了痛苦的表情，也让他的身子开始有些踉跄了，却终究没有穿透他的皮肤。

地下的那些枪手见状顿时心中发毛，这是怎样的一个怪物？他的皮肤竟然坚如精铁，无惧热武器的扫射，这实在是太恐怖了。

地面上的很多异人也亲眼见到了这一幕，一个个瞠目结舌。原来传闻是真的——金刚真的拥有不坏之身，无惧热武器。

金刚落地后，如一头雄狮般身手矫健地向前冲去，现在再也没有人可以阻挡他了。

很多异人被他撞到后都骨折筋断，横飞而出。下一刻，他一把抓住了大铁箱。

他如同一只猛禽一般从地下冲天而起，回到了地面上。不过，他并没有急于劈开那个大铁箱，担心现在争斗太过激烈，飞来的子弹会损坏紫金松果。

"金刚，你走不了！"银翅天神被逼得杀回来了。

"轰！"

远方，炮火轰鸣，飞机盘旋，天神生物与菩提基因已经开始全面交手，展开了激烈的对抗。

其他人见到这一幕后，心中不禁一阵苦涩。此等情形之下，他们如何争得过？

只有一群人始终很兴奋，那就是周倚天他们，他们毫不畏死，扛着摄像器材一路狂奔，跟在各路人马后面拍摄着。

异人大战，热武器对决，此情此景让他们激动到颤抖，对他们来说，这样的大场面堪称国宝级资料。

楚风冷森森地注视着战场，准备动手。

黄牛没有让他失望，果然摸过来了，它装作了普通异人，正贼头贼脑地接近那两大高手。

楚风和黄牛很有默契，彼此看了一眼之后便同时行动了！

银翅天神和金刚正舍生忘死地展开激烈厮杀。现在已经到了最关键的时刻，谁都不想放弃异果。

金刚一只手提着大铁箱，只能用另一只手战斗，明显落在了下风，于是，他猛地抛起大铁箱，准备一刀将它劈开，也不管是否会有子弹飞来打中松果了。

然而，就在这一刻，他附近的一名异人突然发难了。

金刚大吃一惊，想躲避已经晚了。此人显然实力远超其他异人，并不弱于他与银翅天神，居然潜伏在了他们的附近。这人究竟是谁？

放眼天下，应该也只有四名异人有此身手才对。

黄牛一步到位，抢占了先机，果断出手。

"哞哞！"

它上来就是两蹄子，一只蹄子踏在了金刚的手臂上，另一只蹄子敲在了他的后脑上，偷袭得手！

如果是别人，这一下估计就受伤了，但金刚身体并未受损，只是踉跄了一下，便又冲向了前方。

这让人不得不惊叹，他的不坏之身真是恐怖绝伦！

要知道，这一次黄牛可是憋足了劲儿奋力出击的。

"嗖！"

黄牛没理会这些，只见它一冲而过，张嘴咬住了大铁箱的把手，随即便不再直立，改用四肢着地，一路狂奔而去。

金刚大怒，他稳住身体，看着绝尘而去的身影，长啸一声后便开始穷追不舍。

至于半空中的银翅天神，则同样遭到了突袭。

就在刚才，楚风配合着黄牛一箭击退了银翅天神，将他逼上了高空，箭尖还擦破了他的手臂。

银翅天神负了伤，看到来人是楚风后，他瞳孔内的银色光芒大盛。自己两次负伤，居然都是一人所致，一时间，他周身杀气腾腾，就这样用冷漠无情的眼神盯着楚风。

他回头看了一眼，发现金刚追过去了，便不再着急，因为他相信金刚的实力。

事实上，此时的金刚是有苦说不出，十分焦躁。那名古怪的异人速度太快了，一路闷头狂奔，如今就快奔出白蛇岭了，再这么下去，他肯定会追丢。

"轰！"

半空中，银翅天神通体迸出刺目的光辉，照亮了天宇，同时爆发出剧烈的神秘波动，向楚风俯冲而来。

"嗖！"

楚风眼神冷厉，挽弓射箭，一瞬间，响声震耳，电闪雷鸣，箭矢划过长空，飞向空中的那道身影。

银翅天神的眼神十分可怕，他快速移动，避开了箭矢，同时伸出手用力地敲在了铁箭杆上。只听"砰"的一声，雷光四溅，铁箭炸开了。

他的手臂顿时变得一片焦黑，但是并未伤及皮肉。

至此，银翅天神的眼神变得更冷了。

楚风不得不承认，这个人的实力非常恐怖！

"嗖嗖嗖！"

楚风连续开弓，他不再用眼睛瞄准，而是动用了自己的本能直觉，精准地预估到了银翅天神会出现在哪里。

就像他躲避子弹一样，那时的感觉是一种预警，现在的感觉则能让他提前感应到对手下一步的行动轨迹。

银翅天神悚然心惊，他发现自己竟避不开对方的箭了，在雷光中，他的手臂、肩头相继被划开，鲜血直流。

这对他来说简直是不可思议的事，因为他已经无惧子弹了，不承想对方射出的箭居然比子弹还可怕！

"是雷电的力量！"他的眼神越来越冷，接着，他迅速俯冲，誓要逼近楚风，将其斩杀。

"嗖嗖嗖！"

天空中，密集的箭矢将银翅天神完全覆盖了，他根本就没有办法全部躲开，只能硬扛。对方似乎是觉醒了某种神觉，让他都有些忌惮。

他的身上出现了一些箭伤，但是并没有伤到根本。他的身体都能抵御子弹了，自然强大无比。如果不是大雷音弓实在太特别了，还真没什么武器能伤到他。

"轰！"

这一次飞来的密密麻麻的箭矢中挟带的电弧更多了，一时间电闪雷鸣，景象骇人。

"噗！"

一道血光炸开，银翅天神闷哼了一声，险些一头栽落下来。

他发现对方这一次使用的箭不一样了，是一支纯白的骨箭，骨箭穿透了他的肩头，重创了他。

"嗖嗖嗖！"

天空中，密集的箭矢继续飞来。楚风在这关键时刻动用了龙牙箭，想射杀银翅天神。

"啊！"

银翅天神大叫出声，声音震动白蛇岭。此时他浑身是血，冷冷地盯着楚风，向前逼近，杀气滔天。

但是，这一次他遇上了大麻烦，在那密集的箭雨中，又一支龙牙箭横空而至，刺穿了他的银翅，并在那里炸开了。

他那银色的翅膀顿时被撕裂了一大块，让他失去平衡，险些从空中坠落。

白蛇岭内原本还是一片大乱，喊杀声震天，此时却安静了下来，所有人都无比震惊地看着一个方向。

那是牛神王？

他在挽弓射银翅天神，重创了那名位于金字塔顶端的异人！

所有人都心惊肉跳，震惊到了无以复加的地步。

林诺依站在山头上，也看到了这一幕。银翅天神居然被重创了！这个结果对她而言也极具冲击力。

"啊！"

银翅天神大吼一声，在半空中盘旋了片刻，便准备再次俯冲下去，想寻找机会斩杀那人。

"回来！"林诺依开口喝道。她担心银翅天神会发生意外，因为那个人的弓箭实在太恐怖了，很难抵挡。

远处，丁思彤也遥望着此处，面露惊讶之色。她怎么也没有料到那个所谓的牛神王会这么强，竟可以重创银翅天神。

此时，所有人都惊呆了。

白蛇岭在短暂的安静后，陷入了一片喧嚣之中。

牛神王挽弓射银翅天神，这是何等惊人的场面！

所有异人都震撼万分，白蛇岭也因此沸腾了。

"不要再出手了，快回来！"林诺依再次喊道。

此刻，山岭中很乱，一片嘈杂，但那嘈杂声无法盖过她的声音。

异人们大吃一惊，原来那清丽的女子也不是普通人，她那好听的略带磁性的声音竟然可以穿透杂音。

山地间，染血的银翅天神当空而立，浑身银光大盛，身体中释放出一股非常恐怖的能量波动。

他怎么能甘心？身为金字塔顶端的异人，号称四大异人之一，居然被人伤到如此程度。

"杀！"

银翅天神再次出手了。他展开双翼，刹那间银色光芒照亮天宇。此刻的他就像一只银色大鹏，纵横于天地之间。

此刻，银翅天神将速度提升到了极致，忽东忽西，不断变换方位，荡起阵阵罡风，留下道道残影。

他时而贴着林木，时而接近山头，这不仅是为了躲避楚风的箭，也是为了接近楚风，而后将楚风斩杀！

银翅天神对自己的近身攻击能力很自信，觉得自己完全能所向披靡！

他经过的地方，巨树折断，山石碎裂。他的银翅稍微触碰一下，就会毁掉那些物体，可谓无坚不摧。

楚风承认，银翅天神极其强大，能以肉身抵挡子弹的射击，能以银翅斩落武装直升机。可以说，这是超越世俗的神秘力量。

银翅天神不断向前冲，想穿过箭雨，杀了那个人。

"杀！"

一声大吼震动了整片山林，只见他双翅齐振，贴着地面向楚风疾速飞去。

许多人惊呼出声，因为他们只能看到一道银光，看不到银翅天神的身影。银翅天神如一道闪电划过山地，沿途的所有草木全部化为灰烬，就连山石都炸开了。

银翅所向，无物不破！

太恐怖了！

人们惊悚万分，此等力量要是真的打在人类的身体上，谁能承受得住？

许多异人终于明白为何银翅天神能纵横无敌了，因为他拥有这样的资本，能让各种热武器对他失效。

"糟糕，牛神王危险了！"有人惊呼道。

一些人倾向于站在楚风这边，希望他可以赢了这一战，或者退一步讲，只要他不当场战死就是好的。

刚才他挽弓射银翅天神的一幕引起了巨大轰动，不少人都对他怀有期待。

自然也有很大一部分人偏向银翅天神。自从战斗视频泄露后，他的人气便开始呈爆发式增长，很多人都在关注他。

"银翅天神一定会赢！"

"终极一击，无人可挡！"

一些人叫喊着。他们的心情十分紧张，因为银翅天神已经战到了关键时刻，能否杀到楚风近前就关系着他的成败。

有几名少女甚至在为银翅天神祈祷。

"嗖！"

楚风看着那道银光从远处疾速冲了过来，非常冷静地挽弓搭箭，然后松开了弓弦。

这是一支通体洁白的龙牙箭，此时箭上带着炽烈的电弧，爆发出雷霆之音，疾速飞了出去。

一支普通的铁箭在大雷音弓的加持下都能射爆万斤巨石，更何况是用暴龙的牙齿打磨而成的龙牙箭！

银翅天神心头悸动，他从未像今日这般被动过。如果杀不过去，自己就奈何不了那个人，也就无法复仇。

尤其是现在，他竟然汗毛竖立，不得不后退。

他相信自己的直觉，那一箭太危险了，会对他造成致命的威胁。

银翅天神横移躯体，险之又险地避过了那支雪白的龙牙箭。"咚"的一声过后，不远处一块六七米高的巨石轰然爆碎。

可以想象那一箭的威力有多强大！

许多人惊呼出声。

偏向于银翅天神的人则暗自长舒了一口气，为他庆幸。

"杀！"

一些人拼命呐喊，希望银翅天神能趁此机会冲到牛神王近前。

"噗！"

但让那些人胆寒的是，突然飞来的一支龙牙箭射中了银翅天神的胸部，溅起了大片的血，他也随之横飞了出去。

"轰隆"一声，他撞在了山壁上。那支箭矢力量太强大了，带着他飞出了二十多米远，就那样将他钉在了那面陡峭的山壁上。

鲜血流淌，染红了那面山壁。

这个景象震撼了所有人！

"天啊，银翅天神遭遇了大劫！"有人惊呼出声。

"不！怎么会这样？"一名少女脸色惨白，都快哭出来了。

很快，这些惊呼声就被炮火声淹没了。不远处，两架武装直升机飞来，恐怖的弹雨倾泻而出，想阻击楚风。

"轰！"

剧烈的爆炸声传来。

武装直升机发射了空对地导弹。这是一件大杀器，血肉之躯根本不可能与之抗衡。

事实上，在射出那两支龙牙箭后，楚风都没有去看结果，就干脆利落地转身，疾速遁走了。

敏锐的直觉警告他，莫大的危机就要降临了，那危机将威胁到他的生命。

于是，他一路狂奔，每一次跃起都有数十米远，这才逃过了这一劫。

"你们找死！"

楚风转身，挽弓搭箭，刹那间，一支铁箭伴着雷光呼啸而去，景象十分恐怖。

"轰！"

一架武装直升机在半空中解体，炸开时发出了刺目的火光。

白蛇岭中的所有人都惊得张大了嘴巴。他们虽然不是第一次见到牛神王射爆飞机，但还是觉得震撼无比。

这种手段超出了人们的理解。如此原始的弓箭怎么会有这么大的力量？

楚风没有停手，又搭好一支铁箭，"嗖"的一声射出。

伴着雷霆之音，铁箭划破天宇，飞向另一架武装直升机。

"轰！"

火光冲天，那一架武装直升机也在半空中炸开，发出了震耳欲聋的爆炸声。

远方的一个山头上，一个老者看到这一幕后，眼前发黑，身体摇了又摇。

他没料到，如此突然的偷袭竟然依旧对那人无效，几枚导弹都落空了。

那是人，是魔，还是神？这一刻，在场的异人都无比震惊。

对他们来说，今日所发生的事太具有冲击力了。

他们原以为自己蜕变后，生命层次已经进化到了超凡脱俗的境界，脱离了普通人类的生命层次的范畴，不承想，他们在这白蛇岭竟又受到了深刻的"教育"，上了一节非常可怕的课。这也让他们知道了，将来他们还有一段很长的路要走！

白蛇岭内一片死寂，牛神王的手段超出了所有人的预料，他竟敢一个人对抗天神生物这种庞大的财团！而且他并没有吃亏，什么大杀器都奈何不了他，反而接连被他击毁了好几架武装直升机。

个人的实力竟然可以强到这一步！这打破了某种平衡！

许多人原本以为只有银翅天神、金刚等几人具备这种横行天下的实力，他们怎么也没有想到，今日突然冒出来的这个牛神王竟然能重创银翅天神！

"银翅天神呢？"有人疑惑地问道。他们在被摧残得不成样子的山地中寻找，终于看到了他。

山壁之上，银翅天神目光冷厉，缓缓地移动躯体，"砰"的一下从山壁上挣脱，带着龙牙箭降落在了地面上。

不得不承认，银翅天神无比强大，被这种力道的箭矢射中后肉身都没有解体，而是生生熬了下来。

鲜血染红了他的半边身子，他步履蹒跚，而后猛地抬头，望向在远方山林中的楚风。

"等我的合金战衣打造完成，我一定斩下你的脑袋！"

他冷漠地低语了一句，而后握紧拳头，跃向了高空。

"银翅天神！"一些人喊道，有个别少女甚至发出了带着哭腔的声音，她们认为他是个悲情英雄，本有无敌之资，最后却遭遇了这种大败。

"牛神王！"也有很多人大声呼唤着牛神王之名，对这个如新星般崛起的神秘人物充满了期待。

"嗖！"

楚风动了，他手持大雷音弓一路追了过去。

自从发现银翅天神的踪迹后，他就开始狂奔。

"嗯？"人们无比惊讶。真不愧是牛神王，跟他早先时的风格无异，太彪悍了。

都杀到这一步了，牛神王也没有放弃，哪怕银翅天神冲向高空了，他也依旧要尝试射杀！

"牛神王！"许多人大喊。

周倚天是最激动的，他虽然负伤了，已满身是血，但还是带着几名异人远远跟在了楚风后面，拍摄下了一幕幕惊心动魄的画面。

一座山峰上，林诺依正有条不紊地快速部署，接连下达了六条命令。

其中有三条是针对山外的，她不可能容忍那颗果实被抢走。

她早有安排，准备充足。哪怕眼看着穆、银翅天神以及那个老者接连失利，她也依然很冷静，冷艳的面庞上带着果决的神色。

下达完命令后，她转身看向某一个方向。而后，她的身体表面出现了一层柔和的光，最后她竟然浮到了半空中。

"唰！"

下一刻，她冲了过去。她气质冷艳，整个人美到了极致。

她停在银翅天神的身边，面向地面，看着追杀而来的楚风。

"我们也过去！"菩提基因方面，丁思彤开口了，许多人开始行动。

白蛇岭内的其他异人大多也动了，但他们还在担心天神生物、菩提基因的热武器会再次出击，也担心牛神王一发飙，神箭会伤及众人。

——第〈32〉章——
姜洛神

此刻，楚风止步，凝视高空。

林诺依则身体发光，俯视着下方。山风吹过，猎猎作响，她衣袂飘舞，长发飞扬。

银翅天神身上有许多伤口，全身都被染上了猩红色，让人触目惊心。

两人都气质非凡，银翅天神哪怕此时受了伤，看上去也依然出众。他们并肩而立，悬在白蛇岭上空。

楚风手持大雷音弓，站在山地上，静静地看着空中。现在距离太远，他很难射杀银翅天神。

这就是可以飞的好处，一旦发现自己不是敌人的对手就可以躲到高空中，这样一来，地上的敌人再强也无可奈何。

一时间，双方都没有出声，像是在对峙。

白蛇岭中有很多异人都在关注着他们三人。

林诺依身材高挑，肌肤白皙，美目深邃，但气质太冷，精致无瑕的面孔像是由坚冰雕刻而成的。

她并不想与下面那个人为敌。如果不是穆，今天绝不会有这样的变故，他的莽撞害得天神生物损失不小，连银翅天神都险些被射杀。

一层光晕笼罩着林诺依，带着她和银翅天神一起升到了更高处，以躲避恐怖的龙牙箭的突袭。

"你要紧吗？"她把头往旁边偏了偏，双目注视着银翅天神，特别留意地看了看他身上的恐怖箭伤。

银翅天神摇了摇头。

他身上确实有一些看着就十分严重的伤口，比如银翅上就有很大一块都被撕裂了，伤势极重。还有一些伤口虽然暂时止血了，但实际上也非常严重，比如他胸口的那一道。

林诺依取出一个水晶瓶，打开瓶塞，将里面的一些紫色液体倒在了银翅天神身上的几处较为严重的伤口上。

天神生物自从得到一些异果之后，就在基因药剂领域有了突破性进展，研发出了几种秘药，这就是其中一种。林诺依只倒了一点，奇效就出现了，只见血不再从银翅天神的那几处伤口中渗出，伤口开始慢慢愈合，而且有一股清香弥散了开来。

下一刻，几名可以飞的异人出现了，他们都生有羽翼，将林诺依与银翅天神围在中间保护了起来。

其实他们已经离地面很远了，箭矢、枪支等武器都难以攻击到他们。

很快，菩提基因的人到了，其中也有些可以飞行的异人，他们升到了高空跟林诺依他们对峙，还有一些人则正接近楚风。

丁思彤迈着轻盈的步伐，在一些人的保护下穿过了山林，出现在楚风的不远处。

山地中，许多异人见到这一幕后都面露惊容，低声议论了起来。

他们有一种强烈的预感，觉得菩提基因肯定是想招揽楚风，而现在正是示好的好机会。

远方，一个梳着大背头的精瘦男子正躲在山峰上，见到这一幕后忍不住号叫道："我的女神！"

此人正是周全。

他其实一直都在远方观战，并没有走。一开始他很担心楚风，可是后来看到楚风的神勇表现后，他惊得下巴都差点掉在地上。

现在，他终于又见到了女神丁思彤，但没想到她的目标竟然是楚风，这让他的心中更加不能平静了。

"他是牛神王，我也是牛氏家族中的一员啊。"周全摸了摸自己隐藏在大背头中的犄角，第一次觉得有个犄角也不是那么难看，甚至感觉自己现在的这副模样有些顺眼了。

山地中，楚风已心生警觉。无论是天神生物还是菩提基因，如果有可能，他都想敬而远之，毕竟这种大财团深不可测，跟这种大财团的人走得太近，很难说是福还是祸。

如果不是因为穆针对他，银翅天神也想杀他，他早已"事了拂衣去"，断然不会闹出这么大的动静。

"姜洛神。"高空中的林诺依看着下方的一行人开口了。

许多异人都很疑惑，谁是姜洛神？

顺着她的目光望去，众人好像找到了答案，似乎……丁思彤。

果然，丁思彤做出了回应，只见她嫣然一笑道："你是林诺依？"

不少人心中愕然：女神另有名字，叫姜洛神？

只有少数人知道隐情，他们低声告诉身边的人，她的真名的确叫姜洛神，丁思彤只是她的艺名。因为姜家是菩提基因中的大家族，要求子女低调行事，不然很容易招致非议。

众人恍然大悟！

以洛神为名的确很好听，可并非谁都适合。

显然，姜家的这名年轻女子就有那种风姿，不然也不会在短时间内获得"女神"的称号。

"你心急了。"冷艳动人的林诺依拢了拢秀发，美目凝视着下方。

她话语简单，只为提醒姜洛神，几个字就够了，说太多反而不好。

天神生物手中的原本是一副好牌，结果却被穆弄到了这么糟糕的境地。

穆被杀了，银翅天神身负重伤，林诺依自然不会向牛神王示好，但也不愿见到菩提基因的人拉拢牛神王。

姜洛神轻笑，笑容很灿烂，美丽的姿容让许多年轻男子都有些出神。她笑着道："你担忧了？"

她很从容，话也不多，没有掩饰自己拉拢牛神王的意图，还直接点出了林诺依的顾虑。

对林诺依来说，此时的情况的确很麻烦。还要跟牛神王无休无止地打下去吗？眼下这种做法绝不合适，继续打下去的话，天神生物的损失可能会更大。拉拢他？

那也不可能。穆走的臭棋，谁都没法接手了。

高空中，林诺依很平静地看着姜洛神，道："一笑倾人城。忘记向你道喜了。"

许多异人听得一头雾水，但马上醒悟了过来。

不少人都已经知道女神也是异人了，她的能力跟神话中九尾白狐的能力相仿，她实力很强，更重要的是，可魅惑天下！

林诺依说得很委婉，"一笑倾人城"，这是意指神话中的九尾白狐魅惑力无敌吗？她是在告诫牛神王要小心？

她说得随意，就看众人怎么想了。

姜洛神丝毫不在意，风姿过人的她脚步轻灵，向楚风那里走去。

她来到近前，很直接地邀请楚风加入菩提基因，坦言自己就是为他而来，言语间笑容动人。

楚风心中生出异样的感觉。天地剧变后世界显得越发神秘了，异人频出，难道连神话中九尾白狐的能力都有人拥有了？

"女神相邀，我自然求之不得，但是，今天我实在不想再在这个地方多停留了，只想立刻离开。"楚风相当镇定，甚至话语中还略带调侃，"要不你给我一张名片，改天我请你喝茶？"

许多人闻言面露异色，跟女神要名片，还想以后邀她喝茶？他说得还真轻松，也太放得开了吧。

天神生物的人略微放心了，听得出牛神王是在婉拒姜洛神，他似乎并不想加入菩提基因。

"可以，这是我的名片。"出乎所有人意料的是，笑容灿烂的姜洛神落落大方地递出了一张名片。

一名异人接过名片，小跑着为楚风送了过去。

"行，等哪天你清闲下来，我请你。"楚风说完，一刻也不停留地转身就走。

既然不能射杀银翅天神，那他留下来也没什么意义。而且，他也不想卷入天神生物和菩提基因这两家大财团的对抗之中，只想赶紧离开，恢复真容，到时候他就可以置身于旋涡之外了。

"兄弟，这是我的名片。"这时，有人追了过来。

来人正是周倚天，他很激动地在楚风后面絮叨了起来。楚风回头看到是周倚天，直接就跑了，他可不想去出演什么《牛魔大圣之上古战记》。

异人们愕然，而后忍不住大笑出声。彪悍的牛神王居然也会落荒而逃？

"牛神王，请留步啊！"周倚天大叫道。

"别再追我了，你后面就有一个女神，去跟她合作吧。"楚风迈步，转眼间就没影了。

"哈哈！"异人们都在大笑。

"我肯定会邀请姜女神啊。"周倚天还在后面大喊。

他也确实是言行一致，没追上楚风，就真的跑到姜洛神面前，言辞热切地竭力邀请她参演自己的电影。

姜洛神姿容绝美，脸上总是挂着温和的笑，可是，此时听着周倚天的话，她白皙的额头上也不禁冒出了汗。

"姜女神，我是认真的！"周倚天再三表示，这是一部划时代的大戏。

"你看，那里不是有一个很合适的人吗？"姜洛神微笑着指向高空中的林诺依。

"凌空虚渡，宛若神话，再加上她冷艳出尘，又是那般绝美，的确可以。"周倚天说。等他说完再回头时，姜洛神早已快步离开了，根本不给他再说话的机会。

他想追，结果有异人直接拦住了他。

"导演，怎么办？"旁边有人小声问道。

"没事，反正早就将她们的身影都录制下来了，两大女神都参演！"周倚天很霸气地说道。

但是，说完后他就小心地向四周看了看，发现没人注意他，这才又喊道："走，接着开工，捕捉各种大场面！"

白蛇岭边缘，黄牛停了下来。它非常警觉，一直觉得十分不安，因为在很久以前，它便觉察到了这片区域有些不对劲。

尤其是现在，它感应到了前方有大危险！但是，如果它停下来的话，金刚马上就会杀到，所以它走也不是，留也不是，十分头痛。

忽然，它看到一头皮毛乌黑光亮的大黑牛正在山口那里悠闲地啃草。黄牛见到大黑牛后，眼睛顿时亮了，开始憋坏水。

它悄悄地将大铁箱藏了起来，而后快速地脱下了兽皮衣。接着，它用力抖了抖自己的金色皮毛，金黄色顿时消失。

它竟然变成了一头黑牛，犄角的颜色也变了，不再是金黄色，它现在的犄角跟普通的牛角没什么区别了。

它个头本来就不大，此时看上去就像一头牛犊子。

然后，黄牛大模大样地走了出去。

它凑到大黑牛不远处，心安理得地在那里啃起了鲜嫩的青草。大黑牛没理它，神态相当淡定，像是压根就没发现此地多了一头小牛。

金刚长啸着一路追了下来。刚才他莫名其妙地被怪人偷袭，还丢失了紫金松果，所以此刻的他十分愤怒。如果没有得到也就罢了，但他分明得手了，居然又被劫走了，这实在令他难以接受。

经过这里时，金刚有些迟疑地停下了脚步，因为他也感应到了在白蛇岭边缘似乎将有大危险，而且就在前方。

就在金刚疑惑之际，他身后那头正在吃草的小黑牛悄然立起，而后"哐哐哐"对着他的后脑勺就是一顿猛敲。

剧痛袭来，金刚顿时眼冒金星，差点一头栽倒在地上。

这么一瞬间的工夫而已，他就至少挨了五蹄子。那力道非常大，大到可以敲裂数万斤的巨石，即便是拥有不坏之身的他，也觉得疼得难以忍受，如果换作旁人，想必脑袋早成烂西瓜了。

金刚气得肺都要炸了，居然又被偷袭了，尤其是当他回头看到出手的是一头小牛时，他的眼珠子都差点瞪出来。

居然是一头小黑牛？！

金刚突然想起来了，不久前，那个"怪人"在抢走大铁箱后有一个动作很特别，似乎是四肢着地疾速逃跑的。

他还以为那个"怪人"精通飞掠术，是为了攀岩方便或者为了能在陡峭的山坡上快速前进才手脚并用，没想到那居然是一只异兽！

金刚气得七窍生烟，这头小黑牛居然连续两次敲他的后脑勺，真看他好欺负吗？！

他忍着后脑的剧痛向黄牛扑去，要跟它大战。

黄牛有点心虚，它看出来了，金刚的肉身强得可怕，这么多蹄子下去都没有将他撂倒，这意味着它有麻烦了，而且是非常棘手的麻烦。

"哐哐哐哐！"

就在这时，远处那头大黑牛突然动了。在金刚转身准备对付黄牛时，大黑牛立起身子，以快得不可思议的速度直接给他来了四蹄子。

它个头大，力气也大得惊人，敲击的响声异常沉闷。

金刚翻了个白眼，身体摇摇晃晃的，彻底站不住了。即便他拥有不坏之身，现在也有些扛不住，快瘫倒在地了，但他还是努力地回头看向了身后。

他非常不忿，真不甘心啊！

此时，他还想让头脑保持清醒。堂堂位于金字塔顶端的异人，号称四大异人之一，怎么能昏过去？

尤其是在最后关头，他看到了另一名偷袭者，还是一头牛！

今天他是掉进牛窝里了吗？

平日里他很稳重，无论遇到什么都很淡定，但现在他想骂人。

两头牛就将他给解决了？金刚愤懑无比，郁闷得只想说脏话！

这一大一小怎么这么黑啊？

在金刚看来，这两头牛不仅皮毛乌黑，连心都是黑的，居然这么无耻地偷袭他！

它们明明实力强大，却这么喜欢从后面出击，敲人后脑勺。

金刚的意识还在挣扎，但他的眼皮已经越来越沉重了。

大黑牛很淡定，一副与它无关的样子。

黄牛这会儿缓过神来了，它怕金刚会再清醒过来，于是跑到他前面，跳起来"哐"的一声又重重地给他补了一蹄子，砸在了他的脑门上。

金刚顿时感觉剧痛难忍，头皮都要裂开了，白眼直翻，眼看就要昏过去了，最后一刻，他模糊地看到了这次的袭击者是那头小牛。

可恨啊，明明都快要昏厥了，居然又挨了一蹄子，他怒不可遏！但是，那又如何？

"咚！"

最终，他一头栽倒在地，彻底昏过去，动弹不得了。

直到这时，黄牛才转身瞪圆了眼睛看向那头大黑牛。

到现在它还有点蒙呢，这大块头是谁？

此时黄牛有些心虚，它早先真没看出来这头大黑牛是异兽，更没想到它的实力竟然这么非凡。

"哞！"

黄牛叫了一声，跟这头大黑牛打招呼，脸皮很厚地套起了近乎。

因为它觉得自己多半打不过大黑牛，看看人家那几蹄子下去是什么威力啊，直接就将金刚砸得昏过去了，而它自己偷袭了两次都没能将金刚打昏。

"牛犊子，不想活了吧？"大黑牛直接开口说出了人话。

突然出现的声音让黄牛汗毛倒竖，一脸惊悚，它着实被吓了一大跳，"嗖"的一声便退出了数十米远。

在这片正在发生变异的天地中遇到会说话的异兽意味着什么，它是知道的，这意味着这只异兽绝对是狠角色啊！

如果它原本就是这个世界的生物，那只能说明此兽太厉害，这么早就能开口说人话，将来的成就定会非常恐怖。

如果它跟黄牛是来自同一个地方的，那就更了不得了，那些实力强大的老家伙想过来的话，要付出的代价可是相当大的！

"跑什么？跟在我身边，保你无恙。不然，今天你很可能会死在这里。"大黑牛教训道。

黄牛心中惊疑不定，最后还是磨蹭着过来了。

它耷拉着脑袋，觉得这么一个"大个子"，自己绝对是惹不起的，对方说什么就照做吧，不然估计没好果子吃。

楚风一路风驰电掣般地越过峡谷，穿过山林，一口气跑到了白蛇岭边缘。

等一等，那是什么情况？他睁大了眼睛，看着前方的山地。

只见那里有两头牛，有一头是牛犊子，浑身乌黑，皮毛油光水滑。楚风觉得它十分眼熟，怎么看都像是黄牛，只是皮毛的颜色不一样。

"是它！"

打量了一会儿后，楚风确定了它的身份，因为他看到了它身上挂着的大布袋，那是专门用来放它的通信器的。

"这死牛多半是想独吞异果，所以将皮毛变成了黑色。"楚风觉得黄牛肯定没憋出什么好主意。

可是，怎么还有一头大黑牛？楚风在远处望着，竟然觉得大黑牛也很眼熟。

下一刻，他倒吸了一口凉气，一下子想起来了，这头大黑牛他的确见过啊。

"是昆林山的那一头！"楚风确信自己没有看错，它们真的长得一模一样。

这是一头黑色的牦牛，皮毛跟绸缎似的，乌光流淌，体长足有一丈，当初它就给楚风留下了非常深刻的印象。

虽然楚风与那头大黑牛之间相距甚远，但是由于楚风的体质得到了大幅度提升，他现在无论是视力还是听力都强过常人很多倍，所以他隐约听到了它在开口讲人话。

什么情况？楚风蒙了。

一只异兽会说人类的语言，这也太恐怖了吧？这……这是成精了啊！

他听黄牛提起过，在这片天地中，如果现在就出现了会说人话的异兽，那么那只异兽肯定无比厉害。

随后，他又换了个方位观察，这一次，他发现了被扔在草丛中的金刚。

楚风震惊了，顿时确信这头大黑牛绝对是个狠角色，实力十分恐怖。

因为不久前黄牛那样使劲偷袭都没有将金刚打趴下，而且金刚在争夺紫金松果时曾被人用热武器扫射，那么多子弹打在身上他都安然无恙，可见他的肉身有多惊人！这个人号称拥有不坏之身，绝对强悍得不得了。

远处，大黑牛抬起头，淡淡地朝楚风这边扫了一眼。

楚风心中一惊，觉得自己多半被发现了。

这头牦牛太强大了，神觉敏锐，自己离这么远都瞒不过它。不过，他没起身，不打算主动过去。

楚风静下心来，仔细琢磨了一番，觉得很奇怪，这头大黑牛怎么从昆林山走到卫城山来了？

要知道，天地剧变后，昆林山距离卫城山至少也有数万千米远，它居然就这么一路过来了，他甚至有些怀疑它是为追他而来的。

但仔细一想，应该不是，不然，它当初就可以留下他啊。

"它成精了，应该是碰巧过来的吧，或者是听闻卫城山上出现了异果，所以想过来争夺？"楚风猜测。

远处，黄牛无精打采的，它可不想被大黑牛管着。它是为成圣做祖而来的，好不容易进入这片天地了，如果不但不能称尊，还有个老家伙总是在旁边教训自己，那就太没意思了。

"你以为现在你抢到了异果，异果就是你的了？"大黑牛在那里数落黄牛。

黄牛不服气，它相信，如果这头神秘的大黑牛没有出现的话，紫金松果必定是属于它的。

"笑话，你和那些人类还真以为自己在这里占尽优势吗？殊不知，你们随时会遭遇灭顶之灾。"大黑牛继续教训它。

啥情况？黄牛吃惊地瞪圆了眼睛，不太相信大黑牛说的话。

"你知道这附近有什么吗？成片的异兽！它们早就把这里包围起来了，只是它们对人类还不是特别了解，所以正好借此机会暗中观察人类的手段。"

远处的楚风也听到了大黑牛说的话，顿时心中一阵发毛。这里有很多异兽在观察人类？

"我怀疑，这群异兽后面有一个超级狠角色，它在观察着人类的一举一动，更是在趁此机会操练手下。"大黑牛慢悠悠地说道。

异兽的智商这么高？它们在观察人类，想从中学习，之后再反制人类？

楚风脸色大变。如果大黑牛所说的是真的，那后果将相当可怕。未来谁会是这片天地的主人，还真说不定了。

他想到了林诺依告诉他的一些事——变异的兽类都非常聪明，学习能力与模仿能力都十分强，甚至要优于人类。

现在看来，异兽蛰伏不出是因为它们在开启智慧后还没有弄懂人类，正在暗中观察呢！

这么思忖下去，楚风不禁感觉脊背直冒寒气，他担心未来多半会有大事发生！

黄牛还是有点不服气，异兽多又怎么了，凭它的本事，难道还会无法突围？再说了，它还可以直接吞掉异果，先进化了再说啊。

"你这牛犊子还不服气？都说了是我救了你一命，不然，打开那个大铁箱之时，就是你丧命之时。"大黑牛伸出一只蹄子摸了摸黄牛的头，这些话像是在责备它，其实也是一种关爱。

黄牛不信，于是跑过去将大铁箱弄了过来。它一蹄子下去，只听"哐"的一声，就将精铁打造的箱体踢裂了。

"躲开！里面有一只异兽，很危险！"大黑牛发出了警告。紧接着，它凑上前去，一蹄子下去，便使大铁箱彻底爆碎了，铁屑飞散。

一棵绿油油的小树露了出来，树上结着一颗紫金松果，此时，松果已成熟裂开，露出了里面一粒又一粒玉石般的松子。一时间，四周清香弥漫。

"嗖！"突然，一道银光飞了出来！

那银光太快了，完全没有给人反应的时间，如果没有防备的话，非着道儿不可。

"当！"

大黑牛抬起一只蹄子，一下子把大铁箱踹飞了。

"嗖！"

一条筷子长的银色小蛇落在了岩石上，下一刻，它直立着身子再次飞来，如同一道银色闪电，速度快得不可思议。

"砰"的一声，银色小蛇再次被大黑牛踢飞。

"哞！"大黑牛低吼一声，释放出恐怖威压，接着，它冷漠地盯着小蛇，道，"不要误会，我已经手下留情了。"

银色小蛇吐着芯子，非常不甘心，但最终它慑于大黑牛的威压，还是化成一道银光遁走了。

远处，楚风看得真切，也不由得大吃一惊。如果在没有防备的情况下打开大铁箱，后果将不堪设想。

他终于知道为何先前在小树周围会有那么多人中毒身亡了，原来有一条身有剧毒的银色小蛇守着小树。虽然这条小蛇只有筷子那么长，但它是一只异兽，可以看出，它实力很强，远胜众多异人。

"看到了吧,那条银色小蛇很不一般,如果它真的发起偷袭,你很可能防不住。"大黑牛教训黄牛。

黄牛确实吓了一跳。

远处,那条刚刚逃走的小蛇咝咝地吐着芯子,发出了奇怪的声音。

"情况不对,我们赶紧走!"这时,大黑牛竟有些紧张了。

白蛇岭外有很多人,都是天神生物与菩提基因的人马。不久前林诺依接连下了六条指令,其中有几条就是下达给白蛇岭外面的人的。

她经手的事她都会精心安排,不会有差池。

事实上,菩提基因的人也是如此,他们进行过严密的布置,将所有的路都封锁了。

一座山峰上,有两名老人正在下棋,两人都发丝雪白,看起来很和善。

"说好了,你我都不得出手,由着小辈们去折腾,到时候你别忍不住。"一名鹤发童颜的老人笑着道。

"放心,我菩提基因拿得起放得下,要是真的输了,那果实就由你们天神生物带走便是。再说了,你我还真不见得是金刚他们的对手。"另一名老人也笑呵呵地说道。

他们两个来自对立的阵营,分别属于天神生物与菩提基因,此时居然在一起下棋。

"不好!"菩提基因的那名老者猛地抬起头,眼中射出两道银光。

"坏了,要发生恐怖事件了!"天神生物那名鹤发童颜的老人更是惊得站了起来,呼吸也变得急促了。

"快,都给我退走,让里面的人赶紧出来!"菩提基因的那名老人大吼道,声音震动了整片山岭。

—第〈33〉章—

异兽成海

两名老人口鼻间喷薄银光，银光向外扩散，巨大的声音在整片山地间回荡。

与此同时，他们飞速奔下山峰，冲向了自己的阵营。

接到命令后，那些头领迅速着手安排，开始组织人马准备战斗，同时联系在山中的林诺侬、姜洛神等人。

山中很闷，让人觉得心口仿佛压着一块大石头，透不过气来，异常难受。天空中没有乌云，却像有一场暴风雨即将到来。而现在只是暴风雨之前的宁静，压抑与死寂在等待着被打破，被猛烈地撕裂。

这片地带极其不寻常，没有什么风吹草动，却让人心惊肉跳。

两名老人各自站在一座山峰上，神色凝重。他们在警戒，也在准备接应山中的人回来。

白蛇岭边缘，无论是鸟兽还是异人都非常不安，全都觉得内心惶恐。一队又一队人在移动，开始向山外撤离。

"小心防备！"有人喝道。

他们不能撤离太远，因为还要接应从白蛇岭深处回来的人。

突然，两名老人的脸色变了！

他们感应到了危险，强大如他们都不禁汗毛倒竖。

很快，异人们也生出感应，觉得自己像是被巨兽盯上了，这种感觉让他们不寒而栗，慌忙向远处眺望。

远方有生物出现，影影绰绰的，数量不少。

"天啊，那么多的猛兽，漫山遍野啊！"一名异人的大叫声打破了宁静。

一只又一只野兽无声无息地缓缓出现，向着这片地带逼近。

它们数量太多了，却没有发出一点声音，全都有条不紊地从四面八方向这里包抄了过来，非常恐怖。

正是这种沉默与压抑才更让人心慌，让人感觉到一阵阵恐惧。

那可是兽类啊，竟然能这么齐心又有规律地前进，要包围所有异人。而且，它们明明属于不同的种群，彼此间却没有争斗。它们只有一个目标，那就是人类。

一阵腥风吹来，散发着野性的气息，一只又一只猛兽从峡谷中蹿出，从山林中逼近，密密麻麻的，望不到尽头。

近了，异人们已经可以看到这些兽类的样子了。

有着金灿灿皮毛的猴子，通体如由青铜铸成的野狼，装甲车一般巨大的野猪，水桶般粗的青色大蛇……这是一群怪物，跟正常的兽类不同，它们早已变异，一看就知道不好惹。

所有人都知道大事不妙了，这么多可怕的异兽齐出，对卫城山中的异人来说绝对是一场灾难。

每一只异兽都散发着非常危险的气息，它们目光森冷，缓步接近，令人恐慌。

"阻击它们！"有人下达命令了。

现在距离正好，可以用热武器扫射，不然等它们临近了，后果将不堪设想。

"砰砰砰！"

山地中枪声大作，热武器喷吐着火舌，倾泻出无穷的弹雨，爆炸声此起彼伏。

"轰轰轰！"

从对面的山地间传来阵阵炮声，巨树折断，山石崩开，地面都被削掉了一层。

然而，这些异兽太敏锐了。在枪声大作前，它们就隐蔽起来了，有的躲在低洼处，有的藏在巨石后面，异常机警。

它们动作迅疾，每一只异兽的双目都很深邃、冷静，像是隐藏着极大的智慧。而且，在被枪炮轰击的时候，它们并不慌乱。

"啊——"惨叫声传来。

有人手臂被咬伤了，丢掉了手中的武器。

一只银色巨鼠出现，它足有三尺长，满嘴锋利的牙齿，非常狰狞。

它是从地洞中冲出来的，速度快到让人胆寒。它几个起落间，又有十几人手臂受到了重创，惨叫不止。

那么大的老鼠，浑身包裹着银色皮毛，在人群中窜来窜去，不断伤人，非常凶猛。

有异人出手了，用巨大的力量拍击了过去，结果却发现那银色巨鼠肉身坚韧，皮毛抖动间竟可以化解攻击。

"咔嚓！"

它回过头来，一口咬掉了那名异人的手。

"蛇，好多的毒蛇啊！"很快，另一片区域有人大叫道。

有蛇在草丛中爬行，不是一两条，而是成千上万条，它们疯狂地冲了过来。

人们惊恐得连连大叫，这种景象让人头皮发麻。

随后，机枪开始扫射，很多蛇被打得血肉模糊。但是，有更多的蛇冲了过来，密密麻麻，无穷无尽。并且，就在这时，几条异蛇如闪电般冲了过来，杀伤力让人惊惧。

"噗噗噗！"

一条条筷子长的银色小蛇不断飞来，直接穿透人的额骨，一击致命，让人防不胜防。

片刻间，十几人被杀，而且有半数都是异人。

还有几条蛇并不比这些银色小蛇弱多少，它们仿佛可以御风而行，所过之处，被咬的人都面色发黑而亡。

"嗷！"

远处的那些猛兽扑了过来。它们无比敏捷，趁这边陷入大乱，火力不再凶猛时，一只只都眼冒凶光，疯狂扑击。

"不要逃，给我开炮，全部杀了！"有人大吼道。

此时，无论是天神生物还是菩提基因都已因恐惧而阵脚大乱，开始有人惊慌逃亡。

"轰轰轰！"

火舌喷吐，炮声不绝，的确有一些异兽被杀死了，有些甚至被轰得血肉模糊，尸骨无存。但是，随着时间的推移，火力迅速减弱，后继无力。各种毒蛇不断涌来，还有许多先前躲在山石后的无比狡诈的异兽趁机匍匐前进，杀到了人们眼前。

一只金色的猴子在人群中号叫着。它身材并不高大，跟寻常的猿猴差不多，但是力大无穷，且无比残暴，"噗"的一声就击毙了一名异人。

"嗷呜！"狼嘯震天，一头浑身青铜色的凶猛无比的狼硬生生地冲了过来，子弹打在它的身上根本无效，只擦出了阵阵火星。它变异后，血肉之躯化作青铜，无惧热武器。它眨眼间便扑杀到近前，凶性大发，锋利的大爪子一扫，两名异人当场殒命。

"逃啊！"人们大叫着。在这叫声中，恐慌的情绪在蔓延。

还有一头狼，它像是由石头雕刻而成的，拥有诡异的能力，所过之处，竟然将很多人都变成了石像。

"轰隆！"

一辆装甲车被一只野猪撞飞后砸在了人群中，很多人被压在下面，景象惨烈。

那只野猪无比巨大，比装甲车还高，獠牙雪亮，跟长刀似的，横冲直撞时，没有什么能够阻挡它。

"逃啊！"白蛇岭外围的这些人马再也支撑不住了。这场面太血腥了，他们哪里经历过这些，当场就有一些人精神崩溃了。

他们一路向着山岭深处逃去。

原本他们还想接应里面的人出来的，结果自己反而被逼了进去。

恐慌迅速蔓延！有一部分人逃走了，其他人还怎么可能安心战斗？结果异人们纷纷溃逃，任那些头领怎么呵斥都不管用。

"轰炸！全部杀个干净！"天神生物的老人吼道。他杀了很多只异兽，眼睛都红了，但是凭他一个人能挽回什么？

不得已之下，他也只能跟着倒退，命令武装直升机殿后，轰炸那些怪物。

菩提基因那边也好不到哪里去，那边的老者浑身都是兽血，最后也不得不狼狈后退。

两大财团实力雄厚，在山岭外围藏了多架武装直升机，此时都在对下方的山林扫射，火力极其凶猛。

"轰！"

山地中，一条水桶粗的大蛇居然从一座山峰上直立着身子扑了出去。它甩开数十米长的身躯，"啪"的一声，硬生生将一架武装直升机砸断了。只听"轰隆"一声，武装直升机坠落了。

"天啊！"

见到这一幕后，许多人心惊胆战，这些怪物太恐怖了。

同一时间，半空中传来禽鸣。一只足有六七米长的老鹰快如闪电，追上了一架武装直升机。

只听"咔嚓"一声，它那锋利的爪子直接将武装直升机撕开了，钢铁制造的武装直升机在它面前就如同纸糊的一般。

在众人看来，这一幕实在太具有冲击力了，在凶禽面前，连武装直升机都不管用了。

"咚！"

不远处，另一架武装直升机也遭袭了，景象十分恐怖。

发动攻击的是一只啄木鸟，它不是很大，只有一尺多长，浑身银灿灿的，像是金属铸成的，躯体坚硬无比。尤其是它的鸟喙，长而锋利，流动着银色光辉。它刺穿武装直升机后便直接冲了进去，接着，里面不断传出惨叫声。

片刻后，它迅速飞了出来，喙上带着血。那架武装直升机坠落在地，"轰"的一声炸开，火光腾起数十米高。

"完了，我们人类有大难了！"有人颤抖着，面如土色，惊恐至极。

这一刻，很多人都想到了将来，这么多凶猛的怪物成群结队地出现了，一旦它们向人类进攻，后果难料啊。

现在它们或许只是预演，昭示着未来的可怕。

这些怪物都有了智慧，在有组织地进攻——猛兽专门对付地面上的人，而凶禽则在攻击武装直升机。

就这样，天神生物和菩提基因埋伏在白蛇岭外围的人马全面溃败，逃进了白蛇岭深处。很快，他们就跟正向外撤离的那些人相遇了。

"不是说要撤走吗，你们怎么反倒跑进来了？"

"逃不了啊，外面被怪物包围了，密密麻麻的，有成千上万只怪物啊！"

"我们被围困了，外面有铺天盖地的怪物啊，一只只都凶猛残暴至极，我们根本不是它们的对手！"

双方会合后，经过简单的交流，恐慌的情绪蔓延得更广了。

所有人都慌了，他们被堵在了山岭中，无法逃走。

"不要怕，真正的异兽不足八百只，其余的都是被它们召唤来的普通野兽。我们这里足有数千名异人，完全可以对付它们。"菩提基因的老人开口了。他发丝雪白，身上沾满了兽血，此时他威风凛凛地将一头六米多长的变异金钱豹杀死了。它庞大的尸体被他扔在地上，震得地面一阵轻颤。

姜洛神走到他身边，轻言细语地询问了几句，了解了情况，而后开口道："大家不要慌，没什么大不了，只是一些野兽而已，我们四五个人杀一只就可以将它们杀光！"

女神出言安抚果然很有效果，许多还在惊慌中的人渐渐平静下来，连这么千娇百媚的女子都那么镇定，他们也不能太懦弱。

另一边，天神生物那里，林诺侬也在听鹤发童颜的老者告知详情。

数千名异人聚在一起，准备发起反击，从白蛇岭杀出去。

楚风目睹了这一切，意识到了事态的严重性。他知道今日肯定要死很多人，异兽有了人类的智慧，是极其可怕的。

随后，他又看向远处。

此时，大黑牛正在"教育"黄牛。依照黄牛的意思，它本来准备将整颗松果内的松子都剥出来，但被大黑牛阻止了，大黑牛告诉它，悄悄弄出数十粒就可以了。

"这群异兽后面有一个狠角色，说不定我们还得上供呢，到时那狠角色势必会要求我们将松果交出去，倒不如先剥出一半松子藏起来。"大黑牛说道。

按它的猜测，这松果恐怕早就被那只恐怖的兽王看中了，所以兽王专门派了一条银色小蛇在此看守。

不过，那兽王看样子倒不是很在意紫金松果，不然它早就取走了，或许它更在意人类的各种举动，在观察、了解那些热武器。

大黑牛相当镇定，它带着黄牛大摇大摆地向兽群走去，一点也不慌。

后面的楚风看得相当不解，这两头牛也太悠闲了吧，打算就这么慢吞吞地从容离开？

他有心跟过去，但又止步了。他是人类，被异兽发现后肯定会遭到猛烈的攻击。

黄牛还算讲义气，"哞哞"叫了几声，告诉大黑牛它还有个朋友在后面，要跟它一起离开。

"知道什么叫'泥菩萨过河自身难保'吗？说的就是你这样的。自己还不一定能活着离开呢，哪管得了那么多。"大黑牛斜睨了它一眼。

"我们先离开，看看这些异兽背后究竟是何方神圣。如果能救的话，我不介意拉你那朋友一把。"大黑牛说道。

而后，它们往白蛇岭外走去，向兽群靠近。

还隔着很长一段距离，大黑牛就开口了，只听它喊道："兄弟们，辛苦了！"

啥意思？这也行？远处的楚风看得直发愣。

大黑牛像个神棍一样，举止非常镇定，晃晃悠悠地就过去了，口上还套着近乎，道："各族兄弟皆一家，今日大战辛苦了。"

所有异兽都盯着它，眼中流露出疑惑之色。

它们如今有了智慧，也拥有非凡的记忆力，都确定自己并未见过这头大黑牛，它不像是卫城山中的异兽。但是，它们也知道这头牛很恐怖，因为它居然会讲人话。

大黑牛很从容，它不慌不忙地迈着蹄子，道："四海之内皆兄弟，大家无须生分。今日路过卫城山，不想竟遇到这等盛会，便不请自来，各位兄弟可要我老牛出把力？"

黄牛在后面暗自鄙视，这个大神棍还真能忽悠，分明就是为了偷盗紫金松果而来，还说得这么大义凛然。

接着，大黑牛自我介绍道："我来自西部的烈炎山，名为牛魔王。"

楚风闻言，惊愕万分，难道西部昆林山的大黑牛才是真正的牛魔王？

兽群一阵骚动，会说人话的兽类实力绝对很恐怖，所以它们不敢轻慢。几只特别强大的异兽向大黑牛点了点头，甚至略微躬下了身体，表示敬意。

大黑牛昂着头接受它们的膜拜，而后，它就那样悠闲地带着黄牛进入了兽群中，就准备这么走了！

这都能行？楚风惊呼不公平，这两头牛离开得也太容易了吧。

"咝咝……"

突然，在一块岩石上，一条筷子长的银色小蛇直立着身子在吐芯子，像是在告知着什么。

兽群顿时乱了，所有异兽都盯着大黑牛，眼神冰冷，弥漫着杀意。

"我乃牛魔王，谁敢在本王面前放肆！"大黑牛站在那里，注视着所有异兽，大喝一声。

"嗖！"

银色小蛇第一个动了，冲向前去，接着其他异兽也都出击了，它们尽管有些惧怕大黑牛，但还是开始围攻它。

大黑牛一蹄子就将筷子长的银色小蛇踹飞了，道："蛇崽子也敢挑衅我的威严？"

它没有下杀手，因为还没有弄清楚卫城山众多异兽背后的王究竟是谁，始终有些忌惮。

一头黑熊大吼一声，之后直立起身子。它足有八米多高，很明显，变异之后，它的躯体庞大了很多。现在，它用力捶打着自己胸膛处的那撮白毛，显得很凶狠。

"嗷！"

随着它的一声咆哮，从它的嘴里喷出一道闪电，威力惊人。看得出来，这是异兽中的一个头领。

"咔嚓！"

大黑牛躲过了这次攻击，闪电击中远处一块足有数万斤的巨石，巨石当场被炸成碎屑。

黑熊继续咆哮，闪电一道接着一道向大黑牛轰去。掌握雷电的兽类也算是罕有，一旦成长进化，其能力不可想象。

然而大黑牛并不惧怕，也不再躲避，而是用两根粗大的犄角轻轻顶了过去，所有电光竟然被牛角吸收殆尽。

"去！"

大黑牛厉声叱喝，只听"咔嚓"一声，电光从它的犄角中飞出，轰在黑熊的身上，令它遭受重创，横飞进乱石堆中，浑身冒烟。

"嗷呜！"

阵阵狼嚎之后，两头变异的狼一前一后扑了上去，一头如由青铜铸成，一头浑身覆盖着岩石，各有不同的本领。

"当！"

大黑牛一蹄子踹过去，青铜狼的头都变形了！

青铜狼连连发出惨叫声，子弹都打不穿它的身体，结果现在被一记牛蹄子踹得身体变形，横飞出去，撞在巨石上。

"有意思！"大黑牛一副极其轻松的表情。不过，它的脸色很快就变了。它身后的石狼张口喷出黄雾，竟要将它化成石头，而且那黄雾快要喷到牛尾巴上了。

"滚！"

大黑牛断喝一声，在那里尥蹶子，"砰"的一声，将石狼的下巴踹掉了，石狼吃痛，惨叫一声，一头栽进灌木丛中。

狂风大作，一条水桶粗的大青蛇出现了，足有数十米长。它御风而行，疾速杀来，所有草木都分开，为它让出一条道路。只见它张开血盆大口，带着腥风，十分骇人。

后面的黄牛看得直缩脖子，真不愿意对上这种大长虫。

大青蛇速度极快，带着狂风，留下一道残影，扑到近前，向大黑牛缠绕而去。

要知道，这条水桶粗的大青蛇早先曾从山峰上跃起，猛力甩动身体砸毁了一架武装直升机，极其凶猛！

蛇类拥有可怕的绞杀力，这么粗的大蛇足以将巨象全身的骨头都勒碎。现在，它准备将大黑牛活活勒死。

然而，大黑牛并不在意，反倒任它缠绕过来，最后，大黑牛只是猛力一挣，大青蛇顿时发出奇怪的声音，满嘴净是血沫子。随后大青蛇快速松开，"嗖"的一声，带着狂风，蹿到最近的一个山头上。只有它自己知道，刚才它的骨节噼啪作响，险些断开。

"嗷！"

这群异兽强悍无比，并不畏死。数十只一起围攻，向前猛冲过来。

"别逼我下杀手！"大黑牛警告它们。它也有些疲于应付了，这么多异兽一起发难，换作其他异兽的话早就死了。而且，后面还有数百只眼中流露着凶光的异兽，它们蠢蠢欲动，作势欲扑上来。

"异兽内讧了，我们准备突围！"

白蛇岭内有人见到这一幕后，认为机会到了，可以借此闯出去，杀出一条生路。

"别逼我！"

大黑牛遭遇凶猛的攻击，数次中招。此刻它眼神凌厉，猛然大吼一声，吼声如惊雷炸响，震动整片山岭。

"轰隆！"

远处，山峰都在剧烈摇动，从上面滚下很多巨石，附近的树木等纷纷折断。

大黑牛周围的一群异兽连连发蒙，口鼻溢血，更有为数不少的异兽一头栽倒在地上。剩下的异兽惊悚万分，不断后退。

这头大黑牛太厉害了，真要拼命的话，后果难料。

"咝咝！"

那条银色小蛇吐着芯子，命令异兽继续进攻，不要畏惧。而且，它率先动了，再次如闪电般飞过去。

大黑牛这一次没客气，直接一蹄子跺下来，将银色小蛇踏在一块岩石上。大黑牛稍微一用力，地上便发出"咯吱咯吱"的声响。

小蛇痛苦万分，身子扭曲。连它身下的岩石都裂开了，可以想象大黑牛的力道有多大。

"你才牙签这么大，也敢频频挑衅我，真当本王好脾气吗？"大黑牛眼中透出一股冷漠。

白蛇岭中，很多异人在行动，准备杀出去。

但是，就在这一刻，许多人面色雪白如纸，盯着前方的山地，一下子止住脚步，而后不断倒退，口中不断惊呼："天啊！"

他们忍不住身体发抖，完全不敢相信眼前的景象，吓到灵魂都要出窍了。

"砰！"有人直接吓得昏过去了，栽倒在地上。

一瞬间而已，远处的所有异兽都安静了，一动不动地立在原地，整片山岭万籁俱寂。

"牙签大的蛇崽子，长点记性，下次别再挑战本王的威严……"此刻，大黑牛的声音打破了宁静。

它身后的黄牛吓得浑身的毛根根倒竖，恨不得尥蹶子逃走，但是它没敢动。

"哞——"黄牛只能小声地叫一声，提醒大黑牛，让它别再说了。

"别吵！"大黑牛自顾自地说着，责备黄牛。

黄牛真的要哭了，浑身直冒寒气，再次"哞哞"叫了两声。

大黑牛不说话了。事实上，它比谁都警觉，早已汗毛倒竖，只是在强装镇定，没有立刻回头而已。它已经感觉到了，身后有一只无比恐怖的庞然大物！

但是，总不能刚才还很横，下一刻就变脸服软吧？所以大黑牛只好硬撑着。

可惜没撑多久，它还是变脸了，松开蹄子，笑呵呵地对小蛇开口道："小家伙真顽皮，去吧，回家吧，本王只是跟你开个玩笑。"

银色小蛇毫不留情地狠狠瞪了它一眼就飞了出去，立在了不远处的一块巨石上。

大黑牛缓缓转身，尽管早有心理准备，可当它看到那是什么后，还是一个趔趄，险些尥蹶子就逃。

"哞！"

大黑牛浑身的毛都竖了起来，一双牛眼瞪得很大，两根犄角发出乌光，浑身涌出了一股恐怖的力量，小心戒备着。

在它对面有一只巨大的生物，正用无比恐怖的眼神俯视着它。

那是一条大白蛇，它从不远处的峡谷中露出了一截躯体。

它的头十分巨大，身体非常粗，直径起码有两米，体形惊人，通体雪白。

白蛇躯体上最细的地方也得两三个人才能合抱过来，立在半空中的躯体有数十米长，水盆大的眼睛中流动着冷漠的银光。

怎么会有这么大的蛇？

大黑牛一阵头痛，刚才它还在说那条小蛇不过牙签那么大，现在直接出来个蛇王，这么庞大，太惊人了。

山岭中的所有人都如坠冰窟，这条蛇的大小超过了所有文献的记录，它就是卫城山众多异兽背后的王!

楚风心中发毛,他是本地人,没有人比他更清楚这里的传闻。这里之所以叫"白蛇岭",就是因为传说这里有一条白蛇,很多年前就有人说,那条蛇有千年道行,无比巨大。

但谁能相信?事实上,没有几个人相信它是真实存在的。

而现在,楚风亲眼见到后,不得不承认,有些传说是值得敬畏的!

"隆隆隆!"

下一刻,地动山摇,大蛇从峡谷中钻了出来,庞大的蛇躯盘成了一座山,雪白而恐怖。看这架势,它足有数百米长,真要铺展开来,可以从一座山峰连到另一座山峰上去。

在已有的记录中,热带雨林中最大的蟒也只有十几米长,跟眼前这条比起来,实在太过渺小。

虽然这条大蛇没有变异,但它能活过千年岁月也很恐怖,铁定难以对付,更不用说经过了最近的天地剧变,它也变得大不相同了。

毫无疑问,它的实力绝对深不可测。

它能号令卫城山中所有的异兽,让不同的种群没有冲突地走在一起,这就足以证明了它不容置疑的霸主地位。

"卫城山的王,北方的王,冒昧打扰了,我是来自西部烈炎山的牛魔王,今日路经贵宝地,多有得罪,望海涵。"

大黑牛文绉绉地赔着笑脸,身段放得很低。

远方,众多异人相当不安地望着那条大蛇,感觉一阵惊悚。

"没有办法了,求助吧,不然我们所有人都得死在这里,这条大蛇不是目前的人力可以对抗的。"天神生物那名鹤发童颜的老人开口道。

菩提基因的那名老人也在。此外,姜洛神、林诺依、银翅天神也在近前,他们在商讨对策。

银翅天神的脸色很不好看,因为他估量了一番,觉得自己就算处在全盛时期,多半也不是这条大蛇的对手。

"请迦释门徒出手吧!"姜洛神开口,绝美的脸上堆满凝重之色,她准备上报菩提基因总部。

天神生物这边也做出了决断。

"请震雷子出山！"林诺依冷艳动人，长发被风吹起，白皙而精致的脸上没有任何情绪波动，即便是处在这种境地，她还是很镇定。

"远水解不了近渴，等他们赶来，或许已经晚了。"

"向政府有关部门求援吧！"

最终，他们决定双管齐下，多请些厉害人物来帮忙。

远处，大黑牛跟白蛇谈崩了，因为无论它说什么，白蛇都没有回应，只是低着头冷冷地看着它。

"白蛇，你蔑视本王，那就一战吧！"大黑牛似乎恼了。

"正有此意，你是第一只敢在我面前称王的异兽，我的确想与你较量一番。"白蛇终于开口了。它的声音很清晰，在整片山地中回荡。

这是一个女子的声音，很冷，但很动听，像是从天外传来，带着广寒宫的清冷气息。

所有异人都头皮发麻，浑身冒着寒气。那两只异兽竟然都会人类的语言，这太恐怖了。

"在此之前，先将松果交出来。"白蛇开口道。

"好，给你！"

大黑牛用力甩头，紫金松果从它的耳朵中滚出，向地面坠去。

突然，它猛地扬起蹄子踢在松果上，力量巨大无比，瞬间就让松果炸开了。

数十粒松子向四面八方飞散，而且每一粒都飞出了数百米远，落在山林各处。

"都给我收回来，一粒都不能少！"白蛇开口，依旧是十分动听的女子的声音，但声音显得越发冰冷了。

"轰！"

下一刻，它动了，庞大的蛇躯向着大黑牛俯冲过来。

黄牛期待大黑牛大发神威，在它面前表演一下怎么对抗白蛇。然而，让它惊愕的事情发生了！只见大黑牛化成一道黑风，裹挟着它"嗖"的一声冲向了数百米外，速度突破了音障。

那速度实在太快了，空中发出了震耳欲聋的声音！

不是说好了要战斗的吗？怎么逃了？黄牛瞪大眼睛。

"脑子进水了才跟它打，逃吧！"大黑牛瞪大眼睛，化成黑色狂风席卷过山林，直接向山外冲去。

白蛇目光冷厉，庞大的躯体展开后如一条白色的长河一般，它横空而去，速度同样突破了音障，恐怖得很。

这种速度导致空气剧烈震荡，发出了巨大的爆破声。

所有人都无比恐惧。那条白蛇横空之时简直就像一条数百米长的龙，瞬间就远去了。

"逃啊！"许多异人大喊着。

这是难得的逃生机会。

那些异兽也动了，带着恐怖的杀气向异人们扑来，它们在阻击异人，同时也在寻找散落在四方的松子。

异兽暴动，冲击白蛇岭，跟异人们相遇，爆发了流血大战。

另一个地方，有一人躺在草丛中，皮肤表面带着如同黄玉般的光泽。他被一只装甲车那么大的野猪踩中后，身体竟然没有破损，反而痛醒了。

他是金刚。

两头牛将他打昏后并没有下死手，而是把他扔在了路边的草丛里。

金刚痛醒了，睁开眼的刹那正好看到一只小山般的野猪正踩着他，还凑到近前用力地嗅着他身上的气味。

"被牛欺负也就罢了，现在连一只猪也敢来对我吐口水，气死我了！"金刚气得暴跳如雷。

他的确是肺都要气炸了，不久前被两头牛折腾，而现在刚一睁眼，就看到一只猪在对着他嗅，气味腥臭无比。

"欺人太甚！啊——"金刚大叫着。

他一向镇定，遇事从容，可现在受不了了，头发都快立起来了。他猛地一翻身，将大野猪反压在身下。

金刚真的急了，死死地按住大野猪。

先是被两头牛欺负，现在连一只猪都踩着他嗅个没完，他气得七窍生烟。

"干啥呢？欺负猪啊？"一个非常刺耳的声音传来，那语气相当尖酸刻薄，怎么听怎么不对味儿。

金刚这叫一个恼火啊！降伏一只猪也有人说三道四，而且话还这么难听。他带着煞气转头观望，鼻子差点气歪了，竟然是一只通体绿油油的鸟在那里嘲讽他。

那只鸟看样子是一只鹦鹉，服食过神秘果实发生了变异。它斜睨着金刚，道："咋的，耍流氓啊？"

那做派让金刚火大，恨不得一把掐死它。无奈它在空中，于是金刚捡起一块岩石，向半空中掷去。

绿鹦鹉吓得赶紧扑棱翅膀逃向高空，它嗓门很大，叫道："有人耍流氓，欺负猪啊！"

金刚顿时面部充血，头发根根倒竖。还好附近的人都在跟异兽厮杀，没人看向这边。

不过，倒是有几个扛着摄像器材的人从不远处奔过，急匆匆且不知死活地在山地中乱窜。

金刚看了他们几眼，没发现异常，便长出一口气。紧接着，他如一只猛兽一般冲向高空，捏着拳头，击向鹦鹉。

"杀鸟灭口啊！"绿鹦鹉怪叫着。同时，它拍打着翅膀，逃进了山林，再也不敢露面了。

金刚憋了一肚子火，脸色黑如锅底。

"嗷！"

大野猪早已翻身而起，鼻子喷着白烟。它是异兽中的一个头领，力大无穷，刚才一个没注意，居然被人撂倒了。

"轰！"

大野猪嘴里的獠牙长达一米，跟两柄雪亮的长刀似的，向着金刚顶去。它怒了！

以这只野猪的体形，它一旦跑动起来便是地动山摇，周围许多异人骇然失色，纷纷躲避。

金刚带着杀意，跟它硬碰硬！

"砰砰砰！"

激烈的碰撞声响彻山地，一人一兽像是两个怪物，打到山石崩开，大树折断，景象十分恐怖。

大野猪非常彪悍，口鼻喷着白烟，獠牙锋利，但几次冲撞都被金刚硬挡了回去。

一辆正在开火的装甲车被大野猪一头撞中，"轰隆"一声，成了两截，这让所有人都心惊胆寒。

大野猪发狂了！在这个过程中，有十几名异人死在了它的獠牙下。

"找死！"金刚大怒。他的拳术很强，但是大野猪皮糙肉厚，力大无穷，很难击毙。他找来了自己遗失的佛刀，带着无边的煞气冲向大野猪，誓要斩杀它。

一时间，佛刀雪亮，光华迸放，照亮山林。刀锋一亮，飞沙走石，大野猪随之显得越发凶暴了。

"噗！"

终于，金刚瞅准机会，一跃而起，手中的佛刀斩在了大野猪的脖子上。大野猪毙命，摔倒在地。

这一战果引起了周围异兽的骚动与不安。一个强大的头领战死了，这让它们无比焦躁。

异人士气大振，信心倍增，跟在金刚后面一起向前杀去。

"杀！"

金刚大吼着冲入异兽群中，手持佛刀大开杀戒。

"噗噗噗！"他勇猛无比，所向披靡，顷刻间斩杀了五六只异兽，鲜血飞溅。

然而下一刻便有大麻烦降临了！那条水桶粗的大青蛇出现在了异人们眼前，它所过之处，许多异人都遭殃了，死状凄惨。它的绞杀力太强了，只要被它缠上，浑身骨头就会寸寸断裂。

别说是人，就算是大象都可以被它轻易勒死。

"砰！"

金刚在它的身上留下了几道伤口，但是并未斩断它的躯体，蛇血溅起时，他自己也被抽了一记。

如果不是他的肉身极度强韧，他肯定已经丧命了。

紧接着，两者展开了激烈的搏杀。

另一边，银翅天神也动了。他虽然负伤了，但战力依旧恐怖，展开的双翅像是无坚不摧的天刀，先后将几只异兽劈成两半。一时间，鲜血染红了山林。

异人士气大振，在震天的喊杀声中开始向白蛇岭外突围。

但是，银翅天神也很快遇上了麻烦。一只看起来不过一米多高的猴子向他杀了过去，它身形矮小，但是身上的金色皮毛发着光，刀枪不入。

银翅天神的银翅跟猴子的爪子碰在一起时，火星四溅，没能将其斩开。

更麻烦的是，那只猴子速度太快了，如一道金色的闪电一般来回移动着。银翅天神跟它纠缠在了一起，片刻后，他的肩头被猴子抓到，受了重伤。不过，他也趁此机会割断了猴子的喉咙。

猴子毙命，倒在了血泊中。

银翅天神踉跄着倒退了几步，他受伤颇重，明显不如刚才那般勇猛了。

其他异人的脚步也频频受阻，那些异兽太凶残了，异兽头领虽然论实力比不上金刚与银翅天神，但胜在数量多，足有六七只。

楚风也出手了。他没有随意放箭，而是在寻找异兽的头领。这种生物带来的威胁太大了，解决掉它们，才是扭转战局的最有效的方法。

"嗖！"

他盯上了正在跟金刚缠斗的大青蛇，拉开大雷音弓，射出了一支箭。

箭的声势很大，一时间雷霆震耳，电弧横空。

大青蛇很敏锐，一扭头躲过了这致命一击，但是，它没能避开第二箭。

"噗"的一声，箭射穿了它的躯体。

"好！"金刚大喝一声，猛地跃起，然后一刀向下劈去。大青蛇立刻翻滚，想要躲开，但已经来不及了，一声闷响过后，它的小半截躯体被斩落了。

它嘶吼着冲向远方，尽管躯体断了一截，但它还是逃掉了。

最强大的头领都负伤逃跑了，这对兽群来说是一个沉重的打击，它们有些慌乱。

"嗷！"

不过，还有几个头领在。它们此时不停地咆哮着，稳住了兽群，示意大家继续猛攻。

在数量上，异人比卫城山的异兽多，但是异人的战斗力不及它们的战斗力，数名异人一起出手都杀不死一只异兽。而且，更常见的情况是，一只发狂的异兽可以将六七名异人撕碎。

这是因为在大山中生活的异兽原本就带着野性，它们所处环境非常恶劣，在发生变异前就适应了丛林法则，而异人则是由人类进化而成的，过去的生活都十分安逸，哪里见过这么血腥的场面，哪怕现在有了强大的实力，到真正厮杀时他们也还是少了一股狠劲。

所以，这里异人虽多，但一直处在下风，损失越来越大。

"嗖嗖嗖！"

楚风接连开弓，一箭就能射杀一只异兽。

他找不到异兽头领了，便开始攻击其他异兽。

十几只异兽先后毙命，让附近的异人顿时压力大减。

突然，楚风感觉后脑传来一阵剧痛。

这是神觉在发出预警。

他猛地闪到一边。

霎时间，一道银光贴着他的头划过，"砰"的一声，远处一棵大树应声崩断。

那是一只啄木鸟，它只有一尺多长，浑身银灿灿的，像是由金属铸成的。它的喙无坚不摧，刚才险些将楚风的后脑刺穿！

这也是一个头领，它虽然个头小，但是非常强，早先时候曾毁掉一架武装直升机，连钢铁都挡不住它。

"射杀它，我来掩护你！"

一个身穿白衣白裤的女子出现了，她背负一对散发着雪白光辉的光翼，整个人纤尘不染，浅浅一笑就显得无比甜美。

"白虎……"姜洛神也出现了，脸上露出惊讶的神色。

楚风愕然，被黄牛偷袭，又吃了他的羊肉串的女子竟然是传闻中的白虎？

姜洛神脸上带着迷人的笑，续道："白虎的妹妹卢诗韵？"

显然，她故意说话"大喘气"，是在有意调侃他。

楚风释然了，细细一想也是，背负雪白光翼的美丽女子怎么可能是白虎。

不过，她叫卢诗韵？

楚风明白了，她早先没有说实话，或许是因为身份敏感，所以不愿将真正的名字告诉陌生人。

旁边有卢诗韵负责防御，他安心了不少。他毫不耽搁，不断开弓射杀异兽，一路向前冲。

那只啄木鸟速度太快，而且很谨慎，没有再杀过来。

"卢诗韵，你有什么后手不要藏着掖着，我们联手杀出去。"姜洛神开口道。她很精明，知道白虎跟天神生物有过节，而他的妹妹敢带着少许人马出现，必然是有所倚仗。

"没用，对付不了那条白蛇！"卢诗韵摇头。她可以飞，自然具有优势，但是有不少异禽盘旋在空中，谁要是敢腾上高空，必定会遭遇猛烈袭击。所以，她来寻楚风，希望能借他之力射杀那些异禽。

"那没有办法了，只能一起向前闯，希望那条大白蛇没这么快回来。"姜洛神说道。

此时，异人都拼命了，合力向前冲杀，想在白蛇回来前逃离此地。

"轰隆！"

可怕的事情发生了！白蛇归来了，它立在半空中的躯体都有数十米长，冷漠地俯视着所有人！

"完了！"

众人脸色苍白，觉得已经陷入绝境了，他们今日势必难以活着离开。

白蛇太大了，身躯直径在两米以上，盘成一座雪白的蛇山，那景象太恐怖了。

山林中血腥味很重，死了不少异人，地上还有很多异兽的尸骸，包括它们的头领，比如那只比装甲车还大的野猪，还有那只拥有金色皮毛的猴子。

异人最起码死了八百个，而异兽才死去不足百只，数量悬殊。

楚风在担心黄牛，不知道它被大黑牛带走后到底怎么样了，有没有安全逃离。

他不敢想下去。

这么庞大的一条白蛇，可能活了千余年，它究竟有多强没人能说得清，连大黑牛都不是它的对手。

"卫城山的王，我等并没有冒犯之心，不知道这里是你的领地，请宽恕。"林诺依开口了。她双腿修长笔直，在山林中缓慢向前迈步。她要直面白蛇。

她平日里很冷艳，现在却尽量放柔了语调。她微微一笑，笑容非常灿烂，让许多异人都有些恍惚。

白蛇低下头，俯视着她，眸子依旧冰冷。

异人们惊讶极了，在这样可怕的关头，林诺依居然敢上前跟白蛇对话，有这样的魄力，实在不一般。

有风自远处吹过来，将她的长发吹得扬起，让她精致的面孔变得更加清晰了。她面带诚恳之色，目光平和，没有惧意。

只是此时的她，力量略显单薄。

她身高一米七，身材极佳，高挑而完美，但跟庞大的白蛇比起来，显得过于渺小了。

"卫城山的王，请你原谅我等的鲁莽……"姜洛神居然也轻言细语地开口了，要跟白蛇谈补偿。

在这样的紧要关头，女神居然敢跟白蛇交谈，胆子如此之大，让很多男性异人都觉得惭愧。

最后关头，居然是两个女子上前谈判。

"咝咝……"

那条大青蛇又出现了，它吐着芯子，御风而来。它断了半截身躯，用带着仇恨的目光盯着金刚，同时也在寻找楚风。

白蛇见它这么惨，水盆一般大的眸子顿时冷厉地扫视所有异人。

众人头皮发麻，知道要出大事了。这条白蛇释放出的杀意在增强，让许多人都感觉身体发僵，像是要被冻住了。

大青蛇咝咝出声，像是在报告一些情况。

"以你们人类的性情，你们早晚会进卫城山对异兽动手。与其如此，不如先让我把你们杀到感觉到痛为止！"白蛇开口了，声音很动听也很冰冷，很清晰地在这片山林中回荡。

它决定出手了。

显然，这一战无法避免。它早就有此打算，为了练兵，它花了很长的时间来观察人类。

"轰！"

庞大的蛇躯动了，白蛇带着恐怖的气息俯冲下来，速度突破了音障，如一条垂落的白色长河。

林诺依和姜洛神反应迅速，行动无比矫捷，两人分别翻身冲向两侧，身影画出了优美的轨迹。

"轰！"

白蛇庞大的躯体落下时，数十人已经毙命。仅一次扑击就造成了如此可怕的伤亡，众人莫不心惊胆战。

它的身体比精铁还坚硬，这么扑下来，谁能受得了？

异兽战战兢兢地疯狂倒退，为白蛇留出战场。

"轰隆！"

白蛇游动，巨大的身体卷过这片区域。这简直就是一场灾难！数百米长的雪白蛇躯横扫一切有形之物，一时间，矮山坍塌，巨石纷飞，古树折断，简直像是世界末日到来了！

"啊！"

成片的惨叫声传了出来，此起彼伏，顷刻间就有数百人死去。

有些异人可以飞，见状纷纷展翅冲向高空，结果白蛇张嘴喷出一片银光，这些异人便顿时当场毙命。

"拼了！"有人焦躁地怒吼着，因为他们根本无法逃走。

能活下来的人自然都实力不凡。有一名异人化作火焰巨人向前扑去，将山石都变成了岩浆，显然是一个高手。

很可惜，白蛇在吐气的刹那就将他冰封了，令他当场毙命。

"坚持住，迦释门徒正好就在附近，就要到了！"菩提基因的那名老人吼道，他正在拼尽全力地与白蛇对抗。

所有人都惊叹不已，这名老人的战力相当可怕。只见他双手结狮子印，拳风恐怖，发出狮吼之音。

连他周围的山石都崩开了。

这竟然是一个实力不弱于金刚与银翅天神的高手，可与位于金字塔顶端的四大异人比肩。

"砰砰砰！"

他结出的狮子印接连轰在白蛇的躯体上，其力量足以将数万斤巨石打得崩碎，在白蛇身上却没有起任何作用。

白蛇低头看着他，蛇躯一扫，"砰"的一声，老者横飞出去，撞在山壁上，满嘴是血。

"老子和你拼了！"金刚大吼道。

连这种话都喊出来了，可见他已经杀红了眼睛。此时，他没有持佛刀，而是拎着一支降魔杵。

此杵不大，只有一尺长，显得十分古朴，像是庙宇桌案上供奉的器物，不像是兵器。但现在，这支杵发着光，渐渐变得晶莹，打在半空中发出了"轰"的一声巨响，攻势非常惊人。

这支杵砸在了白蛇身上，顿时火星四溅。但白蛇仅是身体轻颤，并没有被击伤，更无血流出。

白蛇动了，庞大的躯体碾向金刚，险些就将他卷进下面了，景象十分恐怖。

金刚从那蛇躯下挣脱时，满嘴都是血。但那一刻，他的身体变得如黄玉般晶莹，身体表面还不断流动着光辉。他拥有不坏之身，这是他的神秘能力，若非如此，被白蛇这样撞击了数次后，他早就成肉酱了，根本不可能活下来。

白蛇冷漠无情地用巨大的躯体横扫山地，白色躯体所过之处无物不破，简直如同要毁灭世界一般。大地崩开，十几万斤的巨石炸开，连最近的一座山峰都被削平了！

就这么一次攻击，便又让无数异人死于非命。人类根本就不是异兽的对手，两者的战力相差太远了。

凭着敏锐的直觉，楚风数次避过危机，没有轻易动手。

很快，他不得不张开了大雷音弓，因为他看到林诺依可能会有危险，白蛇的尾巴末端正扫过山林，可能会殃及她。

这是他凭着神觉提前感应到的。

果然，白蛇的尾巴扫过山林，发出了山崩地裂般的巨响，即将波及林诺依那里。

楚风没有犹豫，选了一支通体都由龙牙打磨而成的雪白箭矢，同时动用了大雷音呼吸法。

他在尝试跟大雷音弓共鸣，雷霆之音顿时响起。

"嗖！"

雪白的龙牙箭带着雷电向前飞去，由于速度太快而发出了阵阵爆炸般的声响。

"轰！"

这一箭正好击中蛇尾！

蛇尾顿时扬起，遭受巨大的阻力后改变了方向。

但也仅此而已，没有鳞片脱落，更无蛇血淌出。

白蛇就是这么恐怖！

如果是蛇躯的中段扫过山林，楚风根本就不会动手，因为他即便动手了也是白费力气，但如果只是蛇尾扫过，他还可以尝试。

蛇尾擦着山地，劈开成片的巨树，划破山壁，之后险之又险地从林诺依的身体一侧经过。

哪怕林诺依一向很冷静，此时也倒吸了一口凉气。她疾速躲避，脱离了那片危险区域。

这时，银翅天神杀到了。

他也看到林诺侬有危险。

白蛇冷漠地看了一眼林诺侬，又看向楚风与银翅天神，而后摆动躯体，再次扫过来。

"砰！"

银翅天神离得太近，一个躲避不及，被撞飞了。他大口咯血，一条手臂都骨折了。

也幸亏离得近，他遭受的仅是撞击，相对来说力量还不算最恐怖。

楚风就不同了，他离得很远，蛇尾甩动起来劈到他这里时，速度与力量都达到极致！

他头皮发麻，疾速奔行，哪怕有敏锐的神觉，提前感应到了危险，可还是有些跟不上那种速度。

"嗖！"

一道白影冲来，抓着他贴着地面疾速飞行，而后跃到一条峡谷内。

"轰隆！"

他们头顶上方，那如长河般的雪白蛇躯扫过，一时间，山崩地裂，地面上的东西都被摧毁了。

是卢诗韵救了他。卢诗韵因为离他较近，在朝同一个方向逃，所以顺手拉了他一把。

她有一对光翼，散发着光辉，速度非常快，这才带着楚风逃过这一劫。

楚风极其惊讶，他觉得卢诗韵的真正实力应该非常恐怖。最起码，她拥有敏锐的直觉，也能提前避险。

"小白虎，谢谢你！"楚风刚一张嘴，就知道说错话了。

卢诗韵清雅出尘，在这种绝境中还面带甜美的笑，青春而有朝气。可听到楚风的话后，她微微皱起了眉头。

"对不住，口误！"楚风快速改口。

地面上，惊恐的叫声此起彼伏，异人损失惨重。

当楚风跟卢诗韵从峡谷中出来时，山林中到处都是血迹，殒命的异人数不胜数，景象十分可怕。

这才多长时间，就有大半异人殒命！

远处，林诺依拉着受了重伤的银翅天神在奔逃，天神生物那名鹤发童颜的老人已经战死在那里。

金刚与姜洛神也在分别逃命，冲向了不同方向。

面对白蛇，他们毫无招架之力。

菩提基因的那名老人在断后，他手持金刚的那支杵，怒吼着冲了上去，"轰"的一声，那里发出璀璨的光。

白蛇口中喷出银光，将那支杵轰得粉碎，老者也惨死在那里。

"坐标精准，炸吧！"林诺依的身体发出柔和的光，她带着银翅天神，贴着山林疾速飞行。

同时，她在跟外界联系，请外界的人立刻轰炸此地。

已经没有别的办法了，再耽搁下去，所有人都得死。

接着，林诺依对所有人喊道："快逃！"

"轰！"

远方，一道火光冲起，进入卫城山，向着白蛇而去。

导弹！

而且是威力惊人的大型导弹！

众人猜测，多半是军方动用了恐怖的热武器！

"逃啊！"许多异人大叫，发疯一般逃向远方。

楚风脸色变了，他有一种巨大的危机感，二话不说，便在山林中发足狂奔。

这一次，卢诗韵没有管他。确切地说，现在她根本顾不上他。

她拍动雪白的光翼，沿着低空疾速远遁。

楚风越过一片山岭，稍微安心了一些，但依旧在向前跑。

"轰！"

巨大的爆炸声在后面响起，火光滔天，整片山地都被掀翻了。

"轰轰轰！"后面传来接二连三的爆炸声。

有六七枚导弹飞来，全部落在同一个地方，附近的山峰都崩开了，白蛇被火光淹没。

最后，终于平静下来。

楚风被多块山石砸中，感觉到了身体上的剧痛，不过还好没有伤筋动骨。刚才山崩地裂，景象骇人，山林被严重破坏。

他估计，即便白蛇死了，也得有不少异人跟着葬送性命。毕竟，那几枚导弹威力太大，波及范围太广。

果然，一切平静下来后，还活着的异人不足千人，他们陆续从土坑中、断山后面出来，身上都染着血。

"天啊，它还活着！"就在这时，有人惊叫道。

远处已经没有山峰了，都被导弹扫平了。焦土中，有一只庞然大物立起身来，它通体雪白，只有个别地方有鳞片脱落，带着血迹，除此之外，没有其他伤口。

"太恐怖了，根本杀不死它！"异人们颤抖着说，那语气近乎绝望。

"有两百余只异兽葬身于此，我将屠城两座来祭奠它们。"白蛇冷森森地开口了。

众人听得毛骨悚然。

虽然刚才大部分异兽逃了，但也有部分被炸得尸骨无存，葬身此地。

白蛇要复仇，要用屠城的方法来祭奠死去的异兽！

"怎么杀不死它？大型导弹都无用？"连金刚都不能接受这个事实。

"刚才它浑身发出白光，护住身体，不知道那是怎样的一股神秘力量。"姜洛神低语道。

"嗯？"突然，她面露喜色，通信器中有消息传来。

"怎么了？"

"迦释门徒到了！"姜洛神惊喜地说道，随之脸上露出了倾城一笑。

就在这时，有一人闯进卫城山。他速度很快，一步就能迈出很远，像是缩地成寸般，疾速赶到了白蛇岭。

"卫城山的王，你杀心太重！"隔着很远，他开口了。

——第⟨35⟩章——
分异果

　　他与声音几乎同时到达此地，显然他的身体非常坚韧，不然的话，在这种可怕的速度下，肉身根本承受不住。

　　幸存下来的异人面露喜色，有高手救援，或许他们可以活着离开这片山岭。

　　"千叶叔叔。"姜洛神浅笑，跟来人打了一个招呼。

　　来人四十岁左右，双目炯炯有神，中等身材，小麦色的皮肤上有晶莹的光泽，虽然容貌一般，但一看就不是普通人。

　　他身体表面的光辉吸引了人们的注意，人们甚至因此忽略了他的长相。

　　"只允许你们杀异兽，不容我等反击？否则就是杀心太重？"盘成蛇山的白蛇声音冰冷，低头俯视来人。

　　"你看这山林间的血，多少无辜之人惨死了，而异兽又死了几个，你的杀心还不重吗？"千叶开口道。

　　"常年以来，人类以飞禽走兽充饥，真要计较，谁的杀心更重？"白蛇冷森森地说道。

　　千叶张了张嘴，无言可对。他是人类，对方是兽类，真要换位思考的话，孰是孰非讲不清楚。

　　"你是迦释门徒，自知万物有灵，众生平等，何以敢这么大义凛然，斥责异兽？"白蛇平静地问道。

　　这条白蛇果然非凡，迦释门徒来了，反被它教训了一顿。

　　千叶皱眉，道："你欲屠城，我心惶恐，所以特来卫城山阻止。"

　　"自古以来，弱肉强食，优胜劣汰，说到底这才是最朴实的法则，可也尽显残酷。"白蛇的语气很平静。

"人类在某个时期走了捷径，但现在不同了。"白蛇话语简单，然而透露的信息极不简单。

很多人心惊肉跳，照白蛇所言，未来或许会发生剧变！

"你要怎样才会收手？"千叶问道。他感觉有些不妙，这条白蛇太镇静了。

"没杀到让你们觉得痛，你们怎会有敬畏之心？屠城计划不会改变！"白蛇冷漠地说道，冰冷的声音在这片山地中回荡。

谈判失败，千叶沉下脸，没有其他办法了，只能战斗。

白蛇也动了，它浑身散发银辉，粗而长的尾巴用力一甩，如一道银瀑垂落，抽向千叶。

千叶反应迅速，迈开脚步，一跃就是近百米远，躲避了出去。

"砰！"

山地崩开，黑色的裂缝蔓延，这简直像是天灾，非人力所能抗拒。

"轰！"

下一刻，千叶冲了过去，速度快到极致。他手捏金刚印，身体闪烁着铿亮的金属光泽，从侧面攻向白蛇。

白蛇没有躲避，身体横扫，跟他硬碰硬。

顷刻间，天穹上像是有一面大鼓被敲响，发出"咚"的声音，沉闷而雄浑，震动四方。

又是"砰"的一声，千叶倒飞了出去。他惊讶地发现右手拇指和食指间有血流出，竟是虎口被白蛇之躯震破了。

"我还真以为是两千多年前的迦释门徒。"白蛇开口，略有失望地摇了摇头道，"想来也不可能。"

"得迦释真义，皆可称其门徒。"千叶说道。

"所谓真义，是指迦释的攻击手段吧，但是，你还差得远。"白蛇冷冷地道。

"轰！"

它俯冲而来，张口喷出一片银光，此招威力太强，有无坚不摧的气势，顿时让山地崩开。

千叶躲避，不敢撄其锋。

他拥有超凡的速度，几个起落间便冲上了一座山峰，避过了白蛇的猛烈攻击。

"轰隆！"

白蛇速度太快，如同在飞行，贴着山林就到了千叶近前，庞大的蛇躯缠绕在山体上，巨大的头俯冲过去，要将千叶吞下肚去。

"砰！"

千叶通体发光，以拳头抗衡，但还是被撞击得横飞出去。他的力量远没有白蛇的大。

只听"咔嚓"一声，这座低矮的山峰被白蛇绞断。它的力量实在可怕。随后，它从这里冲起，如同横空飞行。

此时，白蛇犹若真龙，在空中追上千叶。

"嗷！"

千叶大吼一声，状若雄狮，口中喷出金色的波纹，震荡群山。

这是一种音波功。

白蛇略微受阻，但很快又追了上去。

它速度很快，"呼"的一声，庞大的身躯压在千叶身上。

"轰隆！"

白蛇将千叶摁在那里用力碾压，一时间，山体四裂，乱石翻滚，烟尘冲天。

"砰！"

一道人影从山体的裂缝中挣脱，逃向远方。

那是千叶。

他有些不敌，吃了不少亏。

白蛇伸展躯体，在山上略微一用力，像是飞行一般横空而去，再次追上千叶。

它那庞大的躯体竟然非常灵活，一跃就是上千米远，在半空中横渡，威势骇人。

千叶轻喝一声，向山地中坠去，之后他双手不断结印，发出刺目的光，打向俯冲过来的白蛇的头部。

白蛇张嘴喷出极其绚烂的银辉，击向千叶。

那里瞬间发生了大爆炸，千叶整个人被冲击得横飞出去。

他不是白蛇的对手。

就在这时，白蛇甩尾，在半空中发出一阵爆鸣声，震动整片山岭。

"啪！"这条雪白的粗大蛇尾正好抽在千叶的身上，将他打得大口咯血，身子像炮弹一样飞了出去，撞在远处一座石山上。那山壁"咔嚓"一声裂开了，他滑落了下去。

"嗖！"

白蛇太快了，疾速跟上，身子卷了过去，用力绞杀。

石壁被蛇躯撞碎，千叶则跟着翻飞出去。他口中发出一声长啸，右拳发光，用力击向白蛇的一只眼睛。

白蛇轻轻一晃头，便躲避了过去。

千叶趁机飞速逃离石山。白蛇伸展身体，再次横空追了过来，速度可怕得令人绝望。片刻后，那里乱石翻滚，竟是石山塌了。

"这……"

见此情形，异人们心惊胆寒。千叶很强，拥有非人的力量，可面对白蛇，他的力量还是不够强。

迦释门徒也不行，降伏不了白蛇。

不过，人们也了解到了，所谓的迦释门徒并非两千多年前的古人，而是现代人。

"说到底，这个千叶多半也是一名异人，只不过早于我们出现在这个世上。"有人说，同时在快速行动，向白蛇岭外逃去。

这一切都发生在片刻间，人们没有想到，所谓的迦释门徒也不是白蛇的对手。

"嗖嗖嗖！"

异人们都在逃遁，不敢继续观看下去。千叶的到来为他们提供了逃生的机会，他们现在不走的话就太蠢笨了。

楚风神觉敏锐，早已发现千叶会落于下风，所以，他是最先行动的人之一。无法抗衡，也帮不上忙，唯有逃生，不能等死。

"砰！"

山中，千叶再次被白蛇喷吐出的银辉打中，满身是血，跟跄着倒退，身体表面的光辉都暗淡了。

他每次都会被打飞出去上百米远，好在他的肉身极其坚韧，如果换成别人，早就成烂泥了。

"传闻迦释力道极度强大，你的这些手段跟他的比起来还差得远。"白蛇开口说话间，攻击的凌厉程度不减反增。

"砰砰砰！"

千叶被打得不断飞起，撞在山峰间，砸在石壁上……他完全难以抵抗白蛇的攻击，再这么下去非死掉不可。

"你的神觉早已觉醒，你先前完全可以避开导弹，为何要硬扛？"千叶问白蛇的时候张嘴吐出一口血沫子。

真正交手之后，他才明白这条白蛇有多恐怖，不仅力量惊人，速度也惊世骇俗。此外，它拥有神觉，可以避险。

"只是想试一下，我的肉身在热武器的轰击下可以支撑多久。"白蛇答道，声音动听，却让千叶身体发寒。

这条白蛇肯定会有大动作，要不然，它不会如此冒险。

"你到底想干什么？"千叶问道。

白蛇不理会他的问题，开始发力绞杀他，一时间，杀气弥漫。

"逃啊！"

异人们大叫，亡命冲向远方。

白蛇没有追。

这一役非常惨烈，死伤无数，最后又有热武器飞进了卫城山，但白蛇早已踪迹全无。

千叶是生还是死成为谜，其他异人没有见他出来。

楚风一路狂奔，风驰电掣般远离那片可怕的山脉。他在无人之地换下衣服，悄无声息地回到家中。

"白蛇出世，这片区域不安全了。"他在考虑离开。

黄牛在哪里？

不知道它怎样了，楚风有些担忧。

蓦地，他抬起头向院中望去，那里多了一道身影。

楚风回来的路上很小心，他封闭自身气息，动用神觉，确信没有人跟踪。这个人是谁？他屏住呼吸，仔细观察。

那道身影背对着楚风，用一身亚麻粗布将全身包裹得严严实实的，非常古怪。

那道身影先是对着卫城山一拜，而后便蹲下身子在那里掘土，仿佛在寻找什么。

楚风的脸色变了。那是花圃所在地，他从昆林山带回的三颗种子都埋在那里，他怎么能容忍这种事发生！

他冲出房间，动用大力牛魔拳，向前轰去。

"砰！"

那道身影反应十分迅速，转身就是一拳，跟楚风的拳头撞在一起，刹那间飞沙走石，爆鸣声震耳欲聋。

楚风甩了甩发麻的拳头，盯着这道身影。

怪人瞪圆眼睛，而后一把扯下亚麻布，露出了真容。

竟然是黄牛！

"你怎么没死？"黄牛快速地在地上刻下了这几个字，一副活见鬼的样子。

楚风气得牙痒痒，这死牛居然诅咒他，他真想再去买几串过期的羊肉串给它吃。

黄牛"哞哞"叫了几声，开始在地上刻字，告诉楚风真相。

大黑牛不敢跟白蛇动手，逃命本事却是一绝，带着黄牛风驰电掣般一路冲出卫城山，成功逃离了那里。

事后，大黑牛跟黄牛说，如果不是有黄牛这个累赘，它非要跟白蛇一决高下不可。黄牛半信半疑，当即让大黑牛去救楚风。大黑牛很痛快地答应了，转身就走，简直是义薄云天。

不久后，大黑牛回来了，告诉黄牛，它去晚了一步，楚风已经死了。它一怒之下跟白蛇大战，将整片山岭夷为了平地，但还是杀不死白蛇，最终只得无奈退走。

它还让黄牛节哀，反正和楚风认识也没几天，就不要太挂念了。

楚风听得目瞪口呆，最后忍不住骂道："这个老神棍，它怎么不去死！什么跟白蛇大战，它压根就没露面！"

黄牛闻言，顿时目瞪口呆。它没想到大黑牛居然比它脸皮还厚，什么都没做还敢邀功，而且还装出了一副豪迈雄壮的样子。

"家门不幸，出了个败类。"它羞愧不已地在地上写道。

"你也不怎么样，回来就盗我的种子，连哭都没有哭一声。"楚风瞪着它。

黄牛不服，它表示自己已经对着卫城山那个方向拜了一拜，算是给他送行了。

"别扯这些没用的，紫金松果呢？赶紧分松子！"楚风相当直接地打量黄牛，大黑牛跟黄牛收获巨大，他是知道的。

"没有了，都进了老神棍的肚子！"黄牛刻完字后果断地倒退了几步，警惕地看着楚风。

一看它这个样子，楚风就知道这家伙身上肯定藏着不少松子，于是扑了上去，跟它争抢起来。

最后，黄牛妥协了，同意跟他分松子。

这倒不是因为它大方，而是因为它觉得自己或许用不了这么多松子。

那颗松果足有成年人的拳头那么大，里面共有一百二十多粒松子，它跟大黑牛起码剥了一半下来。

大黑牛逃离了卫城山，等到情势稳定之后，它就跟牛嚼牡丹似的，一口吞下了三十粒松子，最后咂了咂嘴，觉得吃下那么多足够了。

随后，它便去找地方睡觉了，看能否再次进化。黄牛则跑回来了，准备将三颗昆林山的种子带走。

"你没告诉那头大黑牛吧？"楚风特别不放心那个大忽悠，要是被它知道了，估计这三颗种子保不住。

不可能告诉那个神棍！黄牛拍着胸脯，让他放心。

接下来，黄牛和楚风开始分赃。黄牛的身上共有三十六粒松子，粒粒都比寻常的大，饱满而晶莹，流动着紫光。

这些松子很通透，像紫玛瑙，仅看一眼就让人觉得是非凡之物。而且，松子还弥散着特有的清香，沁人心脾，让人心神宁静。

"我吃下去后，会不会长出一条尾巴，或者多出两根犄角？"楚风迟疑地问。他很想试，但又非常纠结。

这种神秘果实蕴含着不可思议的力量，一旦服食就可能让人产生剧烈的变化，并拥有某种非凡的能力。

黄牛在旁点头。这一次它很认真地告知楚风，其实最好的选择是花粉，而非果实。

楚风发现，它的严肃程度前所未有，这是很少有的情况，所以，他又认真地询问了一下其中的内情。

不过，黄牛也不明白其中的内情。在它来的那个地方，有些不朽的圣地非常讲究，要求弟子以花粉进化。至于果实，则要求弟子尽量少碰。它猜测，可能是因为到了后期会有什么弊端。

当然，黄牛补充说明了一下，也有个别绝顶传承没这个忌讳，似乎有化解之法。

楚风想了解更多，但黄牛似乎不愿意多说那个世界的事。

这让楚风为难了，紫金松子就摆在眼前，绝对是好东西，可是他又在犹豫要不要服食。

"嘎巴！"

黄牛在吃松子，居然连皮一起嚼碎咽了下去。而且，它一口就吃下去五粒，然后仔细感应松子在体内的变化。

楚风发现后，觉得自己被骗了！这家伙怎么不担心？它直接在啃松子啊，就这么吃了！

"牛魔王！"他叫道。

黄牛晕晕乎乎的，这松子居然效果显著，让它浑身冒热气，眼睛都有点发直。

楚风见状，觉得正好可以问出实话。

"你这么吃下去就不担心吗，以后弊端显露怎么办？"

黄牛哪怕反应变慢了，也是一副自负的样子。它在地上刻字，告诉楚风，它是与众不同的，没看到它连犄角与皮毛都是金色的吗？

"什么乱七八糟的！"楚风真想给它一巴掌。

"总有些生灵受尽上天眷顾。"黄牛写下这么一行字后，便闭嘴了，什么都不肯说了。

到了最后，它一共吞下了十二粒松子。

事实上，黄牛在吞到第十粒松子时，就感觉到自己体内没有变化了，神秘的效果没有再增加。

而楚风还在纠结到底要不要吃。

同时，他想到了白蛇。白蛇如果真要屠城，是否会从附近开始？如果是的话，他应该马上撤离才对。

"不要紧。"黄牛刻字告诉楚风，那白蛇说话算话，说屠城就肯定不会屠镇。

"你怎么知道？"

它坦言，是大黑牛告诉它的，不然的话，大黑牛也不会放它回星阳镇。

楚风皱眉思忖，或许只有异兽中的王才更了解彼此吧，只是那样的话实在恐怖，白蛇真要屠掉两座城吗？

"周全逃出来了吗？"他赶紧联系周全。

通信器响了几声，最后竟然接通了。周全还活着，并且回到了县城。

他负伤了，不过在跟楚风通话时，传递出来的信息竟像是获得了解脱。经历了那么可怕的事，他都没有落下什么心理阴影。

楚风心生疑惑，忍不住询问了一下，这才知道周全的两根犄角都断了，一根是被万斤巨石砸断的，另一根是被白蛇的躯体擦中后折断的。

他能活下来，也算是运气不一般。

"吓死我了，这世间居然有这么大的蛇，我再也不乱跑了！"周全庆幸道，心里美滋滋的，他总算解决掉那两根犄角了。

"赶紧离开县城，说不定白蛇屠城会从那里开始！"楚风告诫他。

"我知道！"周全正发愁呢，他们一家正准备逃亡，所以问楚风这边是否安全。

他亲身经历过卫城山的事，知道白蛇说过必屠两城祭奠那些死去的异兽的话。

"行，你来吧！"楚风痛快地答应。

周全是开车来的，一路沿着破败的道路猛闯，简直快将那辆车开散架了。他不得不如此，因为怕遇上白蛇屠城。

他头上两根犄角断了，身体上有很多血迹，负伤不轻，整个人都有点萎靡不振。

"这是我的父母。"周全从车上扶下两位老人，向楚风介绍他们。老两口面色略微发白，一是因为受了惊吓，二是因为一路上车速太快，他们吐过好几次。

"伯父好，伯母好。"楚风问候二老。

两位老人实在没精神，病恹恹的，楚风赶紧安排他们住下。

他家后面有一处空着的院子，那户人家早已搬走，现在是非常时期，他也顾不上许多了，直接开锁，将周全一家安排了进去。

楚风没把他们安排在自己家，是顾忌到家里有头黄牛，再加上有可能会出现大黑牛，如果一不小心吓到周全的父母就不好了。现在两位老人精神萎靡，不宜再受惊吓。

"你伤得不轻啊，骨头都断了。"楚风吃惊地说。周全也够能忍的，肋骨都断了两根，硬是没吭声，没告诉他父母。

楚风想了想，将两粒紫莹莹的松子递了过去。

"这……"周全无比震惊，他立刻猜出了那是什么。

"什么都别说，赶紧吃下去！"楚风说完转身就走。

回来时，他发现黄牛苏醒了，眼中射出两道惊人的金色光束，散发出的能量波动较以往强了一大截！

"金刚呢，离开卫城山了吗？我想他了！"黄牛实力大增后，第一个想到的居然是金刚。

啥意思？楚风不解。

黄牛一脸傲然之色，说它想试一试这一次自己几蹄子下去能不能将金刚打晕。

楚风哑口无言，这么深的执念，黄牛也太不厚道了。原本就是它对别人下黑手在先，就因为没把对方敲晕，它居然到现在还念念不忘呢！

黄牛的外表并没有太明显的变化，也没有多出什么鳞片、羽翼等，还是跟以前一样。

同时，它告诉楚风，松树本就不是一般的树种，青松常翠，无惧冬雪，这种树木变异后，结出的果实十分非凡。

楚风感觉到了，一颗紫金松果里就有这么多松子，可以让数人服用，造就好几个高手！

"松树下是否有异土？"楚风很关心这个问题。

黄牛点头，一脸自信，告诉楚风这次绝对可以让昆林山的三颗种子生根发芽！

"好！"楚风大喜！

第 36 章
期待

黄牛底气十足，因为它得到的那块土实在非同一般。

"赶紧拿出来！"楚风催促它。

黄牛神气十足地从身上的大布袋里取出那块土，小心翼翼地把它放在了院中的石桌上，顿时吸引了楚风的目光。

果然非凡！楚风在心中惊叹。

它晶莹透亮，不像是土块，倒像是一块玉石。最重要的是，它足有成年人的半个拳头那么大。

楚风早先得到过几块异土，但都只有指甲盖那么大，根本没法跟这块比。

楚风仔细看了看，发现它不像是土，倒像是由密密麻麻的玉石颗粒粘在一起形成的。而且，这块异土有两种颜色，嫩绿色与紫金色缠绕在一起，散发出莹莹光泽，颜色同碧绿的小树以及紫金松果对应。

"比那几株草的根茎下的异土强太多了！"楚风赞叹道。

对着阳光一照，这块奇异小树下的异土便会透出嫩绿、紫金两种光彩，像是有火焰在跳动！

楚风吃惊不已，而后笑容越发灿烂了。黄牛也咧着嘴傻笑个不停。

一人一牛都很期待，觉得这一次一定可以成功。

"不知道三颗种子情况如何了。"楚风蹲下来，小心翼翼地扒开了花圃中的土。

算一算时间，距离上一次他将指甲盖大的异土埋进去滋养种子又过去好多天了。

"略有变化！"

潮湿的泥土下，那颗较为饱满的种子露了出来。它虽然依旧没有发芽，但是上面的绿意又增加了一些，散发着生命气息。

黄牛也凑了过来，跟着一起仔细观察。

"这一颗种子的变化其实算是很大了。"楚风说道。

在昆林山山脚下发现它时，它枯黄又没有光泽，表面还有明显的褶皱。

现在，它表面的褶皱减少了一点，通体缭绕着绿色斑纹，看上去绿莹莹的，有一种他难以说清，但可以感知到的奇异生机。

这颗种子上的斑纹十分特别，看上去竟有些繁复，鲜绿中带着说不清的韵味。

楚风特别期待地挖出了另外两颗种子，但令他失望的是，这两颗种子什么变化都没有，依旧死气沉沉的。

一颗种子已经略微变形，看上去乌黑、干瘪；另一颗呈紫褐色，像是被压成了扁圆形。楚风得到它们时它们就是这个样子，缺少生机。

这两颗种子要生根发芽，难度太大了。

"将异土都集中在一起，供第一颗种子用。"楚风最终决定这么做。

黄牛点头，表示同意。

有些麻烦的是，种子发芽生长需要时间，而白蛇就在卫城山，让人心生忌惮。

黄牛去找大黑牛了，异兽中的王最了解彼此，它想再去问问大黑牛这片区域是否还安全，因为它也不希望种子生长时发生什么意外。

它去得快，回来得也快。它告诉楚风，短时间内是没什么问题的。

"希望它能早点长出东西来！"黄牛满怀期待地写道。

因为不久后大黑牛将带它一路西行，前往烈炎山。它的时间不多了。

"它真是牛魔王？"楚风惊讶地问。

黄牛摇头，表示它不知道。

所谓的烈炎山，是毗邻昆林山的一片火山区域。

黄牛一直想去昆林山，自然不会放过这次机会。

"那棵小树怎么样了？"扎根在昆林山的青铜山上的小树给楚风留下了深刻的印象。

"老神棍没有细说，只告诉我日后可以带我进山。"黄牛写道。

楚风将那颗绿色斑纹渐多的饱满种子塞进半个拳头大的异土里，然后连种子带异土埋进了一个木桶。

当然，早先的那几块指甲盖大的异土他也没浪费，都放了进去。

如果情况不对的话，他准备直接带着木桶走。

浇过水后，一人一牛就坐在这里眼巴巴地望着，恨不得种子立刻生根发芽。

可以想象，楚风和黄牛是多么的急切与渴望。

楚风满怀希望，也正是因为有这种期待，所以他暂时没有服食紫金松子。他觉得，这颗埋在异土里的种子或许能给他带来惊喜！

黄牛百爪挠心似的一直在走来走去，每隔一会儿都要到木桶前观看片刻，这导致楚风都受了不少的影响。

忽然，楚风的通信器响了，是他母亲打过来的。

"妈！"楚风接通了通信器。

通信器另一端，他的母亲非常焦急，很急切地问他是不是还在星阳镇，都快哭了。

现在外界一片沸腾，都快炸开窝了，因为卫城山的动静闹得实在太大了，各种消息在最短的时间内传遍了各地。

一条足有数百米长的大白蛇横行卫城山，杀死了大量异人，连导弹都炸不死，这一消息震惊了世界各地的人。这是天地剧变以来发生的最严重的一次事件，世界各地的人都在谈论。

"妈，我没事，您放心好了，我马上就会去找你们。"

楚风不断安慰她，甚至说了善意的谎言，比如，他告诉她自己早已离开星阳镇，现在在另一地的同学家中。

很长时间后，楚风才结束通话。随后，他浏览各种新闻报道，发现外界果然已经沸腾，这件事的影响实在太大了。

白蛇的少量照片被传到了网上，那么庞大的蛇躯直接绞断了山峰，实在是震撼人心。再加上一些亲身经历过这一役的异人讲解了事情的经过，更是弄得举世皆惊。

人们忧心忡忡。卫城山一直有关于白蛇的传说，而且，国内一直不缺这样的传说，有的地区的传闻甚至更加离奇、可怕，难道那些地方也都藏着传说中的生物？

国外民众的心中也不安宁，因为世界各地都有不少神秘传说，真要一一成为现实的话，那简直要吓死人。

楚风看了很久，直到太阳落山，他才放下通信器。

"楚风，出大事了，救命啊！"就在这时，周全惊恐地大叫着闯进了楚风家的院子。他脸色苍白，一副很恐惧的样子。

"出什么事了？"楚风大吃一惊，很明显周全遭遇了什么，一副被吓坏了的样子。

黄牛十分警觉地跃上墙头，朝卫城山的方向张望。它怀疑是那条大白蛇出现了，冲这个方向来了。

"晴天霹雳啊！噩耗！"周全在那里嚷着。

"你哥哥出意外了？"楚风知道周全有一个哥哥，一直漂泊在外，由于现在很多地方的道路都断了，所以他哥哥至今都没能回来。

"不是！"周全摇头，颤抖着指着自己，道，"是我出事了。"

什么情况？至于这样失态吗？楚风狐疑地看着他。

"我的犄角又长出来了！"周全哀号道。

不久前，周全头上的那两根犄角断掉了，当时他觉得自己解脱了，外形终于恢复了正常。可是，吃完楚风送给他的两粒松子后，一觉醒来，他觉得头皮发痒，这才发现断角竟开始重生了，又冒出了一小截。

楚风哭笑不得，这算什么大事，他其实早就料到周全多半会重新长出犄角。

黄牛还以为是白蛇杀到了呢，听了周全的话气得险些给他一蹄子。

"不就是两根犄角吗？没什么大不了的！"楚风拍了拍他的肩头安慰道。

周全顿时泪流满面，道："不是两根犄角啊！真是那样的话，我也不会这么着急。你们看，又多了一根，现在是三根犄角了！"他掀开自己的大背头，指着头顶。

果然，除了断角重生外，在他的头顶中央出现了一根新的犄角，笔直向上，跟梳了根朝天辫似的。

"怎么多了一根？"楚风也觉得很奇怪。

周全仰头，怒视苍天，原本两根犄角就已经让他很烦了，谁能想到现在变本加厉，又冒出第三根！

楚风颇为同情周全。第三根犄角如果能普通点也行，但它居然跟朝天辫似的，太另类了。

黄牛咧着嘴在那里笑，还凑过来摸了摸周全的第三根犄角。

周全气得想咬它，都这个时候了，这头无耻的牛还在嘲笑他。

"哞！"黄牛低叫了一声，在地上刻了一行字，明确告诉他，这是好事，以后他或许可以凭此在牛氏家族中有一席之地。

"你……走开！"周全气得牙疼，将摸他头的那只蹄子拨开，带着满腹愤懑跑回后面那座宅院去了。

夜晚，楚风跟黄牛在院子中坐着，似是在赏月，其实是在盯着木桶，恨不得立刻出现奇迹。

"有人！"突然，楚风警觉地提醒道。

事实上，黄牛也早就发现了。如今它实力大增，神觉更加敏锐了。

"你躲起来，不要出来！"楚风说完，迅速地将院子和房间整理了一遍，免得暴露了什么不该出现的东西。

明月高挂，夜晚很静。楚风的家在镇子的最东边，挨着一片果园。大片皎洁的月光洒落，将这里镀上了一片银白，非常安谧。

一个身材修长的女子踏着月色而来，她容貌极美，在如水的月光下，身上笼罩着一层朦胧的光晕。

林诺依，竟然是她来了。她长发飘动，在皎洁的月光下轻盈地迈着步子，来到了院外。

"诺依。"楚风快速起身。院门没关，看见那道月色下的身影，他几步走了过去。

林诺依对他点了点头。虽然白天经历过一场惊心动魄的大战，险些死在白蛇岭，她现在却依旧平和而沉静。

她看着楚风，同时也在打量院中的一切。在月光的映衬下，她显得越发清丽了，有一种不食人间烟火的气质。

"我不请自来了。"她道。她虽然气质偏冷，但并不是有意疏远。她一向如此。

"我高兴还来不及呢。"楚风将她让进院中。

"可惜我父母没在这里，他们以前一直念叨着想看一看你，如果知道你来了，他们一定会非常高兴。"楚风一脸微笑，用这种话拉近两人间的距离。

这又不是见家长，但让他这么一说，好像有那么一点味道了，脸皮厚的人从来都不会觉得尴尬。

"你总是这样，口不对心。"林诺依瞟了他一眼，随着他进入房间。

"我一向坦诚，看见你，心里什么都藏不住，脱口而出。"楚风说得相当自然。

"这就是你住的地方？"林诺依有些惊讶。

这里是楚风的家，她第一次来，的确有些好奇，故认真地看着。

"矜持点！"楚风提醒她。

林诺依瞪他，不说话。

"你是女神，不能这么好奇，这很破坏你的形象。"楚风说道。

"你房间中不会藏着什么吧？"林诺依落落大方地转身，进入他的卧室。

"我这卧室除了美女还能藏什么。"楚风很张扬地笑着，就那么盯着她美丽动人的面庞，而后又看向那双大长腿。

其实他有些心虚，因为黑色短剑就在被子下。他没有想到，林诺依会进入他的卧室中参观。

在白蛇岭时，他就是用这把剑杀了穆，斩伤了银翅天神，还杀了不少异人，他犹豫着，要不要告诉她真相。

可是，他又有些担心，怕两人就此对立。

林诺依一向冷艳，平日间哪有人敢这么放肆地盯着她看。她伸出手，果断而直接地推开了他的脸，然后向卧室外走去。

楚风跟着走出来，摸着自己的脸，道："我被戏弄了！"

林诺依不理他，直接来到院中。

月光洒落，这里紧挨着果园，有果香也有花香弥漫，气味芬芳，略带香甜。

气候在变化，深秋季节不仅有熟透的果实，还有正在绽放的花蕾，这是过去那些年从未有过的事。

"你的家很安宁，生活在这里心很容易静下来。"林诺依说。

楚风不再嬉皮笑脸，他走了过来，让她舒服地坐在一把藤椅上，递过来一杯清茶，道："诺依，你太累了。"

他说的是真心话。白天发生的事他都看在眼中，天神生物跟那条大白蛇战斗，死伤无数。而这一次，林诺依负责统御那些人，自然有非常大的压力。

"你看到新闻了，知道卫城山发生了什么？"林诺依问道。

"是的，我很担心你。"楚风点头。

白蛇出世，这不在所有人的预料中。不仅导弹杀不死它，连迦释门徒跟它一战后都生死不明，太恐怖了。

"你怎么还没有离开？这里太危险了。"林诺依双目深邃地看向他。

"看着你平安离开后我再走。"楚风说道。

林诺依很平静地注视着他。

"好吧，我说实话，答应我父母要带我走的那个大叔白天也进卫城山了，让我在这里等他。"说话间，楚风将石桌上的茶杯递到林诺依的手里。

"他负伤了，正躲起来休养呢，不过没什么大碍，我们马上就会走。"楚风接着说。

"还真是一个有趣的大叔。"林诺依竟说出这么一句话，并且笑了笑，红唇贝齿，笑容非常灿烂。

这一刻，月色轻柔，让她的面庞发出莹白的光，甚至连发丝都像是变得根根晶莹，看起来绝美无比。

楚风捂着胸口，就这么出神地看着她，目不转睛。

"你在干吗？"

"你这么一笑，实在太美了，晃得我快睁不开眼了，必须使劲睁着才行，而且我心跳加速了，得捂着点。"

"你就这么一本正经地胡说八道吧！"

"真的，我可以对天发誓，你知道的，我一向都是这么坦诚！"楚风放下手，但目光没有移开，依旧看着她，道，"我早就说过，你要是常笑，这份魅力可以秒杀一切，谁也挡不住。"

林诺依平静地看向那片果园，那里有清辉洒落，一片朦胧，像是蒙着一层轻纱。

"你想要什么样的生活？"之后，她望着楚风，这样问他。

"平静，安宁，当然也不能完全没有激情，偶尔还是要来些惊喜与刺激的。"楚风张嘴就答，想都没有想。

林诺依顿时笑了。不过这一次，她没有看向楚风，免得他又盯着看个没完。

"不行，这么倾城的笑你都不对着我，太浪费了。"楚风脸皮很厚，凑了过去，非要盯着她看。

林诺依看向他，道："你所要的生活看似简单，却很难拥有，这世间恐怕很快就要没有净土了。"

楚风知道她言有所指。天地剧变，许多生物都在进化，一些恐怖的生灵渐渐开始出现，未来会有各种不可预测的事发生。

"你喜欢争斗吗？"林诺依问他。

"不喜欢！"楚风摇头。

林诺依沉默地看着远山。

楚风又补充了几句："在这个世道，或许有些人没有选择，一切都会被迫改变。"

"你去雷天城吧，那里是北方的中心巨城，还能保持一段时间你想要的安宁，外面有一架直升机，你连夜走吧，这里已经很不安全了。"林诺依开口说。

"你是来送我走的？"楚风静静地看着她。

"是。白天时，我安排天神生物的人撤退，所有人员都已经安全离开了，还有一架空余的直升机，可以送你走。"

"诺依！"楚风伸手，想拉住她的手。

"想什么呢！"林诺依直接拍掉了他的手，平静地看着他，道，"我们只是朋友，我希望你一切安好。"

"好吧。"楚风讪讪地放下了手。

略微平静后，楚风再次开口道："诺依，我知道你怕我出事，所以特意过来送我一程。但是，来接我的那个大叔也不简单，你走后，我和他多半也就走了。"

楚风接着道："你放心，我不会拿自己的生命开玩笑。等有一天你去雷天城，我请你吃大餐，我还想看到你灿烂的笑。"

林诺依看着他，不说话。

"我说的是真的，我不会拿自己的生命开玩笑。"楚风很认真地跟她对视。

最终，林诺依点了点头。

"还有，诺依，你要是遇到什么麻烦，或者非常为难的事，一定要告诉我，到时候我会找人帮你！"楚风郑重地说道。

月夜很静。楚风知道，林诺依对这个世界的变化了解得比他多，因为天神生物非常强大，很早就在接触这方面的事与物。他想请教一番。

"诺依，现在到底是什么情况？"他进一步问道，想知道这个世界到底怎么了。

他知道，有些事林诺依是不能说的，她上次已经有所暗示。

林诺依竟然轻轻一叹，这是很罕有的事。

"这个世界十分复杂，还处在变化中，将出现影响很大的恐怖事件，但同时机遇也要到了。我回去以后将进行各种布置，会有很多争斗出现。"

林诺依没有具体说是什么事，但可以知晓的是，接下来她将要面对各种麻烦。

"天地剧变后，有一些跟天神生物一般的大势力，比如菩提基因等，会遣出部分异人，前往各地的名山大川寻找灵根。"

楚风静静地听着，没有插嘴。

"卫城山的小树只是我们其中的一个发现而已，事实上，天下名山不少，有许多地方都远比卫城山出名，神秘植物也更多。"

楚风一听，为之震撼了，忍不住开口道："你的意思是，各大名山都有神秘植物，会引发争斗？"

"是，有些地方的神秘程度远超你的想象，可能会有圣树，而且，可能会有成片的灵根。"林诺依告知他。

成片的灵根，也就意味着会有很多小树结出果实？那会引发怎样可怕的后果，实在难以想象。

"天地剧变还在继续，将会越发不可测，任何一个大势力想要立足，肯定要夺下一座名山才行！"林诺依坦言相告。

卫城山之战只是一个序幕，真正的大波澜还在后面。

可是，仅卫城山就出现了一条无比恐怖的大白蛇，其他地方会怎样还难以预料！

"虎泷山、千普山、普梦山、凌山、沅林山、悬田山……这些名山都是大势力的必争之地。"

林诺依的话在楚风心中掀起了巨大的波澜。

"一家一座名山，平分不就好了。"楚风说道。

林诺依摇头，道："目前还谁都没有拿下一座呢。"

"这么难？"

"异兽出手了！晚间时分，我得到消息，凌山出现了几棵发光的金刚菩提树，可能是圣根，菩提基因第一时间杀过去了，就在今晚动手的，结果惨败而归。"林诺依道。

"被谁占据了？"楚风心中震动。

"被几只神猿占据了。"林诺依说道。

"几只神猿？这么厉害！"楚风知道，菩提基因有迦释门徒，实力深不可测，他们居然在今晚大败而归。

原来不止卫城山有争斗，其他地方也有人在动手！

凌山庙宇成片，有千年古刹，香火鼎盛，那里可不是一般的地方。

"有一只老猿手眼通天，而且如今都会诵经了，非常厉害。"林诺依说。

那些庙宇如今被几只神猿占据，想必会聚集大批猿猴种类的异兽，这也意味着一座名山已经被异兽占据！

楚风可以想象得到虎泷山、千普山、普梦山、沅林山、宝峦山等地会发生什么事，估计也将是一场场的惨烈争斗。

"迦释门徒到底是怎么回事？"楚风想知道那个中年人为何那么厉害。

"二十一年前，穆家一个孩童曾意外吃下一颗野果。"林诺依没有提迦释门徒，却说起了天神生物内穆家的一个人，这让楚风诧异。

"后来，他发生变异，变得无比强大！"林诺依看着他，目光深邃。

二十一年前就有异果了？楚风暗暗吃惊。

"他就是穆的兄长，这么多年来很少出现。"说完，林诺依就起身了，向着院外走去。

月光下，她身上笼罩着一层洁白的光辉，肌肤雪白晶莹，就连发丝都在发光，神圣而美丽。

楚风看着她完美的背影，一阵出神。

"她实在太聪明了，难道她知道我是谁了？"

她就这么直接离开了。

·—— 第〈37〉章 ——·
千万年未有之变局

月夜下，林诺依轻轻挥手，登上了直升机，去跟一些人会合了。

楚风转身回到院中，刚才他表现得嬉皮笑脸，放荡不羁，只是想掩饰自己的身份，但现在看来，林诺依或许早已看穿了一切。

楚风恢复了平静，脸上早已没有方才的轻佻之色，开始认真思考。

林诺依的那些话中藏着非常有价值的信息，让他感触颇深。

他询问迦释门徒的事情时，林诺依不答，反而说起了穆的兄长。

"二十一年前……"楚风琢磨了一番。为了进一步确认相关信息，他用通信器搜索了一下，立刻出现了很多相关页面，都是多年前的报道。

"原来是这样！"他点了点头。

在漫长的后文明时代，发生过数起神秘变故，那些变故对于普通人来说至今还是谜。

二十一年前就发生过一次变故。当时，地磁异常，有些地区甚至出现刺目的地磁光，十分绚烂，后来又伴有轻微地震，导致各种通信中断，而且是全球范围的，经济损失难以估量。

这只是一部分表象，究竟发生了什么诡异的变故，普通人至今不知。

"那应该是一次变异。在那个时期，或许就有个别地方出现了神秘果实，只不过在数量上远不能和现在比！"楚风自言自语道。

二十一年前或许就有异人诞生，但数量肯定极少。如今变异才真正到来，而且势头最为猛烈！

林诺依提到那个时间段，说出穆的兄长的事，等于为他拨开了一大片迷雾，由此他可以推测出很多东西。

跟白蛇大战的迦释门徒千叶，真正的身份是一名异人。

林诺依提到穆的兄长，等于间接回答了迦释门徒的问题。因为，他们都是上一个时期的异人！

同时她也是在向我示警，要我小心穆的兄长吧？楚风暗自思忖。

也正是因为如此，楚风猜测，她或许知道了他就是牛神王，是他杀了穆。

清晨，东方才透出第一缕晨光，黄牛就醒了，它"嗖"的一声蹿到院中，盯着那个木桶，一脸的希冀之色。

楚风也走了过来，他比黄牛还期待。

"哞！"

黄牛恼怒万分，因为木桶中还是没有绿芽冒出，这让它失望且愤懑。

一天、两天……转眼间，四天过去了，外界发生了很多事，比如，卫城山附近有军队出现，各种可怕的热武器被运了过来。

很明显，这是在准备对付白蛇！

不过，白蛇一直没有出现。据传它钻进峡谷中，沿着地下河离开了，这让人们忧心忡忡。因为，它再一次出现的话，多半会掀起血雨腥风。

这几天来，关于卫城山一战的详细情况，网络上有各种报道，有不少消息都被人泄露出来了，比如，穆被杀了！

这可是天神生物中的重要成员穆家的人，他的被杀绝非小事。甚至，有模糊的画面被一名异人拍摄了下来。画面上，牛神王一剑挥出，斩中穆的头，干净利落地结果了他。

经此一役，牛神王声名大振。他敢杀穆，更敢跟银翅天神对战。

就是他，用弓箭射穿了位于金字塔顶端的那名异人的躯体，想不引发轰动都不行！

"可惜，挽弓射银翅天神的画面没有被拍摄下来，据在场的异人回忆，场面非常震撼！"有人说。不少人都觉得遗憾，想亲眼看看那一战。

"或许有人记录下来了，曾有一个疯子导演在那里不要命地跟拍。"有异人告知外界的人。

然而，周倚天消失了，很多人都在寻找他，但一直没有结果。

有人猜测，他跟几名助手都死在了白蛇岭，没能逃出来。

还有人说，他被相关部门请走了，他们要依据他所拍摄下来的资料详细评估那一役，以便了解白蛇的恐怖之处。

"放心，周倚天会出现的，绝对没死，他还要放出一部史诗级神话大剧呢！"有人非常自信，言之凿凿。

这一战后，金刚的不坏之身同样引发了极大的轰动，有人拍下了他硬扛子弹的画面，神勇无敌，还有一张照片正好记录了他斩杀装甲车那么大的野猪的一瞬间。

此外，林诺依、姜洛神、迦释门徒千叶、银翅天神等也都成为人们议论的焦点人物。

白蛇岭一役，有太多令世人震惊的地方了，众人好几天都无法平静。更重要的是，人们见识到了异兽的可怕之处，对未来充满担忧。

在这期间，西方也发生了一些不同寻常的事，有人称发现了一条黑龙王，它形似巨蜥，长有翅膀，横空而过。这一消息引发了恐慌。

还有人说，西方的沃里斯山上长了一棵圣树。

不久后，有人站出来辟谣，但也有人驳斥辟谣的人。众说纷纭间，有更多奇异的事流传了出来，掀起了巨大的波澜。

第五天，黄牛等不及了，因为大黑牛已经开始催促它上路了，并告诉它，近期可能会有巨大的变异发生。

黄牛扒开木桶里的土，仔细观察那颗种子。楚风也凑上前，跟它一起凝视。

有变化，而且变化非常大！

那颗种子通体绿莹莹的，生机勃勃，斑纹彻底覆盖了整颗种子。

可惜，种子依旧没有发芽。

楚风将它放在掌心，越发觉得它有种莫名的神韵。那些斑纹越看越繁复，像是藏着什么奥秘。

但具体是什么，他也说不清道不明，只是一种直觉。

"我等！"黄牛下定决心，拒绝了大黑牛，决定再留下来观察几天。

就这样又过去五天，一人一牛一直在等待种子发芽，希望种子能带给他们惊喜。

可他们失望了，前后加起来十天过去了，它都没有破土而出的迹象。

黄牛再次挖出种子，让它有些不安的是，这次没什么变化。

"没有更进一步的变化。"楚风很失望，难道有成年人大半个拳头那么大的异土块还不足以滋养种子，让它发芽？

"我忍！"黄牛焦躁得很，但还是刻下了这两个字。它决定再等上一等。

白蛇岭一战结束后的第十三天，这一日，天空灰蒙蒙的，随后越发显得暗淡，到最后，北方大片地区开始电闪雷鸣，下起了倾盆大雨，天气极其恶劣。

"天啊，大事件爆发了！"

"白蛇现世了，在疯狂地屠城！"

距离卫城山一百五十千米的一座大约有十五万人口的小城遭遇了灾难性的一天。

在大雨滂沱之际，一条白色的大蛇御风而行，在暴雨中降临于此，肆虐全城，场面极其血腥，导致了让人无法想象的可怕后果，各地的人都惊慌了。

"这……太可怕了，它说要屠城，就真的付诸行动了！"

"白蛇曾扬言要屠掉两座城，这一次过后，它肯定还会有所行动！"人们议论纷纷。

消息传出后，人们担心的是，在这世间，异兽之王可能不止一只！

白蛇横空，震惊各地。

军队出动了，导弹发射了，却都没拦得住它。白蛇出击后迅速消失，依旧是沿着地下河离去的。

菩提基因、先秦研究院、天神生物、地外文明所……有七八家大势力与组织被召集到一起，出动了一批顶尖异人跟随军队去围剿白蛇。但是，白蛇一击之后便远遁了，根本寻不到它的踪迹。

它速度极快，但更为可怕的是它拥有神觉，可以预知并躲避危险。

同一日，白蛇在卫城山两百千米外现身，再次开始行动。

那时天色阴沉，黑得像锅底，唯有闪电划过时才能看到景物，让人感觉压抑而沉闷。北方出现大范围降雨，有的地区洪水肆虐。在这种恶劣的环境下围剿白蛇，难度无疑大大增加。

白蛇的第二个目标是一座约有二十万人口的小城，当一道炽烈的闪电劈落时，天地变亮，人们惊悚地看到一条大白蛇进入城中，在街道上横行。

"砰！"

当蛇尾甩过时，楼房崩塌了。接着，它快速游动，从一座建筑物缠绕向另一座，稍微用力一勒，整栋楼房就断裂了，景象十分恐怖！

"目标出现在西北，这次不要让它逃掉！"军队中有人怒吼，眼睛都红了。

然而，白蛇的行动太迅速了，暴雨还未停，它便又消失了。跟上一座城市一样，在它离开后，这里到处都是断壁残垣，一片狼藉。

它没有针对人类下手，但是所有的建筑它都没有放过。两座城市的建筑被毁，带来了大量的人员伤亡，伤亡人数十分惊人。

白蛇横扫两座城市，真的应了它要屠城的狠话。

唯一庆幸的是，它没有选择对大城市动手，也没有逐一攻击每一个人，只是摧毁了建筑。

白蛇遁走，就这么消失了。

强大的异人还有导弹等热武器都没能锁定它，任它逃到了未知之处。

当日，消息传遍世界各地，举世震惊！这是一场大灾难，预示着某种危机。

各种报道铺天盖地，引起了所有人的讨论，并引发了极大的恐慌。

"快走，不能再待下去了！"大黑牛找上门来，要带走黄牛。

"再等几日！"黄牛不想放弃，它很不甘心。

"天地剧变加速，我担心这里会有危险，到时候，你再想回到昆林山附近的话，可能要多走上几十万千米的路。"大黑牛很严肃地说。

它的话中蕴藏着十分可怕的信息。

"再给我几天时间！"黄牛十分坚持地说。

无论是国内还是国外都群情沸腾，发生这么可怕的大事，世人怎能平静？

所有人都在谈论白蛇，它不怕热武器，还可以提前避险，这让人头痛与恐惧。

世界各地的不少专家纷纷献策，想出了各种消灭白蛇的办法，但都只限于理论而已。

很快，另一件大事发生了，让白蛇事件的关注度降低了许多。因为，仅过去两日而已，西方某一地区便突然爆发了大灾难！

一条黑龙王发疯了，它扇动一对巨大的龙翼，口中喷吐出神秘的火光，无比愤怒地焚烧着大地，不可一世。

当日，它毁掉了一座城市，那片地带什么都没有留下，一切都化作了焦土，无数人死于非命。

黑龙王发疯之时，曾咆哮着说有人偷盗它的龙蛋。

这是大灾难发生的起因。

这条黑龙王的杀伤力太大了，举世皆惊。

"它是由一只巨蜥进化而成的，想不到，竟化成了一条黑龙王！"

"太恐怖了，我感觉世界末日要来临了！"

……

西方人议论纷纷，神情恐惧。

"一定要杀了它！"西方有些议员发出怒吼声。

"我们有最强大的武库，必要时可以动用一切禁忌武器，它逃不了的！"

"发现目标，已经锁定！"

一场屠龙战争已经展开，全世界的人都在关注。

最起码这条黑龙王无法逃向地下河深处，许多人相信可以在短时间内杀死它。

"牛犊子，你还走不走？"大黑牛焦躁地问。因为它越来越不安了，预感到再不走的话可能会有大麻烦。

黄牛刻字表达它的意思，表示它还不想走，态度很坚决。

大黑牛想狠狠地揍它一顿，都什么时候了还这么磨蹭。不过很快，大黑牛想了想，斜睨着它，觉得它很古怪，问它为什么赖着不走。

"楚风救过我的命，我想报答他，在离开前，我要将一身本事都传给他！"黄牛睁着眼睛说瞎话。

它还想再坚持一下，不见种子发芽、开花、结果，它心中极度不甘！

"不用，你没什么可教的了，赶紧走吧！"楚风趁机拆台。

黄牛泪流满面，死活不肯走，还做出一副很伤感的样子，其实是被楚风气的！

但它不能当着大黑牛的面发作，还得惺惺作态地拉着楚风抹眼泪，看起来特别依依不舍。

"真肉麻，受不了你！"大黑牛气得转身走了。

黄牛见大黑牛消失了，就立刻扑向楚风，跟他掐架，"热泪"还没干呢，就愤怒地开始战斗了。

楚风落荒而逃！

好汉不吃眼前亏，再次进化的黄牛太强大了，远不是他能匹敌的。

事实上，黄牛很想直接拎走大木桶，在路上等着种子生根发芽，但它怕大黑牛知道真相后跟它抢。

相对来说，它还是更相信楚风，主要是因为楚风打不过它。

楚风现在没有前往昆林山的打算，他父母无比焦急，一天要通上几次电话，询问他现在走到哪里了。

在这之前，他就说自己离雷天城很近了。再不回去的话，他怕老两口太焦虑而生出病来。

楚风去冷兵器作坊看望赵三爷，卫城山之行如果没有大雷音弓，他多半会死在那里。

"三爷，感觉身体如何了？"楚风询问道。他曾剥开一粒松子，让赵三爷吃下去，不过他没敢多给，怕出什么意外。

"浑身精力旺盛，感觉有使不完的力量，像是一下子年轻了二十岁，不，比我青壮年时还厉害！"赵三爷很激动地说。

怕别人路过听到，他早已关上大门，生意什么的都暂时不做了。

之前，赵三爷满头皆是寸许长的白色短发，现在他头发变黑了不少，身子骨也硬朗了，力量比年轻时大了数倍不止。

"再吃几粒！"

楚风低头剥开四粒松子，每一粒都紫莹莹的，晶莹透亮，还带着清香。

赵三爷张了张嘴，想说什么，但被楚风阻止了，让他不要出声，立刻吃下去。

楚风跟黄牛探讨过，估计普通人吃下五粒松子就会发生变异。毕竟，连那么强的黄牛都在吃到第十粒紫金松子时效果就不明显了，更不用说没有经历过任何蜕变的凡人了。

果然，这一日赵三爷发生了变异，力量暴增，身体表面浮现出一层紫色鳞片，刀枪不入。更重要的是，鳞片出现与否可以由赵三爷随心控制。

周全知道后泪流满面，为什么其他异人可以自由控制异常体征，他却做不到，他头上的牛犄角始终长在那里。

黄牛告知，这是永固的力量，他蜕变得较为彻底！

"永固？我希望可以自由变身！"周全号叫道。

楚风很大方，又送了周全几粒松子。因为他觉得上次周全仅吃下了两粒松子，并没有取得最佳效果。

周全既欢喜又恐惧，但最后还是吃下去了。

果然，他还能进化。

只是，第二日他就哭着来找楚风和黄牛了。

"坑人啊，我不想活了……我的进化怎么跟人家的不一样！"周全泪流满面，因为第四根犄角长出来了！

这一根长在了他的后脑上，冲着背后，跟他头顶的那根一样，是一根笔直的犄角！

楚风也大为惊异，周全蜕变后得到的能力跟赵三爷的完全不一样，特征也截然不同。

周全长的是犄角，可以喷火，而赵三爷则是长出了紫色鳞片，力大无穷。

"进化的方向取决于自身体内所隐藏的神秘因子。"黄牛刻字告知。

"你想说啥？我们家祖上是牛进化而来的吗？"周全愤愤不已地说。

黄牛很认真地点头，认为很有可能。

"我跟你拼了！"周全气愤极了，觉得被黄牛羞辱了，结果才冲上去就被一只黑色的大牛蹄子给压在地上，一动也不能动。

"牛魔王！"周全吓得直缩脖子。

那头大黑牛居然无声无息、神秘兮兮地出现了，让周全毫无防备。

事实上，大黑牛这两天一直在监视黄牛，认为它身上有古怪。不然的话，黄牛何以赖着不走，但大黑牛始终没发现什么异常。

黄牛特狡猾，知道老神棍不好骗，所以这两天忍着冲动，没去木桶那里转悠。当然，桶内的种子究竟是否生根发芽了，它还是能够了解的。

"不错，是个好苗子！"大黑牛将周全放开，上下打量，无比满意。

"四角血脉，很好，你以后就跟着我吧，我会好好教导你一番。"大黑牛对周全另眼相看，十分满意。

周全吓得心中发毛，跟黄牛在一起还没什么压力，毕竟那是头牛犊子，即便再坏也坏不到哪里去。但这头老牛可不一样，周全早已通过楚风知道了它的来头，这可是昆林山中的怪物，天地未变异前就早已通灵，天知道它活了多长的岁月。

事实上，楚风甚至怀疑这头大黑牛就是西部居民口中所说的昆林山凶兽之一。

传说昆林山中蛰伏着一些瑞兽，当然也有部分凶兽！

大黑牛是瑞兽？楚风压根就没那么想过！

它要是真有来头，也绝对是凶兽，这是他坚定不移的判断。当然，他不会让大黑牛知道他的这个评价。

"不错，以后你就叫仙子吧。"大黑牛很看重周全，还给他起了个称号。

"啥玩意儿？"周全一蹦老高，吓得全身汗毛直竖，打死他也不能要这个名字。

"你有意见？"大黑牛对他瞪眼。

"我……"周全张了张嘴，硬是没敢反对。在这头大黑牛面前，他实在发怵，那可是敢冒犯白蛇的主，而且最后还全身而退了。

"你不是有一个哥哥在西部的一座城市里吗？跟我走，回头带你们一家去团聚，我如果回烈炎山的话会路过那里。"大黑牛说。

这是典型的威逼利诱，先是吓唬周全，而后又给予足够的诱惑。

周全的父母一直都很想念大儿子，现在机会出现了，大黑牛可以带着他们一家去西部那座城市。

这头牛到底有多强，他不好判断，但它最起码是兽王，可以纵横天下，带着他们一家人上路应该不会有什么危险。

"好，我跟你走！"周全下了决心。

"这就对了。"大黑牛伸出一只蹄子，拍了拍他的肩头，咧开大嘴在那里笑。

"但我能不叫仙子吗？"周全道。

"不行！"大黑牛瞪眼，道，"知道这天下什么最重要吗？运势！这关乎老牛我日后能否成圣，你以后就叫仙子了，寓意为仙人的子嗣或者弟子。"

周全无言以对。

他心中暗暗诅咒，嘴上却不敢叫板。

楚风和黄牛相互看了一眼，确定了大黑牛这个神棍在监视他们，不然它怎么会知道周全家里的事。一人一牛更小心了。

"要屠龙了，西方打开了武库，要动用禁忌热武器！"

"真的要出大事啊！"

……

晚间，爆炸性的消息传遍了世界各地。

这两日间，西方大规模调动军队，还动用了导弹等武器，但都没有将那条黑龙王干掉。

它的确没有办法像白蛇那样躲进地下上千米深的暗河中，但是，它也有避难所。进入后文明时代后，卫城山等诸多名山深处突然出现了许多神秘的巨山，在西方的名山大川间，也出现了不少类似的庞大山体，甚至有人认为，那是古代传说中的西方神山，如今再次出现了。

黑龙王逃进了北方的一片神秘大山，那里云雾缭绕，气息澎湃，卫星居然无法探测，更没有办法锁定它。

西方军人自然不信邪，各种装甲车与导弹部队直接开了进去，誓要屠龙！甚至很多西方异人都在呐喊，想看看谁能沐浴黑龙王之血，成为屠龙者，再现古代神话中的壮举。

然而，坦克、装甲车开进去后，损失惨重，飞机进去则会直接迷航！

那些被迷雾笼罩的大山中，毒虫遍地，猛禽横空，到处都是怪兽，最可怕的是，那些怪物都在黑龙王的号令下，疯狂地冲击着他们！

虽然军队的人早已知道那些神秘大山中有各种厉害的生物，但是起初，他们并不认为自己对付不了那些生物。

可现实很残酷。异人军队闯进去后就像是进入了一个全新而陌生的世界，遭到了重创，最终惨败，逃出大山。

"远距离轰杀，动用最强大的热武器，将那里夷为平地！"西方某军部高层下了最后的命令。

武库开启，他们决定动用大杀器，一次性扫平那些大山！他们不计代价，哪怕浪费，也要将那里彻底推平，就不信杀不死黑龙王。

"什么怪物，什么异兽，都见鬼去吧！"西方世界沸腾了。

楚风也在看这些报道，他也觉得黑龙王多半在劫难逃了。

黄牛摇头，并不认可。

大黑牛也来了，现在它手中也有一部通信器，这是它逼楚风去买的。自从看到黄牛整天在那里拿着通信器乱戳，它就也被影响了，觉得自己要与时俱进！

两头牛掌握着通信器，实在不是啥好事。

"异想天开，真以为这样就能杀死黑龙王？没戏。"大黑牛嗤笑。

"为什么？"楚风问道。

"你以为他们的禁忌热武器能将那里推平？太想当然了，你可知道这些大山后面连着什么地方，有多广袤？"大黑牛看完那些报道后，露出不屑之色。

"连着哪里？"

"折叠空间，无穷无尽。"大黑牛告诉他。

什么意思？不就是一片山脉吗？只是突然出现的上百座大山而已，怎么可能没有边界？楚风不解。

"就以卫城山为例，你觉得那里只是出现了成百上千座大山吗？跟你讲，这些大山可不是一般的大山，你跟黄牛进去过，可曾走到尽头？"大黑牛问道。

"没有。"楚风摇头。

"让它告诉你吧。"大黑牛一指黄牛。

黄牛有些不情愿，但还是刻字告知。

世界各地，但凡新出现的大山背后都连着神秘地带，或者是无垠大地，或者是广袤汪洋……总之一句话，短时间内别想走到尽头。

"不会吧？"楚风被震撼了。

"知道现在那条白蛇在哪里吗？它也进入大山了，而且成了一方霸主，现在外界根本锁定不了它。"大黑牛说道。

最近，大黑牛一直在戒备，怕白蛇摸过来对付它，结果它发现白蛇进入大山了。

"这……"楚风愣住了。

这个世界变大了，远比他想象的还要大，简直是无穷无尽！

"其实，这个世界原本就很大，只是在过去漫长的岁月中，你们人类没有发现而已。"大黑牛说道。

"这到底是怎么回事？"楚风认真请教。

大黑牛将他书桌上的一张白纸不断折叠，折得越来越小，最后更是用力一揉，将纸挤压成了很小的一团。

"看到了吗？原本的世界就这么一折叠，然后一揉，就一下子变小了，这就是你平日所看到的世界。"大黑牛边说边展开纸张，"现在，稍微拉扯一下，纸团铺展开，隐藏的世界就出来了。"

"不过，这只是一种粗放的比喻，并不太贴切，有很大的问题。"大黑牛丢掉那团纸，然后指向天宇，道，"在高空中以人类的视角来看，这个世界的变动并不大，还跟以前差不多。"

"不是变得很大了吗？"楚风不解。

"你觉得它变大了，是因为将折叠空间算进去了，但其实它们一直都在，只是以前你看不到，而现在又能觉察到一部分罢了。这是一个很复杂的问题，一时间难以说清楚。"大黑牛不想多说。

又过了数日，西方没有人放肆呐喊了，再无人惦记屠龙这码事。因为，他们遭遇了前所未有的挫败，大量的导弹甚至禁忌武器全部轰进了那片被迷雾笼罩的大山中，但它们都如同泥牛入海，没掀起什么风浪，完全浪费了。

他们也意识到了，大山后面肯定无比广阔，连着未知的空间。

唯一庆幸的是，除却黑龙王这只本土兽王能出来外，其他凶禽怪兽像是被锁在了那片空间中，敢硬闯出来的都会被焚烧而死。

这让人们稍微安心了一些。

无论是白蛇还是黑龙王，都是这个世界的生物，却进化成了异兽中的王，恐怖无比，即便跑到大山深处，都可以在一片地域内成为霸主。

可以想象，变异的影响有多大，竟可以让生物这般迅猛地强大起来。

白蛇也就罢了，因为它本来就有传奇色彩，活了无数年。而那条黑龙王早先只是一只老蜥蜴，与现在的差异实在太大了。

楚风一直在思忖，为何变异会如此迅猛地改变世界？

"黄牛你告诉我，这到底是怎么回事？"他很想知道个究竟。

黄牛很慎重，它犹豫了许久，最后才决定告诉他。它写下了一行字：千万年未有之变局！

"说得具体一些！"

"我九死一生，为何而来？为了成圣做祖！"黄牛坦言相告。

接着，它又埋头写下了一行字：这片封锁之地将会有惊天巨变！

它告诉楚风，他之所以能在最短的时间内有这番成就，就是因为他赶上了这千万年未有之变局，其他异人也是如此。不然的话，怎么可能出现如此局面？

至于迦释门徒千叶、白蛇、黑龙王等之所以能够这么强，甚至闯进大山后能称王称霸，皆因这片天地发生了剧变，让他们在最短的时间内崛起了。

"我们这里究竟是怎样的一片地界？"楚风心中极不平静。他想，这里绝对隐藏着巨大的秘密！

大山中有无数凶禽猛兽想闯过来，都是想来这里进行蜕变。

但到目前为止，只有一头黄牛成功完成了蜕变。

"这个世界是……"黄牛继续刻字。

—第〈38〉章—
黄牛哭了

黄牛思忖再三，想用最准确的语言描绘出这是怎样的一个地方。

"竞逐之地！"

它写下这样四个字，但像是不满意，擦去了再次写。

"枷锁之地！"

还是四个字，可是考虑再三，它又一次抹去。

"圣殒之地！"

依旧是四个字，可它依旧摇头。

"绝望之地、曙光之地、百战之地、璀璨之地、恐怖之地、凋零之地……"

它不断地写，又不断地擦去，有些描述相互矛盾、对立，显然它也很头痛，不知道该怎么阐释清楚。

"其实我也不知道！"最后，它终于停笔，留下这么一行字。

什么意思？写了这么多，最后又都否定了？楚风很不满意。

不过他看得出，黄牛没有欺骗他。它在努力描述这个世界，但总觉得不够精准，不够全面。

"我踏上这条路时还太小，对一些琐碎的事印象不深，我只需记得要在这里崛起，最终成圣做祖就行！"黄牛告诉他。

"有一条特别的路可以通向这里？"楚风惊讶地问，这里面似乎有什么说法。

"有很多条路，无数生灵各自踏上属于自己的那一条，但九成以上的会死在途中，没几个能平安到达。"黄牛告知楚风这些真相。

那些巨山原本就是这个世界的，自始至终都存在于此，只不过隐藏在了折叠空间中。山中的凶禽猛兽也都是土生土长的，并非黄牛所说的上路的生灵。

"你来自哪里？"楚风问道。

黄牛不愿说，它走到窗前，遥望星空，开始神游。

楚风看向大黑牛，大黑牛直翻白眼，道："别问我，我是土生土长的！"最后，它又补充了一句，"吾乃大力牛魔王是也！"

楚风觉得，也就是他内心足够强大，不然的话，换成其他人遇到这两头牛，估计早就头都大了。

很长时间后，黄牛才回过神来。楚风想继续问，但它谈话的兴致已经不高了。不过，它想了想，还是决定告诉他一些事。

"以后还会有其他厉害的生灵陆续赶来！"

显然，它所指的生灵肯定不是现在大山中的那些，而是都另有可怕的来头。

楚风很想知道这片地界的机缘到底有多非凡，竟引得其他世界的生灵纷至沓来，不惜赴死。

"在这里一年的收获抵得上在其他地界十年、百年的收获，它们怎么能不疯狂？"黄牛写道。

楚风心中波澜起伏，难以平静，那意味着可以在最短的时间内造就出绝顶强者！这的确可怕，足以让人疯狂！

"你要找的究竟是什么？"楚风问道。

"无尽天机，我要进化！"黄牛非常热切地在地上写着。

"比如？"楚风让它说得具体一些，因为只有了解得足够多了，他才能规划好未来的路。

既然已经踏上蜕变之路，他就不想终止，想继续进化下去。

"顶级的花粉，成片的灵根，甚至传说中的几棵圣树，还有其他……都可能在这里。"黄牛一口气写了很多，那些都是它想要的！

这里有那么多非凡之物？楚风十分怀疑。

战争曾经将大地摧毁，大地上的一切都险些彻底化作尘土，经过了漫长的恢复期之后，才又变得生机盎然。但还是有很多植物都已经消失，缺失了不少种类。

在发生了那么可怕的事情后，这片地界还能有多少所谓的奇药、灵根？

"哪怕冰封千年，火烧万载，埋葬于地下深处千万年，它们也还在，终有一天会复苏，从枯叶中诞生，在灰烬下发芽，重现世间！"

黄牛坚信它们会再次出现。

"所以啊，本王注定会成圣！"大黑牛坐了起来，一副舍我其谁的霸道样子。

自从看到黄牛霸占了一张大床后，它就也没什么形象了，每次来到楚风这里，它都会直接侧躺在沙发上。

那么庞大的躯体躺在上面，沙发"嘎吱嘎吱"响个不停，让人心疼。

过了一会儿，大黑牛走了，它走之前告诉黄牛，再给黄牛最后三天时间，不然，短期内黄牛就别指望去昆林山了，因为马上就会有大变故。

一天、两天……

时间过得很快，一转眼，三天就过去了，可大木桶中的种子还是没有发芽，黄牛急了，因为已经到了约定的日子。

"上路吧，去昆林山，那里还会少得了奇异小树？要知道，那可是一座圣山，神话传说最多！"楚风开始赶黄牛了。

黄牛走来走去，心中特别烦闷，它知道大黑牛就要回来了，最后的时间马上就要到了。它也知道，昆林山中肯定有奇异小树，但它还是对这三颗种子有种莫名的渴望。最后，它眼冒凶光，"噌"的一下蹿了过来。

"你想干什么？"楚风对黄牛满怀戒备之心。

黄牛一蹄子将大木桶踹裂了，直接将那颗绿莹莹的种子挖了出来，而后向嘴里塞去。

楚风大怒，要跟它拼命。

黄牛快速在地上写道："一人一半，我保证给你留半颗！"

它彻底失去耐心了，决定吃掉种子。在它看来，这也算是一种神秘果实。

"你敢！"楚风向前猛扑，他比黄牛还在意种子，一直期待能有所收获，绝不能容忍"牛嚼牡丹"。

但是，黄牛等不及了，直接把种子塞进了嘴里。

"咔！"

听到这种声音后，楚风的心都跟着一颤，他恨不得活煮了黄牛。

然而，下一刻，黄牛的表情让他惊诧——

黄牛哭了！

"你少装可怜，赔我的种子！"楚风逼近黄牛，向它施压。

"呜——"黄牛不停地抹眼泪，它真哭了。它用一只蹄子捂着嘴，不断地揉，满脸痛苦之色，最后直接将种子吐到了地上。

黄牛泪汪汪地张开嘴，居然满嘴是血，它摸了摸牙齿，痛得撕心裂肺！

地上有一颗完好无损的绿莹莹的种子，连牙印都没有留下，也没有染血，很干净。

楚风赶紧冲过去，将种子放在水龙头下面，一口气洗了十遍！

而后，他警惕地防备着黄牛，将种子收了起来。

"别想再吃！"他警告黄牛。

黄牛一听这话，又哭了，吃什么吃，牙都快掉了，谁还敢啃它？

黄牛赶紧漱口，冲净血迹，跑到镜子前不断地照啊照。看到镜中的自己，它才总算放心了，牙没有断，也未裂开，只是牙龈出血了而已。

楚风确定它不敢吃了，终于放心了，还笑呵呵地主动将种子放在它眼前，道："要不你再试试，看看能否咬破？"

"哞！"

黄牛怒了，要跟他对练大力牛魔拳。

楚风赶紧躲开，道："又不是不回来了！记住，要是真在昆林山中看到了成片的灵根，就将所有异土都挖回来，到时候三颗种子肯定能生根发芽。"

黄牛闻言，重重地点头。

同时，它很生气，一颗破种子竟然让它受伤了，等这种子真正长出来，它一定要报仇，不仅要得花粉，还要将根茎、叶子等等都吃个干净！

"牛犊子，你到底还走不走？"大黑牛来了。

楚风早已藏好种子，不敢让这头牛知道。

黄牛点头，决定上路。

"我告诉你，昆林山都快杀成尸山血海了，都是一些老东西。知道我为什么跑路吗？因为我不想掺和进去。你要是跟我去的话，只能见机行事，别跟个二愣子似的向前冲！"大黑牛告诫黄牛。

楚风闻言，十分吃惊，心想，昆林山的情况这么惨烈？

不过他也知道，大黑牛说得好听，说自己是不想掺和，其实就是跑路了。这次它能壮起胆子回去，估计是因为吃下松子后又进化了，所以想杀回去。

黄牛点头，神色严肃，表示知道了。

而周全一家人也下定了决心要西行，早已做好了准备，正眼巴巴地望着呢。

"保重！"

"再见！"

楚风给他们送行，互道珍重，希望各自平安。

天下开始乱了，谁都不知道未来会怎样，他们是否还能再相见都不好说。

当日，西方再次震动了，因为又发生了一起大事件——一只魔犬出世，在一座小镇中横行，将那里变成了人间地狱。

它有两颗头，可踏着岩浆而行，喷吐毒液。它走在镇中时，简直就如世界末日到来。

整座小镇都被岩浆焚毁了，无一人生还。

随后，拥有两颗头的魔犬在那片地带横行，一日内连毁了两座城，激起了可怕的恐慌情绪。

两座小城虽然都人口不多，但接连被毁，且无人幸存，这影响太大了。

这只魔犬极度凶残。据闻，它年岁很大，没有蜕变前，有人在野地中看到过它守着两棵小树，那个时候人们对所谓的异果还浑然不知呢。

现在回想起来，那两棵小树太不一般了。一棵小树通体乌黑，另一棵小树鲜红如血，两棵树上都结着果实。

那时，变异才开始，普通人根本不了解情况。一个中年人路过那里，出于好奇，拍下了小树与老狗的照片。他以为自己发现了新种类的植物，曾尝试将老狗赶走，但当时那只老狗发狂一般地要跟他拼命，他无奈退走。后来，他想找人去挖走那两棵小树，结果回来时发现果实不见了，那只狗也消失了。两棵小树虽然被他挖走了，但最后都枯死了。

"天啊，那只犬王很可能是在追踪挖树人的踪迹，打算一路杀过去！"最后，人们这样猜测事件发生的缘由。

毫无疑问，这是一场大灾难，西方再次调动兵力，对魔犬展开围剿。

结果，它凶性大发，又血洗了两座小镇，而后逃进大山中，就此消失了。

西方的居民忧心忡忡，但这并不是终结。接下来，西方一处高地上出现了另外一只异兽，它不容外人闯进那片领地，还用人类的语言警告世人："胆敢冒犯者，杀无赦。"

很快，其他地区也出现了类似的情况。有一个地方出现了一头白象王，早期人们丝毫没有觉察，等到发现时，它早已成了气候。它统领着上万只异兽，势力无比强大，震惊了世人。

东方大草原上出现了一头银狼王，在天地间咆哮，令万兽战栗。

……

一时间，世界各地接连出现兽王、禽王，形势仿佛在一夜间严峻到了极点，许多城镇都突然面临巨大威胁，至于楚风所在的国家，那就更复杂了。

虎泷山、普梦山、凌山、悬田山、宝峦山、沅林山都出现了恐怖生物，正互相厮杀，同时也跟人类中的大势力展开了激战，欲争夺灵山。

这才多少天，整个世界都变了，格局在被改写，各地都在上演着血雨腥风。

楚风收拾了自己的东西，准备离开星阳镇，前往北方的那座巨城——雷天城。

他将异土收进石盒，并将三颗种子埋进了土中，方便带在身上。

石盒来自昆林山山脚下，原本就是用来收藏三颗种子的。

"咦？"

让人吃惊的事情发生了，种子与异土被放入石盒后，竟散发出了生命精气，还有绿光腾起。

"什么情况？"楚风心中剧震，他激动极了，原以为短时间内三颗种子不会有变化了，没想到临走时会有这样的惊喜。

他小心翼翼地将石盒放在书桌上，仔细观看。

石盒里面，三颗种子埋在异土中，大致可以看到它们的模样。因为异土像是由许多玉石颗粒粘在一起的，非常通透。

楚风看得真切，是那颗最饱满的种子出现了异常情况，发出了绿莹莹的光。

"要发芽了吗？"楚风心中燃起了希望。终于等到了这一天，这神秘的种子总算没有辜负他的期望，只是他没有想到，会是在石盒中出现转机。

石盒高三寸，呈正方体状，但棱角处像是被打磨过，比较光滑。它十分古朴，上面有些模糊的纹路，不细看的话很难察觉。

"难道这石盒另有玄机，能让种子发芽？"

他不敢取出种子试验，好不容易等到这一天，如果现在将种子取出来重新栽种在地上，那就太鲁莽了。

楚风确实很开心，心中满是收获的喜悦。

石盒内的绿光片刻后便不再发散，但异土变得更加晶莹了，那颗种子上也有光辉在流动。

它此刻生机勃勃，不过那股蓬勃之力都被石盒封住了，故无法外泄。

"果然有古怪，这石盒很不一般！"

楚风确信，这古朴的石盒大有来头，过去他竟将它忽略了，如果知道它有这么非凡的功能，他早就使用它了。

很快，他想到了黄牛。它刚走，就有了这种变化，它要是知道现在的情况，估计会气得刨蹄子。要知道，白蛇岭一战过后，它可是在这里等了将近二十天，却还是一无所获。

不过，石盒这么神异，是他没预料到的。

"可是，我也该走了！"楚风皱眉自言自语道。父母已多次催促他，每天都会跟他通话，非常担心他的安危。而且，大黑牛离开时也曾发出警告，天地会有剧变，最好早作打算，连它都要提前返回烈炎山了。

"反正有石盒在手，就这么带着上路吧！"楚风决定启程。

临行前，楚风去冷兵器作坊跟赵三爷告别。

"三爷，这里不平静了，或许会有危险，要不你跟我一起走吧。"他提议道。

老头子摇头，他不愿意离开，况且如今他的身子骨太健壮了，力大无穷，远超常人。

楚风担心星阳镇会出事，想把大雷音弓留下给他防身。

"小楚你带上吧，你想去雷天城，那可有一百多万米远啊，路途太遥远了。这世道不太平，很难说路上会发生什么。"赵三爷说。其实，赵三爷不赞成楚风回去，一百多万米路，太遥远了，现在各地有很多凶禽异兽，一个人远行很危险。但楚风心意已决，想立刻赶到雷天城去。

因为，楚风曾告诉父母，他如今距离雷天城很近，如果他再不出现的话，以前他说的善意的谎言就要被戳穿了。

"小楚，保重！"赵三爷送他出门。

楚风又去了一趟旧货铺，将自家钥匙给了刘伯，告诉他自己家中的冷柜里全是兽肉，别浪费掉。

这段日子，他没少送赵三爷与刘伯野味，但终究该离开了。

"小楚，你一个人上路不行啊，太危险了！"刘伯满是忧虑地说道。

"有名异人跟我一起走！"楚风跟他告别的时候还是善意地撒了谎。

他离开星阳镇，一路向北。

现在，百米距离他只需要一秒一就能到达，可谓风驰电掣。他迈开双腿，没过多长时间就在数千米外了。

但他无法长时间保持这种速度，如此奔跑绝对是剧烈运动，会让他浑身发热，长时间这样的话，他的身体会出问题。

不过楚风没有立刻停下，他依旧在狂奔，想看看自己的极限在哪里。

路上，他如同一阵狂风冲过，所过之处飞沙走石。但随着时间的推移，他开始减速，头顶上蒸腾起阵阵白雾，身体也变得滚烫，直到一个小时后，他才终于停了下来。

他略微计算了一下，自己差不多跑了十万米。这是极其惊人的速度，如果传出去，会引发轩然大波。人的能力居然这么强悍，不比车辆慢多少。

"百米距离一秒一，但只能维持片刻，很难保持。"楚风摇着头自言自语道。如果全程都是这种速度，简直要吓死人。但这样运动消耗非常大，于是他缓慢迈步，走了一个多小时，觉得体力恢复了不少后，再次开始狂奔。他感觉耳畔风声呼呼，沿途的各种景物皆在疾速倒退！

在过去，这种实力绝对算是超人才能拥有的，普通人根本不可能快到这种程度！

好在道路还在，哪怕有些地方的马路不在了，也有黄土路接续，不然的话，在山林中肯定做不到以这种速度疾驰，因为速度太快的话很容易撞上山石、巨树等。

这一次，楚风奔行四十几分钟就停下了。他的肌肤很烫，身体表面变得鲜红，并有大量白雾冒出，显然消耗过大。

"不能再这么赶路了！"楚风觉得自己的身体此时已负荷过重，万一遇上什么凶禽猛兽，自身体力不佳会出问题。

以他的体质来说，一天走上数万米很轻松，一点也不会觉得累。但如果耗尽体力狂奔的话，路上或许会有意外发生。

一路上十分荒凉，上万米范围内难见人烟，这在过去完全不可想象，天地未变前哪会有这么空旷的无人区！但现在，一切都不一样了，有些地方甚至有很多林木，山中不时传来兽吼。

一个小时后，楚风正在匀速行走，突然，一阵狂风扑来，天空被遮蔽了，地上出现大片的阴影。

"嗖"的一声，他一闪身就冲出去十几米远。他充分发挥了自己超人般的体能，飞速离开了刚才的那个地方。

"砰！"

一只黑白相间的大鸟落下，爪子击在地上时土石迸裂，还刮起一阵大风。

"喜鹊？"

楚风愕然，这只大鸟有五米多长，如果忽略个头的话，跟他以前见过的喜鹊一模一样。

很显然，这是一只变异的喜鹊，有了非凡的力量。

赵三爷和刘伯的担心是有道理的，沿途太危险，有各种异兽与猛禽，如果一般人上路，必死无疑。

这只喜鹊很彪悍，一击不中，又飞速腾空而起，再次俯冲，比老鹰还要凶悍，它探出大爪子，抓向楚风的头骨。

那寒光闪闪的爪子太锋利，并且力道极大，真要被它抓中的话，身上肯定会出现几个血窟窿。

"嗖！"

楚风身体一晃，又在十米开外了，再次避开了这凶险的一击。

"咔嚓！"

一棵水桶粗的树被喜鹊撞断了！它现在宛若钢筋铁骨，力量大得惊人。

"凶禽异兽都这么强吗？"楚风皱着眉观察这只喜鹊的手段，想知道它到底有多厉害。

结果他发现它比一般的异人还要难对付，正面相抗的话，这只喜鹊多半可以杀死数名异人。

显然，这只喜鹊有不逊色于人类的智慧，几次攻击未果，它果断放弃，准备冲天而去，怕遭遇危机。

"我饿了，还没吃中饭，你就别走了。"楚风手一甩，黑色短剑飞出，"噗"的一声击中了喜鹊的身体，喜鹊坠落了下来。

不久后，这里冒起烟火，楚风将变异的喜鹊给烤了。当然只是部分肉翅而已，这只喜鹊太大，他吃不了那么多。

肉香扑鼻，刚好熟透，不过还没等楚风开始享用，他就闻到了扑鼻的腥臭。

从山地中闯来一只怪物，它足有一辆卡车那么大，通体乌黑，满身是刺，看起来十分狰狞。

"刺猬？"

楚风惊呆了。这种变异也太离谱了，刺猬居然长到这么大！它露出雪白的獠牙，向前猛冲，还有十几米远时，这只巨型刺猬突然停了下来，而后猛然发出一声号叫。

"嗖嗖嗖！"

一根又一根乌黑的长刺从它的身上飞出，像是箭矢，又像是铁矛，密密麻麻地向着楚风袭去。这家伙居然可以让满身坚硬的刺飞出，这般射杀敌人。

"砰砰砰！"

当楚风拎着烤肉疾速避开后，只见那块地方山石被洞穿，大树被刺透。

这乌黑的长刺威力极其惊人。

"连刺猬都这么厉害？"

刚才那一击，一般的异人肯定防不住！

楚风没有选择近战，也不想浪费力气，他取出大雷音弓，一箭射穿了刺猬的头，它庞大的躯体"轰隆"一声倒在地上。

楚风神色凝重，他意识到这个世界完全变了，越来越危险了，如果是普通人，在野外定会寸步难行。

吃饱后，他立刻离开了这片区域，结果还没走出去多远，就听到身后传来阵阵低沉的兽吼。

又有几只怪物出现了，它们冲了上去，啃食喜鹊还有刺猬的尸体，场面很血腥。

"异兽越来越多了！"楚风皱着眉，心情有些沉重，这已经不是他所熟悉的天地，野外越来越危险，有各种异兽与猛禽出没。

海明城地处南部，非常繁华，是国内最大的城市之一，天神生物的总部就在这里。

碧湖湾别墅区环境极佳，有很多成人合抱不过来的大树，更有湖泊点缀其间，奇石罗列，景致之美超过不少风景区。

一座装修讲究、富丽堂皇得如同宫殿的独栋别墅内，许婉怡坐在沙发上生闷气，随后更是将靠枕重重地摔在地上，原本性感的面孔上浮现出阵阵冷意。

林夜羽走了过来，问道："怎么了？"

许婉怡咬着红唇，稍微收敛了刚才的冷意，但仍带着不悦之色道："再怎么说，我也是诺依的小婶，她却对我冷言冷语，很不客气。"

"诺依很聪敏，一般不会这么失礼。"林夜羽诧异地说。

许婉怡有一双丹凤眼，红唇鲜艳，平日非常妩媚，现在却没了笑容，道："婉清死了，我很伤心，想调查清楚是谁杀了婉清，结果刚有所动作，诺依就对我横加指责。我可是她的婶子啊，她却对我不假辞色。"

"你到底做了什么？"林夜羽皱眉问道。以他对林诺依的了解，他知道她一般不会这么做。

"上次，你我一同去看那个楚风，当时没觉得有什么，但回来后我总觉得有些不妥，就派人去北边的那座巨城——雷天城调查他的父母……"

她悄悄瞟了林夜羽一眼，见他有些沉默，她顿时换了柔和的语气，道："我知道，那个楚风跟诺依以前有些交情，可是，她也不能那么斥责我啊。"

"你派出的那些人呢？是不是要对付楚风的父母？"林夜羽问道。

"哪有！他们才接触到他的父母，诺依就不知道怎么得到了消息，立刻斥责我，并且联系雷天城的人，将我的那些人赶走了。"许婉怡恼怒地说。

"你不该去动他的父母，如果那个楚风有问题，你直接针对他就是了。"林夜羽说道。

"你怎么这么偏向诺依！我都被她斥责了，你还怪我。"许婉怡相当不满，但很快她又撒起娇来，走过去缠住林夜羽的手臂，道，"好了，算我错了，这次我是有些鲁莽了。"

　

路上，楚风跟父母通话，告诉他们三四天后就能跟他们相见。

通话时，他明显感觉母亲情绪不对，有些心不在焉。

"妈，怎么了？发生了什么？"他问道。

"没事，你赶紧回来就好。现在不太平，我和你爸都很担心你，你没有骗我们吧？你真的离雷天城很近？"

"我都快到了，你们放心吧。"楚风觉得家里有事。

"爸，你告诉我，家里是不是有事？"很快，楚风跟他父亲通话，认真地询问。

最后，他的父亲说了实情，没有再瞒着他。

今日，他们夫妻两人被威胁、恫吓了，那些人甚至要动手，想将他们带走。

"什么人？"楚风惊恐不已，连忙问道。

"应该是几名异人，都有些特别。"他父亲告诉他。

楚风握紧通信器，眼中出现冷意，他最怕发生这种事，恨不得现在立刻赶回去。

因为，他敏锐地觉察到，这多半是冲着他来的。这些异人竟想对他父母下手，这触了他的逆鳞，让他无比愤怒。

"后来又有几人出现，将那些异人呵斥走了，真的非常感谢他们。"楚风的父亲告诉他。

"爸，妈，你们不要怕，那些人暂时不会出现了，等我回去！"楚风结束了通话。

他收起通信器，目光冷厉，身上弥漫出可怕的杀气。

虽然得知父母已经平安无事，但是楚风没有放松，飞速向前赶路，并让自己冷静下来，他知道，这件事不会善了！

——第⟨39⟩章——

追击

楚风不愿惹事，希望日子能安宁平静一些，可这些人一次又一次地针对他，欺人太甚，逼得他不得不出手反击。

这次是谁？许婉怡、穆家，还是银翅天神？

尤其是前面两个，实力都很强，真要调查起来的话，但凡他们有所怀疑的人，他们多半都会对其无情下手。

牵连无辜？估计那两家根本不会在乎！宁可错杀三千，不肯放过一个，这才符合他们的行事风格。

楚风一边赶路，一边仔细思忖，穆家无疑是实力最强的，其次是许婉怡，因为她可以借助林夜羽的力量。至于银翅天神，虽然他个人战力无敌，但关系与人脉不及前两者。

楚风胸腔中有一股怒火在跳动，这些人肆无忌惮，竟然要对他的父母下手，无论是谁，等他查出来，都一定要为此付出代价！

山林茂密，一路上不时出现各种怪物。楚风数次杀死变异的猛兽，只为了让自己能快速奔行。他心急如焚，恨不得立刻赶到雷天城，他真的很担心父母的安危。

海明城碧湖湾的别墅内，许婉怡在帮林夜羽捏肩，轻声细语地跟他说着什么。

林夜羽开口道："婉清不在了，我也很伤感，但现在看来还是菩提基因的嫌疑最大，那次他们夜袭，才导致婉清死去。"

"我也只是对那个楚风有所怀疑而已，毕竟婉清和穆针对过他。"许婉怡说道。

接着，她又摇了摇头，道："既然没有什么证据，那我就收手吧，你放心好了。"

许婉怡嫣然一笑，红唇闪着光泽，甚是妖媚。

事实上，就在不久前，她联系了穆家，告知了穆家自己的种种怀疑。短时间内她的确不会再出手了，但穆家要怎么行动，那就随他们了。

穆死了，这可不是小事。他在穆家深受一些长辈的宠爱，不然也不会被人亲切地直接称呼为穆。

最近，穆家正在展开各种调查。

许婉怡笑得很甜，她在静等结果。哪怕跟楚风没有什么关系，估计穆家也会让他脱一层皮。

穆家的确在行动，他们最近在跟踪金刚，想从他入手，调查牛神王的来历。因为他们怀疑杀穆的牛神王或许跟菩提基因有关，跟金刚认识。

在白蛇岭大战之前，穆曾告知家族，他损失了十八名异人，这些人都服食过最新药剂，能将战力提升十倍。后来，根据现场勘查，十八名异人都是为一人所杀。当时，附近有这种实力的人里，金刚的嫌疑最大！

后来得到证实，金刚的确在那片区域出没过，当时他在那里进行秘密行动。

"金刚离开卫城山了吗？"穆家有人问道。

"没有。"一名异人禀告道。

这么多天过去了，金刚都没有远去，一直在卫城山附近徘徊，像是在寻觅着什么。

穆家已经派出顶级高手前去追踪金刚。

金刚在找谁？

自然是那两头牛，他憋了一肚子火，想查个清楚。

当初，穆与许婉清一共派出了十八名异人在半路上截杀楚风，结果全被楚风击毙了，事后这口黑锅落在了金刚头上，金刚自己却毫不知情。

"现在这个时期太敏感，没有办法动金刚，况且他很强，连陈海师傅都不见得能杀他。至于那个楚风……"穆家有人在下达指令。

看得出，这个陈海的实力相当可怕，连穆家人提及他时都带着敬称，就是他在负责追踪金刚。

他是一个拳法高手，练了很多年形意拳，出手如电，罕有对手。

"陈海师傅只服食过一颗最为普通的异果，进化效果不明显，一旦日后我们得到奇异小树上的果实让他服用，立刻就能造就一位绝顶强者。"

这就是穆家看重陈海的原因！

"多叫上几个高手，跟着陈海师傅。"穆家的一个重要人物吩咐道。

"陈海师傅的形意拳出神入化，罕有对手，去对付一个凡人还要人帮忙？"有人不解地问。

"万一楚风就是牛神王呢？不怕一万，就怕万一！"

"是！"

夜晚，篝火跳动，楚风坐在山地中，正耐心地烤一只山鸡。这只山鸡变异了，个头没怎么变，但力量骤增，它的喙能轻易啄破钢铁。

这实在有点可怕，一只山鸡而已，都已经有了这种攻击力。不过它现在已成为楚风的食物，被烤得金黄油亮，香喷喷的。

"味道不错。"在赞美食物时，他也有些忧虑，变异的猛兽凶禽越来越多，都可以轻易杀死人类，日后这将会是一个怎样的世界？

吃完后，他取出石盒，对着月光观看，异土下的种子显得越发灿烂了，绿光弥漫，生机勃勃。

盒盖开启后，种子在夜色中更显得绿莹莹的，但那种生机为石盒所阻，不能倾泻而出。

楚风猛地抬头，他有所感应，快速收起了石盒，身体绷紧，看向半空。

一只足有六七米长的猛禽疾速冲来。

这应该是一只由老鹰进化而成的异禽，羽翼如金属，在夜晚散发出冷森森的光泽，眼神凶戾，盯着这边。

楚风大吃一惊，并不是因为老鹰过强，而是因为他发现它被驯服了！在它的背上有三个人还有一只小狗，这是楚风第一次见到有人驾驭猛禽御风而行，这让他颇感意外。

"嗖!"

一个消瘦的中年男子跳了下来,而此时那只鹰离地面还有六米高呢!

只听"砰"的一声,他如一杆标枪般钉在了地上,身体纹丝未动。他双目有神,发出慑人的光束,身体虽然略瘦,却蕴含着惊人的力量。他的肌体表面有一层光泽,给人非常危险的感觉!

楚风第一时间戒备了起来,他觉得这个三十几岁的中年男子十分危险,比老鹰还具有野性,如同一只可怕的猛兽。

接着,老鹰降低高度,一男一女跳了下来。男子很矮,只有一米四左右,面带土色。女子还算漂亮,亭亭玉立,她刚落在地上,周围就有一株又一株藤蔓破土而出,将她保护在当中。

"汪!"鹰背上还有一只狗,它很小,不过一尺长,但是鼻子很灵敏,像是确定了什么,对着楚风一阵乱吠。

"楚风?"女子眼波流转,笑着开口。身处藤蔓间的她拢了拢秀发,越发显得娇艳。

楚风明白了,这几人在追踪他,老鹰速度快,那只变异的狗则鼻子灵,所以能一路追到这里。

中年男子的眼睛极具侵略性地盯着楚风,刚才虽然隔得很远,但他还是注意到了,楚风手中像是有什么东西,绿莹莹的。

"拿出来!"中年男子便是陈海,他一开口就特别强势。

陈海是穆家请来的高手,原本就是要对付楚风的,不管楚风是不是牛神王,他都要将楚风拿下。现在他怀疑楚风身上有异物,便直接强硬地索取。

"你们是什么人?"楚风开口了,他想弄清楚他们的来历。因为他猜想对他父母动手的人,多半就是这三人背后的势力。

"嗖!"

那个只有一米四左右、面带土色的男子竟消失了。

他直接对楚风动手了。

"嗯?"楚风相当吃惊,因为危险来自脚下。

只听"砰"的一声,当他跃起时,原来所站的地方的土石瞬间崩开,有一柄利刃刺了出来，他如果没有躲开，脚掌就已经被削掉了。

这个人居然能在地下穿行！

"砰！"

他站立的地方再次冲出一柄利刃，他又一次躲开了。一时间，土石飞溅，令人防不胜防。

楚风面露怪异之色，这个人身材矮小，可以在地下穿行，简直跟传说中的土行孙的能力相近。

"轰！"

第三次时，楚风没有躲避，而是猛地一脚踏在地上，他的力量何其强大，可以打碎万斤巨石，当时就让那里崩碎了。

他捏紧拳头，想轰杀这个"土行孙"。

然而，土石炸开后，并没出现什么坑洞与地道。那个身材矮小的男子像是可以融入土中一般，踪迹全无。

那男子真的非常像土行孙！

"有意思，你身上果然有古怪。"陈海冷笑着开口道，他背着双手站在那里，眼神慑人。

他是一个拳法高手，再加上有一颗普通的异果相助，他的实力极其恐怖。

虽然他的机缘比不了金刚、银翅天神，没有服食过奇异小树上的果实，但从实力上来说他绝对不弱。他要是能服食异树上的果实，一身战力将会无比恐怖，绝对能一跃成为当下的绝顶高手！

穆家已经向他保证，会为他提供一颗效果非常强大的神秘果实，助他进化成最强高手之一。

"将你身上的东西交出来，我不会羞辱你！"陈海冷漠地说道，他觉得楚风身上有他需要的东西。

这是练拳练到一定境界后的直觉，他相信那异物了不得，虽然只匆匆看了一眼，却让他的心大受触动。

"别不识抬举！"陈海盯着楚风。

只听"锵"的一声，一面奇异的盾牌从他的手臂上滑落到掌中。这个人不仅实力强大，还非常谨慎。

就算对方是牛神王，他也无所畏惧，因为这盾牌是由穆家最新研究出来的合金材料制成的，坚硬得很，可以挡炮弹，更能防箭矢。

穆家推演过，牛神王的实力其实并没有他们想象中的那么强，不及银翅天神，他所倚仗的只是那张神秘大弓。

只要能化解掉弓箭的威势，牛神王便不足为惧！

陈海练拳出身，精通形意拳真解，有傲视凡俗的实力，再加上得到过一颗异果，进化后拳力暴增！

现在的他如果闯进异人群中，几乎无人可挡。

仅靠服食普通异果就能进化到这一步，实力不弱于金刚与银翅天神，他也算是个异类！

"你太嚣张了！"楚风盯着陈海。同时，他皱了皱眉，他知道自己大意了，沿着以前的公路前行，很容易被人追到。

陈海脸上略带冷意，整个人像是一杆战矛，充满杀气，而且他有种强大的自信。

"你不会真的就是牛神王吧？"那个个子很高的女子站在藤蔓间，脸上挂着笑，在那里看着楚风。

依据资料，楚风只是一个凡人，但现在看来，完全不是那么一回事。楚风明显进化过，有些古怪。

不过，女子并不认为他就是牛神王。牛神王可是一个硬茬子，在卫城山时曾大开杀戒，斩了穆，还大杀异人，连武装直升机都接连被他射爆了，太彪悍了。

而眼前这个年轻人缺少那种霸气，看起来略显温和，哪怕发怒，也不像是凶神恶煞的那种人。

"你说呢？"楚风没有想到这一天来得这么快，看样子不管他承认与否，对方都要对他下手。

这些人果然霸道，宁可错杀三千，也不会放过一个。

这是他们一贯的行事风格。

"即便你是牛神王又怎么样？杀了便是！"陈海开口了，他仗着手中持有最坚硬的合金盾牌，语气十分冷酷。

他非常自负，根本就没有将其他异人看在眼中。除非是金刚这等人物，不然很难引起他的重视。

楚风不说话，直接扯开那个硕大的包裹，取出大雷音弓，横在身前。

对于其他人来说，这张弓无比刺眼，网络上早就在流传它的照片！

陈海盯着楚风，眼中精光爆射。虽然陈海已经意识到他是谁，但真正被证实时，陈海还是有些惊讶。

至于那名女子，则自顾自愣着神，还带着一脸的震惊之色——这就是牛神王？

外界早已将他神化，以原始弓箭射落数架武装直升机，横行于白蛇岭，现在谁人不知？

"你……"女子张口结舌，难以置信。

楚风太年轻，缺少杀伐之气，根本不像是一个狂野之人。

而当日的牛神王多么张扬，纵横于山岭间，对抗火炮，躲避导弹，一声大吼就让穆手下那十几名服食了药剂的异人全部暴死在山中，多霸气啊。

女子无论如何也没有办法将两道身影重合在一起，因为他们根本就不像是一个人。

虽然不信，但是她觉得有必要立刻向穆家禀报这一惊人的消息。

如果揭开牛神王的身份，那绝对会掀起一场轩然大波！

"慢！"陈海阻止她，不让她汇报。

女子愕然，有些不解，但是不敢得罪陈海。这可是一个比肩四大异人的强者，不是她能抗衡的。

陈海盯着楚风，道："将你身上的东西拿出来，让我看一看。"

楚风在陈海的眼中看到了热切还有贪婪。这个人野性十足，盯上了他的石盒，为此都不想上报给穆家。

楚风没有掩饰，从怀中取出石盒，并且当场打开，让那二人看得清清楚楚。

石盒内绿莹莹的，还散发着蓬勃的精气，任谁看到都会明白，这东西不简单！

"交出来！"

陈海确信，这东西会对他大有助益。因为才望一眼，他体内的血液的流速便加快了。他有一种直觉，石盒内的东西可以让他进化。

要练拳练到他这个境界的确不简单，现在他的直觉格外敏锐。

"凭什么给你？！"楚风冷声说道。

他收起石盒，拉开大弓，将一支箭矢搭在上面。

"还不向上禀报吗？"女子看向陈海，她觉得这是大功一件，应该及时禀报。

穆家早已开出天价悬赏，谁能提供关于牛神王的线索，确认他是谁，将获得厚报！

"闭嘴，我说了，先不要报给他们！"陈海冷漠地看了她一眼，语气强势而霸道。

楚风笑了，果然跟他猜测的一样，陈海野心极大，并且十分贪婪，看到他身上有非凡异物后就想要独吞，不愿让穆家知道。

女子沉默了，她有点害怕，担心陈海会将她灭口。

"嗖！"

下一刻，陈海动了！他的实力的确无比恐怖，不弱于金刚和银翅天神，他一跃就是数十米远，直接向楚风杀去。

他一手持盾牌，一手捏拳，爆发出无与伦比的可怕威势，向前轰去。

"嗖！"

楚风就等他跃起呢，那样他就不好躲避了。楚风拉开弓弦，一支箭矢带着电弧射出，发出滚滚雷鸣，光芒照亮夜空。

大雷音弓射出的箭矢蕴含着电光，威力奇大无比，就算是普通的铁箭都可以将万斤巨石射得碎裂。

"咚！"

这一箭本是飞向陈海的头的，但他反应迅速，举起盾牌，直接挡住，发出一阵巨大的响声。

电光缠绕，雷鸣震耳，那盾牌遭受重击但并没有碎掉，材质坚硬得惊人。

陈海整个人被一股巨大的力量撞击，抓着盾牌的他控制不住身体，倒飞了出去。

那名女子见状，疾速后退，成片的藤蔓在她周围浮现，保护着她。

至于那只老鹰，则已经冲上高空，它对楚风有强烈的惧意。

"嗖嗖嗖！"

楚风接连开弓，箭矢一支接着一支地射出，全都瞄准陈海。

"当当当！"

不得不说，陈海很可怕，精练形意拳后，他就变得远比一般的异人强大了，只见他不断挥动盾牌，阻挡箭矢。

他反应迅速，并且神觉敏锐。

此时，他还没有落地呢，就被箭矢巨大的力量撞击得倒飞出去，身子一直处在半空中。

一支又一支箭矢不是撞在盾牌上，就是被陈海避过，没有一支命中他。

楚风皱眉，这盾牌太坚固，连龙牙箭都射不穿，实在过于惊人。

不过，雷光灿灿，在一道又一道电光中，哪怕陈海没有中箭，也还是受到了冲击。此时他手臂焦黑，虎口裂开，鲜血流淌。

他被巨大的力量撞击，负伤了，不过想杀他根本不可能。

终于，陈海落地了。他手持盾牌，一个踉跄，而后如同标枪般猛地站得笔直，冷酷地盯着楚风。

"这张弓确实非常厉害，不过，也仅止于此了，你用它杀不了我！"陈海冷笑着说道。

他有盾牌在手，凭着他的身手，可以防御所有箭矢，拳师到了他这等境界非常恐怖，近乎通神。

"咻！"

一支箭矢飞出，带着电弧落在了不远处的地面上，"轰"的一声将那里炸开了，冒出了一串血花。

"啊！"

"土行孙"惨叫，翻滚着跃出地面，但是没动几下就毙命了。

楚风射杀陈海失败后，果断给了"土行孙"一箭。这个人又来袭击他，他正好趁势反击。

此人可以融入土层中，来无影去无踪，留着他是个祸害。

虽然解决了一名敌人，但最厉害的依旧站在那里。

陈海冷笑着向前逼来，开口道："交出石盒！"

楚风果断再次开弓，射向陈海。

"你应该清楚，凭真正的实力你绝不是我的对手。而你最强大的倚仗——弓箭，已经对我无效，你死定了！"陈海手持盾牌，带着冷森森的杀意逼近。

"当当！"

箭矢除了跟盾牌发出巨大的撞击声，还发出雷电的轰鸣声，但这些都不能阻挡陈海的脚步，他双手持盾，缓慢逼近。

虽然厌恶这名敌手，但楚风承认对方所说有一定的道理。

他衡量过自己与金刚之间的战力差距，如果舍弃大雷音弓的话，他的确不是金刚的对手。

因为黄牛曾偷袭金刚，几次在背后下黑手都没有办法将金刚打昏，可见金刚有多强大。而楚风还不及黄牛，可以想象，真要丢下弓箭对敌的话，他肯定不会是金刚、陈海这等人的对手。

"嗖！"

一箭飞出，射入草丛。

"汪！"

那只狗惨叫一声，身体被箭矢的巨大力量撕开了，当场毙命。

楚风准备遁走，但怕这只狗鼻子太灵，会一路追踪他，所以就直接将它射杀了。

那名女子和老鹰更恐惧了，疯狂地向远方逃去。

"逃什么？都回来，容不得他再放肆！"陈海喝道。

这个时候，他动了，速度极快，如一道浮光掠过，杀到了楚风近前。他双臂一振，施展形意拳，向前轰去。

伴着龙吟虎啸声，有成形的龙与虎浮现出来，咆哮着向楚风猛扑过来，景象十分骇人。

罡风浩荡，周围的大树哗啦啦摇动，叶片全部掉落。同其他异人相比，陈海的实力恐怖了不知道多少倍。

形意拳共有十二形，现在陈海直接施展出龙形与虎形，险些就化作龙虎合击之势，威力惊人。

这个世道下，居然有人练拳到这一步，确实惊世骇俗。楚风见状，避其锋芒，躲了出去，见陈海追击，他右手中闪过一道乌光，一柄黑色短剑斩了过去。

"当！"

陈海太强大了，他随意弹出一指，弹在剑背上，就将楚风的手掌震得鲜血淋漓的，差点丢掉黑色短剑。

楚风确信，这个人的实力真的不弱于金刚，现在他不是此人的对手，哪怕动用特别的呼吸法与大力牛魔拳，也跟此人存在不小的差距。

他转身就走，向着远方的大山深处遁去。

"你走不了！"陈海冷笑道。

并且，他回头冲着那名女子喊道："还不快过来给我追！"

"是！"那名女子应了一声。

陈海果然恐怖，竟然有这么强横霸道的实力，绝对可以比肩四大异人。真要是让他服食异树上结出的果实，他多半会成为人类中的绝顶高手！

那名年轻女子冲了过来，到了他的近前，同时那只老鹰也落了下来，等着两人坐上去。

"噗！"

突然，陈海出手，一掌落下，打在那女子身上。

这是一名实力很强的异人，结果被他轻轻一掌就打死了。

女子愤怒不已，眼中满是绝望，带着不甘与怨恨死去了。

老鹰受惊，就要逃走，结果被陈海按住，他坐在鹰背上，道："追那个人！"

他很霸道，声音冷酷，吓得老鹰战战兢兢，不敢违抗，直接追向大山中。

楚风回头见到那一幕，心头悸动，这个陈海果然冷酷无情，连自己人都下手。

显然，陈海惦记上了石盒，想要据为己有，不愿走漏风声，所以杀人灭口了！

"你走不了，那东西属于我！"陈海在空中冷酷地说道。

楚风一头扎进大山中，而今，这种巨山并不少见，他对这样的环境较为熟悉，因为他在这种环境中历练过。

"嗯？"

陈海皱眉。他驾驭老鹰追进了大山，却发现这里瘴气弥漫，干扰了他的视线。

老鹰在战栗，看起来非常惧怕这里。因为大山中各种怪物太多了，它们不断地吼叫着，更有巨禽不时冲起，让它畏惧。

"轰隆！"

一只足有二十几米长的巨禽飞来，它通体都是银色斑纹，实力非常强大，吓得老鹰连连惊叫，疯狂地向下逃去，不敢再在空中逗留了。

"废物！"

陈海无比恼怒，在即将落地时，他一击袭向老鹰，老鹰瞬间惨死。

同一时间，空中那只二十几米长的巨禽无比凶猛地扑杀了过来，眨眼间就到了，身上的银色斑纹闪烁着。

"一只孽畜而已，也敢对我逞凶。"

他收起盾牌，施展形意拳十二形中代表了力道的极限的熊形，一拳砸向半空中。

"噗！"

就这么一刹那而已，二十几米长的巨大凶禽轰然爆碎，羽毛乱飞。

这只凶禽非常强大，一群异人合力都不会是它的对手，结果却被陈海一拳轻易解决掉了。

他的恐怖实力可见一斑！

"我看你能逃向哪里！"陈海冷哼一声，在大山中迈步。

"嗷！"

一只巨兽出现，它形若凶猿，通体都是金色长毛，足有十五六米高，闻到血腥味后快速向这边奔跑过来。

"找死！"

陈海根本不躲避，直接迎了上去，打出形意拳中的龙形，只听"轰"的一声，他整个人从巨兽的身体中贯穿而过。

在他的身后，血液飞洒，那只金毛巨兽惨叫着，而后整体炸开，场面骇人！

陈海放开手脚，一路追寻楚风，只要有凶禽猛兽阻挡，他就毫不留情地下杀手，这种恐怖的攻击力令人胆寒。

无论多么强大的怪物都挡不住形意拳十二形，到了他的面前，统统都会被一击格杀。

对于大山中的凶禽猛兽来说，这是人类中的恶魔。因为他太强大了，所过之处，没有留下一个活口。

到了最后，竟没有一只异兽敢杀过来，都战战兢兢地躲避着他。

偌大的山林居然寂静无声了。

楚风逃进大山深处，向着折叠空间深处进发。

"看来我不得不吃下紫金松子了！"

在这之前，他一直在犹豫到底要不要服食紫金松子，因为黄牛说过，吃这种果实虽然好处明显，但到最后会有些弊端。后来，他看到石盒中的种子绿莹莹的，快生根发芽了，便下决心先等神秘的种子开花！

可现在，在生死面前，容不得他迟疑。

"这十二粒紫金松子，我原本是想留给父母的，现在看来只能自己先用掉了！"楚风叹息道。

在这之前，他需要先摆脱陈海，找一个安静之地，因为紫金松子要发挥效果还需要一定的时间。

"嗯？"突然，楚风睁大了眼睛，看上去有些吃惊。

只见他怀中的石盒被一股神秘的力量冲开了，接着，他感觉到了一股清新之气，还有一股蓬勃的生命能量弥漫在周围。

他将石盒取出，发现石盒中那颗种子在生根、发芽，从异土中冒了出来！绿芽如玛瑙，晶莹剔透，它破开异土，散发出非常强烈的生命气息。

而且，它在迅速成长，像是要在一夕之间开花结果！

—— 第⟨40⟩章 ——
秘种生长

楚风原本很疲惫，白天他一直在狂奔赶路，夜晚又跟陈海战斗，消耗非常大，但现在深吸一口气后，他竟然觉得浑身舒服极了。

一株嫩芽而已，竟能扫除他的疲惫感，让他通体舒泰。

它绿得透彻，像是由玉石雕刻而成的。它正在以肉眼可见的速度生长着，从嫩芽破土而出到长到半尺多高，这整个过程都是在楚风的注视下完成的。

一瞬间而已，它便已经长出了四片叶子。

它还处在生长的过程中，暂时还看不出它会长成什么样。它像树又像草，绿霞向四周扩散，瞬间倾泻下来。

楚风深呼吸几口，觉得体力在恢复，他又开始加快奔行速度，向着大山中更危险的地域进发。

神秘植物还在生长，速度略微放慢，却越发奇异。

此时，四周弥漫着蒙蒙雾霭。这是关键时刻，他需要暂时避开陈海获得更多的时间，在此期间，不能让陈海寻到他！

楚风对这样的大山太熟悉了，他曾多次在这种地方跟黄牛进行历练，同各种猛兽与凶禽搏杀，对它们的习性了如指掌。

这是他的优势，他早已考虑在内，并会用来对付陈海。

一片沼泽横在前方，略带硫黄味，楚风看了一眼，立刻知道了这当中多半藏着火鳄。

他在沼泽地中左拐右转，有选择地迈步，从中穿过。

他了解这种生物的习性。通过硫黄的气味还有沼泽中的潮湿与干硬区域的分布情况，他能大致判断出它们藏在哪里。

"这是一种彪悍的生物，希望它们能给陈海造成一些困扰！"楚风对此曾深有体会。

楚风的速度非常快，他横穿沼泽，越过山岭，专门挑最危险的地带走，他利用自己对那些异兽的了解，并没有遇到什么危险。

但他身后的陈海就不可能这么容易地闯过来了。楚风相信，他想追上来，肯定要花费一番功夫，甚至有可能会受伤。

前方的两座山之间瘴气很重，楚风停下脚步闻了闻，竟然闻到了熟悉的血腥味。

他在荆棘丛中选了一种植物，快速将它揉碎，涂抹在自己身上，一时间，他周身散发出了十分怪异的味道。

而后，他风驰电掣般地从两山之间的迷雾区穿了过去。

山上有一只雪白的庞然大物，它低头看了楚风一眼，看着他闯过去，并没有理会他。

接下来，楚风一路横穿，走的依旧都是最危险的地带，有好几次他都差点遭遇危机，还好最后都有惊无险地通过了。

山林越来越原始，楚风一路上见到的都是史前凶兽，如果正面遭遇的话，他只能逃避，根本对付不了它们。

而且越往里走越可怕，那里面显然藏着霸主级生物。

楚风知道，不能再这么下去了！如果一味地走险地，哪怕他了解那些生物的习性，多半也会搭上性命。

前方有一片不是很高的山峰，楚风悄然潜了过去。

这里的地形很有特点，有很多山峰，彼此又都很像，贸然闯入后，遇上浓重的瘴气就很容易迷失方向。

"差不多了！"

楚风觉得，陈海一时半会儿应该追不上来了。他已经争取到了足够的时间，可以停下来了。

因为，石盒中的植物生长速度在加快，正随风摇曳。他担心再这么疾速奔行下去，一个不小心可能会让它折断。

现在，它已经有一米多高了，通体鲜绿，生机勃勃，还向四周散发着光晕，显得越发不凡了。

楚风选择了一个相对有利的地势，坐在一旁休息，并将石盒放在了地上。

这片山地之中古树参天，远处兽吼不断。

"这是一株藤，还是一棵树？"他有点弄不明白了。

这植物肯定不是草，因为它的主干有拇指粗，一路向上伸展，长到了一米多高，中间出现了分叉，像是枝杈，又像是藤条，整体直立着，但有些地方又是弯曲的。

无论是叶片还是藤蔓都呈绿色，鲜嫩欲滴，蓬勃的精气无时无刻不在向四处扩散。

但它的叶片长得很怪，形状跟人的手掌差不多，当夜风拂来时，整株植物随风舞动，像是千手神祇在动。叶片上还有纹路，仔细一看，跟当初种子上的神秘花纹相近。主干上的纹路更清晰，更深。

远远望去，一团清新的绿光笼罩在那里，在瘴气中显得无比神秘。

但从刚才到现在，石盒都没有发生变化。

"咦？"突然，楚风惊讶地发现，这株植物产生了变化。

它迎风长高，长到一米五左右，并且根须从石盒中伸展出来，扎根到周围的泥土中。

那些根须也是绿色的。根须很多，它们不断地扎进土层中，汲取生长所需的营养。

很快，石盒就被一条条绿莹莹的根须覆盖了。

楚风目不转睛地盯着它。

自从种子在石盒中出现变异的情况后，他就知道它多半会在这几日内生根发芽，只是他没想到会比他预想的快，它居然今夜就长出来了。

他很期待，有种收获的喜悦。

随着时间的推移，这片地带的瘴气渐渐散去，月光洒落下来。

在月光下，这株植物愈发显得晶莹剔透，绿得让人心醉，最终它长到一人高就不再生长了。

看着是藤，它却不必盘绕在别的物体上，可以直立着。它还泛出丝丝雾气，整体看起来非常奇异。

忽然，这株奇藤的顶端发出极其绚烂的光，并伴着无与伦比的，比以前浓郁了数十倍的生机！

楚风无比震惊地盯着那里。

奇藤顶端绽放出绿光，看着有些刺眼，原来是冒出了绿芽！楚风再仔细一看，发现那竟是一个花蕾，它正由小变大，飞速生长！

楚风非常激动地握紧拳头，这一切太不可思议了，种子不发芽则已，一旦复苏，生长速度快得惊人，让人有些不敢相信。

明月皎洁，洒落银辉，将地上的这株藤映衬得越发非凡。

另一处地方，陈海脸色铁青，他如野兽一般在山中穿行，追寻楚风的踪迹。

自从进入山林后，他也不知道自己杀死了多少凶禽猛兽，现在他已满身是血。

他可以大开杀戒，杀到山林之中不再有声音，让那里的各种走兽与异禽都战战兢兢地选择龟缩，但闯进下一地后，还是会再次遭遇袭击。

他有种明显的感觉——遇到的怪物越来越厉害了。

"轰！"

当他进入一片沼泽地时，寂静被打破了，原本死气沉沉的潮湿之地突然迸溅出泥浆，瞬息间，一条火红色的鳄鱼冲了出来。

这鳄鱼身上全是赤红的鳞片，它张嘴喷出一道火焰，照亮了整片沼泽地，此地温度骤升，变得炽热无比，连虚空都仿佛要被烧得塌陷了。

"三昧真火？"陈海吓了一大跳，迅速后退，此时不容他多想。

火焰熊熊，焚干了沼泽，又让泥浆沸腾，周围的林木也顷刻间尽毁。

从沼泽变成泥浆地，这居然是在瞬间完成的，太突然了。

陈海身形如电，眨眼间便倒退了上百米。他练拳小有成就，实力无比强大，每一个动作都无比矫健，速度快得不可思议。

虽然已退出足够远，安全不会再受到威胁，但陈海的脸色并不好看。他遇到的怪物越来越厉害了，耽搁了他太多的时间。

"只有一点三昧真火而已，我还以为你真可以焚烧这世间的一切呢，受死吧！"他冷声道，无论那鳄鱼要用什么手段阻挡他前进的道路，他都会以拳头无情轰杀。

"轰隆隆！"

地面顿时剧烈震动起来，泥浆地沸腾了。

那火鳄腾空而起，袭向陈海。它居然长着翅膀，可以飞！

但是，陈海就如同一个大魔头，拳法无敌，很快就击散了火焰。

"噗！"

紧接着，他一拳打中了火鳄的头，十几米长的火鳄尸体坠落在地，砸得地面一阵震动。

不过，陈海也有损失，一只手臂被火焰灼伤，略微有些发黑，虽然不要紧，但他还是颇为恼怒。

"嗖！"

他冲了出去，一个起落，人就已经在百米开外了。

一路上，他不断痛下杀手，遇上怪物就直接轰杀，走过的地方到处是血。他是一个狠角色，但不得不说，他真的非常强大。

前方瘴气很重，两座大山之间似乎有什么危险。陈海实力强大，神觉敏锐，自然有所觉察。

但他觉得自己速度足够快，只需一次冲击，便能突破过去。

然而，这里的异兽实在恐怖，当闻到感兴趣的猎物的气味后，它便带着一张大网从天而降，向陈海罩去。

"这是什么东西？"强大如陈海也不由得吓了一跳。

那是一只足有二十米高的庞然大物，它通体雪白，像蜘蛛一样，有一条又一条蜘蛛腿，头却像是狮子的，凶猛而狰狞。

那只怪物口吐银丝，要将陈海缠上。

"滚！"他极其恼怒！

蛛丝有手臂那么粗，看起来十分恐怖，真要被它绕在身体上的话，多半会有大麻烦。

陈海迅速躲避，并且施展出最强拳力，不断向半空中轰去。

"咚咚咚！"

陈海怒气冲冲地不断跳跃，双足用力过猛，几乎将大地踩裂，两山之间如同发生了大地震。

半刻钟后他才闯过那里，身上缠绕着一些白色蛛丝，肩头有一道伤口，鲜血一直在向外流淌。

他脸色铁青，极为难看。他虽然杀了那只怪物，但很吃力。那是附近的一个霸主，实力异常强大，最后时刻，那条比战矛还锋利的雪白蜘蛛腿刺了过来，险些就破开他的躯体。

不过，陈海真的很强，动用形意拳真解，活活将那只二十米高的怪物击杀。

"你对大山中的怪物的习性倒是了解，不过，你以为这样就能阻拦甚至杀掉我吗？"陈海脸色阴冷地自言自语道。

陈海猜对了，楚风的确有这意思。他了解各种怪物的习性，想借它们之力重创陈海，而后他再放冷箭射杀这个劲敌。

最坏的打算就是，前面的计划落空，楚风吃下紫金松子，让身体快速进化，之后再找机会灭掉陈海。

毕竟他身上有奇藤的事不能走漏风声，不然的话，必然会有大麻烦！

"你死定了！"陈海脸色很不好看，且身上散发出浓重的杀气，他如同一个魔王，在山林中迈步，踏血而行。

虽然耽搁了不少时间，但他相信，楚风逃不出他的手掌心。

他将形意拳练得十分精深，直觉相当恐怖，总能发现楚风的踪迹，所以能一路跟随，慢慢接近楚风。

陈海觉得，对方是逃不了的，注定要被他击杀！

山地中，楚风满心喜悦地看着奇藤结出的花蕾迅速变大。

他长出一口气，不用吃紫金松子进化了，他可以静等花蕾绽放，汲取黄牛所说的"触媒"。

对一般人来说，紫金松子肯定是价值连城的东西，万金难求一粒，毕竟它能让人迅速进化，变得无比强大，更能增加寿命。但对于楚风来说，吃紫金松子未必是最好的选择。

他如果只想做个很强的异人，那完全没问题，吃下去就是了，可是他了解真相，他想走得更远一些。

他知道，服食异果后，到了后期会有一些弊端。虽然那所谓的后期可能极其遥远，但他还是无比忌惮。

"嗡！"

突然，那株通体碧绿的奇藤自己摇动了起来，好像要开花了。

它的花蕾足有碗口那么大，已经散发出阵阵清香，即将彻底绽放！

顶端的花蕾绿霞缭绕，迎着月华，散发出清香，氤氲缭绕，无比神秘。

楚风精神饱满，浑身毛孔舒张，身心舒泰。

不过，短暂的出神与放松后，他又绷紧了神经，双目如电，密切地关注起周围的环境。

他很担心这株奇藤开花时散发出的清香会招来非常可怕的生灵。

唯一庆幸的是，这株藤刚诞生，并没有在这里生长很久。

不然，它这么奇异，只要在这里生长几天，估计这片区域就会出现漫山遍野的猛兽。

楚风手持大雷音弓戒备着。他已经做好心理准备，即便最惨烈的厮杀到来，他也不能退缩。

期待已久的种子终于开花了，他怎能放弃！

这颗种子来历神秘，曾埋在昆林山山脚下，历经漫长岁月，仍能生根发芽，所以他想亲身体验一下，看它到底会有怎样的效果。

附近有动静了，楚风将大弓张开，严阵以待。

不过，他过于紧张了，那只是一只蟾蜍，它从草坑中跃出，只有拳头那么大，并非异兽。

楚风皱眉，他担心花香一旦弥散出去，说不定连这等蟾蜍也能进化。

接着，他开始用神觉感应、探察周围的生物。

五米之外有一窝蚂蚁，现在就有手指肚那么长，个头都不算小，若是整体变异，多半会成长为一个很可怕的族群。

数十米外的树上栖居着一对野鸟，它们有半米多长，在这大山中算是很普通的物种，算不上猛禽。可是它们一旦变异，也肯定不会是善类。

更远处还有几只松鼠，正在乱石堆中钻进钻出。

突然，楚风心头一跳，他发现在百米外的石窟中有一条大蛇，通体密布着斑纹，足有水桶粗，早先他专注于奇藤，没有察觉，要不是他现在仔细感应一番，根本不会发现它。

这是一种冷血生物，它正处于蛰伏状态，将身体机能降到了最低，一动不动的，很容易被人忽略。

这条大蛇本身就不弱，如果再次变异的话，多半会十分厉害。

不过庆幸的是，附近没有什么巨兽，也没有特别强大的猛禽出没，暂时还没有对楚风构成多大的威胁。

不久后，楚风觉得十分纳闷，那条大蛇为何没有动？似乎它根本就没有理会这边。

而且，刚才他发现的那些生灵居然也都无动于衷，并没有被花香吸引，更无觊觎的意思。

这不太对劲！

黄牛提及过，许多生物远比人类敏锐，能在第一时间察觉到那些可以促进它们进化的花粉、异果等。

什么情况？它们怎么没有反应？

难道说，奇藤顶端的花蕾对它们无用，并不能促使它们进化？

这不太可能！

楚风收回目光，开始盯着奇藤上的花蕾，很快便发现了异常之处。

一缕又一缕雾气如丝般飘向他的口鼻间，气味馥郁芬芳，但他稍微偏头躲开雾气时，那香气立刻就会消失。

"这么古怪？"楚风大吃一惊。这花香竟然有形，可以被他看到！

他经过数次试验，终于证实了这个猜测，那些雾气就是花香，它们都弥漫在他的近前，并没有飘出去。

即便是他距离奇藤这么近，一旦离开雾气也闻不到这花香。

这株藤真是太古怪了！

不过，这也让他放心不少。

他最怕的就是花蕾真正绽放时，花粉飞扬得四处都是，天知道会让多少只异兽进化。万一跑过来几只特别生猛的，经过花粉刺激成为兽王的话，那麻烦就大了。

"赶紧绽放吧，趁着现在安静！"楚风很紧张地祈祷，已经到了最后关头，他真的不希望出现什么意外。

因为，时间越长变数越大！

一旦惊动这片区域的霸主，惹得万兽咆哮，一起奔腾过来，那景象当真让人毛骨悚然。

突然，花香浓郁了数倍不止，只见花瓣间的缝隙变大了，花蕾即将绽放，飘出的雾气在快速变多。

下一刻，一种特别的声音传了出来。绿莹莹的奇藤也发生了惊人的变化！一瞬间，它由鲜绿变得雪白，通体璀璨！它彻底变了！

刚才藤蔓还绿霞缭绕，鲜嫩欲滴，怎么突然间就通体银辉了？

无论是叶片还是花蕾都熠熠生辉，就连根须也在流淌银光，十分醒目。

同一时间，那朵花绽放了！

就像是种子发芽时一般，不动则已，一旦复苏，便在最短的时间内无比激烈地完成了。

雪白的花也是如此！

刹那间，所有花瓣全部绽开了，银辉竟然照亮了这片山地！

浓郁的花香涌向楚风的口鼻，他大口呼吸，猛力吞咽，那香气向体内疾速钻去，他感觉身体都变得滚烫了。

"嗷！"

远方传来兽吼，终于有厉害的生物被惊动了。

楚风预感，这里会有一场血雨腥风！

因为，此时这片地带太不一般了，银辉流淌，竟有普照山林之势，让此地在夜空下显得格外明亮。

雪白的花朵晶莹剔透，不断有白雾从里面散逸出，将楚风笼罩在内。

他想都没想，第一时间动用了特别的呼吸法。

效果果然极佳，白雾流转，快速钻进他的口鼻，同时，他的身体跟呼吸法共鸣，在轻微地颤动，所有毛孔张开，跟着吸收白雾。

让他深感惊异的是，白雾在附近缭绕，并没有向远方扩散。

数米外的一窝蚂蚁，以及远处的蟾蜍、松鼠、野鸟、大蛇等都没有嗅到花香。

楚风不满足，想要将花剥开，直接接触花粉。

很快，他发现了真相。花粉竟然消失了，原来它们混在白雾中，不断弥漫出来！

夜空中，有一只猛禽疾速飞来，身体足有十几米长，发出火红的光芒。它双眸凶戾，似乎发现了楚风，朝他俯冲过来。

楚风在运转特别的呼吸法，神觉比平常更敏锐，第一时间挽弓射箭。

"砰！"

这一箭比以往威力更猛，那只火红的凶禽中箭，半截躯体被撕裂，直接坠落了下来。

而这仅是开始。

远处有巨兽在嘶吼，声音响彻山林，不多时，大地震动，看这情形，是向着这片山地奔来了。

楚风提醒自己要冷静，借着这短暂的空当，他在这里有条不紊地运转特别的呼吸法。

白雾依旧弥漫在他周围，将他包裹了起来。这一刻，他感觉浑身暖洋洋的，像是泡在温泉中，酥酥麻麻的。

他感觉到自身正在发生惊人的变化，心跳强劲有力，如同擂鼓。不知道是他的听觉大进，还是心脏更有力了。

又一声禽鸣传来！

一只浑身乌黑的异禽非常凶猛地冲着楚风而来，像是陨石砸落下来。

它张开了寒光闪闪的利爪，想一击必杀，取代下方那个人类，出现在奇藤旁边。

"嗖！"

楚风拉弓，射出的箭矢带着电弧，伴着雷鸣声，威力比刚才的第一箭提高了一倍，只听"砰"的一声，箭矢射穿了这只凶禽的头。

它直接栽落下去，来得快，死得也快！

因有敌情，楚风暂时中断了呼吸法，他明显感觉到吸收白雾的速度在变慢。他让自己静下心来，提醒自己哪怕有外敌干扰，也不能中断那种特别的呼吸法。

白雾芬芳，沁人心脾，不断钻入楚风的体内。恢复了呼吸法，他很明显地感觉到自身在快速进化。

这比在昆林山得到的那四片花瓣效果显著得多，主要原因是他在运转特别的呼吸法，能令花粉在最短的时间内发挥出作用。

接下来，楚风的感受更深刻了。花香扑鼻，芬芳浓郁到极致，他觉得如同置身在大火炉中，正在经受淬炼。

在此期间，异禽不断出现，楚风冷静无比，一箭又一箭地射出，很快地上就多了不少尸体。

远方的陈海看到这边发出了银光，还看到一只又一只猛禽俯冲过去，这异象让他面露惊容。

并且，附近各种猛兽集体咆哮，全都在朝那里猛冲，震动了整片山地。

大地在轻颤，山林在摇动，许多大树上的叶片被震得坠落下来，更有不少树干直接被巨兽撞断……这景象有些骇人。

野兽汇聚，全体暴动。

陈海是什么人，他狠辣而果决，觉察到那里非同小可，甚至猜测到这多半是楚风手上的异物引发的。他的速度极快，堪比飞鸟，远超巨兽。沿途，他施展形意拳，大开杀戒，将胆敢阻路的猛兽都格杀于拳下，身上沾满了兽血。

他疾速赶向那片山地，几个起落间，就在数百米外了。

陈海以惊人的速度赶到了，他一眼就看到了不远处的楚风，还有那株银色的植物，双眸顿时射出可怕的光束。

"好，它是我的了！"陈海激动万分。

前方，楚风不得已才站了起来。因为四周来了太多的恐怖猛兽，足有数百只，将这里团团包围。

地上满是尸体，超过二十只巨禽死在附近，都是被弓箭射杀的。此外还有十几只非常强大的巨兽倒在这里，是被楚风用黑色短剑斩杀的。

他射光了身上的箭，主要是早先跟陈海对决时消耗了太多。

"滚开！"

陈海大喝一声，向前走去，将挡在前方的庞然大物踢开。

那是一头巨象，结果被他一脚蹬开，当场惨死。

陈海冷酷地盯着场中，目光如同刀子般锋利。"我的机缘到了！"他说。

他居然没有立刻杀过来，这让楚风感觉诧异。

不过，即便陈海现在闯过来，楚风也不担心了。

这株奇藤开花迅猛，差不多是刹那间就完成了，而花期也极为短暂，花现在就已开始凋零，白色雾霭所剩无几。

他刚才动用那特别的呼吸法，效果惊人，将浓郁的花香都吸收了。

此刻，他身体轻盈，体魄强健，体质大幅度提升，已经完成了一次进化！而且，现在他耳聪目明，神觉远超以前，浑身像是有用不完的力量！

更神奇的是，他的身体依旧在变化，如同在被洗礼，血肉齐震，脏腑共鸣，体表晶莹，让他觉得自身还处在变强的过程中。

这是一种很古怪的洗礼，让他持续蜕变。

不多时，楚风结束了特别的呼吸法，因为有一些猛兽冲了过来。

这些兽类可不像陈海那么冷静，全都躁动不安，疯狂向前冲，要跟他争夺奇藤。

楚风挥动拳头，将冲过来的一些猛兽击杀，一时间，噼啪声不绝于耳。

楚风开始动用大雷音呼吸法，这是残缺的法，但对他也非常有用。

最后的几缕白雾也没入他的口鼻之中，这让他非常满足！

此时，陈海依旧很镇静，他脚步很稳地闯过猛兽区域。他刚才根本没看那几缕白雾，他的眼中只有一物。

奇藤上花瓣凋零，结出了一颗种子！

陈海盯上了它！

楚风也很吃惊，只见整株奇藤逐渐暗淡，看样子就要枯萎了，唯有那颗种子雪白无比，还散发着光辉。

居然会是这样的结果，下次还可以继续栽种？楚风震撼了！

只是，那颗种子跟以前完全不同，它雪白通透，像是换了一个种类，下次如果再生根发芽，会长出什么？

"哈哈，它也算果实吧，马上就要成熟了，属于我！"陈海放声大笑。他以前也发现过一朵奇花，可是开放后就凋零了，根本没有结出果实，让他遗憾了很久。还好，那一次在附近采摘到一颗异果，被他当场服食。

现在，他看到这样一株神秘的藤蔓结出种子，怎能不激动？他认为这颗种子不会比奇异小树上的果实差！

楚风立刻明白了，不是所有人都知道花粉的重要性，很多异人眼中只有异果，包括陈海在内，他们根本不知道"触媒"的说法！

"哈哈！"楚风也忍不住大笑起来。

附近的所有凶禽猛兽都在咆哮，足有数百只，这些异兽眼睛都红了，显然要发狂了，准备争夺那颗雪白的种子。

"你笑什么，你马上就要死了，谢谢你为我守护这株奇藤上的果实，没有让它被异兽糟蹋，不过现在，没你什么事了！"陈海冷笑着说。

楚风确定陈海不知道花粉的重要性，不然，以他的阴毒与狠辣，他早就发疯一般地跟自己争抢了。

"嗷！"

咆哮声四起，有几只不弱于陈海的特别强大的异兽也在向这边逼近！

·——第⟨41⟩章——·
出山

皓月高悬，银辉普照。

山林中一点也不黑暗，相反因笼罩着雪白的月光而显得分外静谧。

不过，这里杀气弥漫，有些可怕。

陈海与几只异兽一起向前逼去，整片山地都在轻颤，各种树木的叶子不断往下落，十分恐怖！

在他们的身后还有数百只异兽，一个个獠牙雪亮，鳞片森森。

楚风很镇定地注视着他们，随时准备一战！

"都不要乱来，种子还没有成熟！"陈海转身面对最前方的三只异兽开口了，他的声音很冷漠。

他很自负，也很霸道，带着杀气警告它们不要轻举妄动！

那三只异兽皆是一方霸主，都非常强，现在听到威胁的言语，一个个面露杀意。

一头白犀牛放声咆哮着。它浑身发着光，挪动庞大的躯体，将头上的犄角对准陈海，随时准备杀过去！

还有一只通体金黄的山猫，只有一米多长，但是从它身上透出的杀气来看，它绝对拥有恐怖的实力。

更有一只五米多长的豺，满嘴獠牙，看起来就很残暴，眼中带着狠辣的凶光，身上弥漫着黑雾，戾气很重。

三只异兽的实力都不弱于陈海，它们暴躁不已，因为没有接触到花粉，又恼怒又后悔。

可惜，它们来晚了一步。

但是，这三只特殊的异兽还是按捺住了自己的行动，它们也想等那颗种子成熟，那样的话，效果会更佳。

此时，那株奇藤通体暗淡，花瓣凋零，生机渐无，只剩下一颗雪白晶莹的种子。

"很好！"陈海见状，十分满意。他还很耐心地背负双手站在那里，静等种子彻底成熟。他觉得，用不了多少时间，就可以有收获了！

夜色中，山林居然安静了下来。在那几个霸主的威慑下，数百只异兽都停止了嘶吼，很本分地守在后面，不敢乱动。

奇藤上的精气以肉眼可以看见的速度向着顶端的那颗种子聚集而去。藤蔓失去了光泽，越发显得暗淡。

地上那些银色的根须也是如此。

楚风没出声，既然陈海还有几只异兽霸主没有立马发难，他乐得享受这片刻的安宁。因为，他的体质还在增强的过程中，体内有股热流在不断发起冲击，这种难以言喻的洗礼让他清晰地感受到自身有了变化。

在他的身体表面像是有一层汗，黏糊糊的，气味很不好闻，那是在进化的过程中被排出来的。

将那层黏糊糊的物质排出来后，楚风感觉体内澄澈，浑身舒畅，特别轻松。

此时，他血肉通透，脏腑晶莹，骨骼洁白，整个人像是由神金铸成的。

"嗡！"

楚风又一次听到了脏腑的轰鸣声，强有力的心跳如同在擂鼓，血液冲向四肢，神秘的能量在他体内涌动。

他知道，又一次猛烈的洗礼开始了。

这种变化果然还在持续！

他的身体湿漉漉、黏糊糊的，那些物质同汗液相近，被猛烈排了出来。

楚风觉得，如果洗掉这层难闻的物质，他的身体多半会如同琉璃般灿烂。

这种进化太迅猛，由内到外，让他的体质不断增强！此刻，他更加感觉自己耳聪目明，精神无比饱满。

　　终于，体内渐渐平和，他彻底放心了。花粉被充分利用，他的身体越发强大了！

　　突兀的铃声传来，是陈海的通信器响了。这声音令很多猛兽躁动不已，就连那几只异兽霸主也眼露凶光。

　　陈海皱了皱眉，但还是接通了。

　　"找到楚风了吗？"穆家的人询问，他们对这件事很关注。

　　他们格外看重陈海，如果是平日，定不会打扰他，一些琐事都会询问那名女子，但现在，他们联系不上她。

　　"没有！"陈海说。

　　他即将从楚风这里获得大造化，出于条件反射，他想也不想就否定了。他的本意是不想泄露什么。在这之前，为了保密，他就已经杀人灭口了。

　　"难道那个楚风身上真有古怪？"穆家的人怀疑地问。

　　"应该没有，倒是那个金刚身上或许有大问题。"陈海转移话题，不想谈论楚风。越是在意，他越想掩饰。

　　穆家人问那名女子还有会土遁术的男子在哪里，陈海谎报那两人有重要发现，在暗中追踪金刚，而他也在赶去的路上。

　　"难道金刚真的跟牛神王有关？"穆家的人声音有些冰冷。

　　"我去了才能知道！"陈海说道。

　　通信器信号很不好，在大山中时断时续，通话也数次中断。

　　"我已经追进大山深处，发现了他们的踪迹，不说了！"陈海迅速挂断了通信器。

　　如今楚风的听觉格外灵敏，哪怕隔着一段距离，他也能清晰地听到穆家人和陈海的对话，此时，他明白了一切。

　　他很开心地笑了。陈海那样掩饰，等于在帮他的忙。

　　不过，楚风对金刚略有愧疚，因为这家伙又一次帮他背锅了。

　　"死到临头，你笑什么？"陈海瞥了他一眼，并未将他放在心上。

　　"谢谢你啊，最后时刻你还发光发热，为我扫除一些麻烦。"楚风微笑着说。

　　"就凭你？"陈海明白他的意思，但是，脸上仍带着不屑的神色。他练拳三十多年，进化后在异人中罕有对手。

"嘭！"

这时，奇藤彻底干枯，失去所有光泽，那颗雪白如玉的种子自动脱落，它晶莹剔透，在月光下熠熠生辉。

"嗖！"

那只豺动了，它是附近的一只异兽霸主，实力恐怖。它五米多长的躯体如闪电一般迅疾，张开大嘴向前扑去，就要吞下那颗种子。

可是，楚风速度更快！

他就站在近前，一把就将种子攥在掌心。他绝不容有失，因为这种子关乎甚大！

"轰！"

同一时刻，陈海也爆发了。方才他没有抢先动手，因为，他对三只异兽霸主有所忌惮，想寻机会先除掉一两只。

现在，他从后面扑向那只豺。

他释放出恐怖的拳力，周围的草木全部被罡风吹断！他这一拳的力量太惊人！

那只豺反应敏捷，回首喷出一道黑光，如同刀锋一般锋利，要斩杀陈海。

不过，他早有防备，攻击的速度丝毫不减，以左手盾牌阻挡黑光，而右拳则依旧向豺轰去。

"当！"

激烈撞击之下，合金盾牌没有碎，它的防御力惊人。

只听"嗖"的一声，陈海到了那只豺的近前，他的拳头威势不减，轰在豺的身上。这一次，他就是要一击必杀，所以集全身力量于拳头之上。

"噗！"

只见血光溅起，豺怒吼一声。它带着不甘，被摔出去十几米远，倒在血泊中，就此毙命。

狠辣无比的陈海偷袭得手。

另外两只异兽霸主——白犀牛与山猫不由自主地倒退了几步，这个人类居然刹那间将豺解决掉了，令它们心生恐惧。

陈海放松不少，还剩下两只异兽霸主，他有实力周旋，相信自己可以将它们一一杀死。

此时，他心情大好！

陈海向前迈步，俯视楚风，他脸上带着笑，露出雪白的牙齿，道："多谢替我守了这么长时间！"

他伸出手，直接向楚风索要种子。

"高兴得太早了吧？"楚风说道。他的心情同样大好，这是发自真心的。

陈海一步一步逼近，一切尽在掌控中，他脸上笑意渐浓。他没有想到，此行竟能发现一颗神秘果实，他绝对可以借此进化。

"喵！"

山猫向前扑来，迅速出击，但是它没去抢夺楚风手中的种子，而是一爪子抓向陈海的喉咙。

"轰隆隆！"

白犀牛也动了，庞大的躯体如同一座小山，奔跑时让林地都在颤抖。

它向陈海撞击过去。

这两只异兽都觉察到陈海是个威胁，竟然想要先联手除掉他。

"嗷——"

同一时刻，数百只异兽也都不安分了，一起向前奔袭，想要争夺种子。

可怕的战斗一触即发。

陈海神色冷漠，他的身体快如电光，从原地消失，躲过两只异兽霸主的袭击。

他一跃而起，如同一只呼啸而来的鹏鸟，一拳向着下方的楚风轰去。他要解决掉楚风，夺走神秘种子。

楚风终于动了，他捏拳迎上陈海，跟他来了一记硬碰硬。

"砰！"

响声沉闷，但是威力巨大无比。这个地方大树崩断，岩石龟裂，飞沙走石，余波将许多猛兽都掀飞了。

楚风站在原地，纹丝未动。

陈海震惊万分，他如同一只大鸟落在另一边的地上。此刻他并不好受，感觉拳头很痛，他居然吃亏了。

要知道，他可是练了三十几年的形意拳啊，身体进化后更是无比可怕，在拳法上想胜过他，可以说很难。

然而，就在刚才他体会到了对方的某种拳意——恢宏磅礴，古意沧桑，宛若一头莽牛撞在他的拳头上。

这番重击之下，他的手指剧痛不已。

"有点门道，你也精通拳法。"陈海努力让自己平静下来，他发现事情超出了他的预料。

早先，这个楚风远不及他，根本不是他的对手，所能倚仗的也只是那张古怪的大弓而已。可是，没过多久，楚风竟像是换了一个人！

为什么变得这么强？

陈海并不知道花粉的效用，如果明白的话他早就发狂了，随时会跟楚风拼命。

楚风确信，自己的体质提升了一大截，所以面对陈海时，再也没了压力。

"让我看一看形意拳到底有多厉害！"楚风准备拿他试拳。

旁边，金黄的山猫还有那头白犀牛同时低吼，都向后退去，它们希望这两个人类打个两败俱伤。其他猛兽见状，也都开始倒退。

陈海动了，迅疾如电，身体一晃就到了楚风的近前，他施展出形意十二形中的马形，如同天马横空，带着恐怖的威势，怒踏下来，轰杀楚风。

楚风很冷静，大力牛魔拳第一式猛力爆发，直接迎了上去，和陈海在空中硬碰硬。

"砰！"

巨响之后，两人各自倒退几步。但楚风感觉很轻松，因为这一次进化后，他的体质到了另一种境界，力道与速度都十分骇人。

这巨大的冲击让陈海心中震撼，他的手臂发麻，轻轻颤抖着，险些就被废掉。

他知道大事不妙，对方的力量强他一截，而且对方掌握的拳法也很古怪，看样子并不比形意拳差。

须知，他可是得到了真传，习的是正宗的形意拳，博大精深，不是外面的野流派。他更是深知这门拳法的恐怖，练到高深境界，技进乎道，什么异人，统统轰杀！

"杀！"

陈海低喝一声，果断施展出他的最强拳力，左手龙形拳，右手虎形拳，形意拳十二形中的龙虎拳力同时爆发。

这是绝招，也是他目前所掌握的最高拳意——龙虎竞逐。这一拳意无比霸道，通常可以绝杀对手。

楚风不敢大意，神色严肃地施展大力牛魔拳，展示出拳意神形，迎了上去。

"轰！"

这一击无比激烈，浩荡的拳风让这片地方的草木与巨石等全部崩碎了。

场中两个人如鬼魅般在拳风中穿行，在飞沙走石间疾速移动，不断地碰撞，同时也在迅速躲避。

刹那间，两人都轰出了十几拳。

在此期间，陈海一直都在动用龙虎竞逐，用不断砸出的方式，把这一绝招叠加，可谓将杀伤力推向极致。

但是，对方硬扛下了。并且，对方的力道更大，出招更猛，砸在他的双臂上，撞在他的拳头间，让他痛彻骨髓，双臂像是折了。

"噗！"

终于，陈海横飞了出去，口中喷血，双臂略微扭曲，不断地痉挛。发出最后一击时，他的手臂发生了严重的骨折。

"嗖！"

他的反应很果断，身体才一着地就冲了出去。他想要逃离这里，什么种子都不要了！

突然，一道身影拦在他的身前。

是楚风挡住了他的去路。论速度，楚风比他要快上一截！

陈海惊悚万分，难道这个年轻人方才服食了一颗神秘果实？

在他看来，这个对手突然厉害了很多倍，体质大幅增强，无论是力道还是速度都超越了他。

"形意拳的确不错，你如果将真解交出来，我给你一个痛快。"楚风说道。

"你想要形意拳真解？做梦吧！"陈海眼神阴冷，边说边倒退，他在想办法，他不想也不能死在这里。

"那没什么可说的，杀！"眼神冷厉的楚风果断出手了，发挥出爆炸性的力量，还有惊世骇俗的速度。他的双拳发光，略带光泽，看起来极其恐怖。

"砰砰砰！"

陈海被楚风的重拳打得跟跄倒退，面色苍白，嘴里不断咯血。他带着的那面盾牌也挡不住那种拳力，都变形了。

"咔嚓！"

最后，那合金盾牌竟然被楚风的拳头穿透了，不仅如此，那恐怖的拳头还打在他的身上。

陈海低头看向自己的胸膛，前后透亮，鲜血汩汩，生命力再强也不可能活下去，他顿时绝望了。

"不……"他表情痛苦地捂着心口。他不想死，练拳三十几年，他的体魄远超常人，神觉敏锐，他发现这个时代太适合他了。

现在天地剧变，不断有神秘果实出现，他可以借此进化，将形意拳推向终极境界，到那时谁人能敌？

过去形意拳很难练，但现在不同了，只要身体不断进化，他将演化出形意拳传说中的所有门道。

但是，一切都是徒劳了。他双目暗淡，带着无尽的遗憾，还有对死亡的恐惧，直挺挺地倒了下去，就此毙命。

山猫和那头白犀牛有些惧怕地盯着楚风，一时间没敢动手。

后方，数百只异兽不由得一阵骚乱，它们都觉察出这个人类的恐怖之处。

楚风站在原地没有动，一副若有所思的样子。大力牛魔拳果然神秘，越是参悟，收获就越多。

黄牛说过，如果坚持将这套拳法演练下去，足以受用终生。

当时楚风还不太相信，因为，他早已将牛魔九式全部练成，觉得没什么可悟的了。但今天的这一番激战之后，他终于明白了，黄牛没有骗他，这拳法非同小可。

身体进化后，他自然舒展四肢，随心所欲地挥拳，竟有一种全新的体会，一招一式之间威力大增！

刚才，他双拳如牛魔王之角，无坚不摧，右拳直接贯穿盾牌，并凿穿陈海的身体。

那一刻，他觉得拳头被神秘热流包裹着，能割裂一切物质，能凿穿所有阻挡！

可以说，拳头比刀子还锋利。

大力牛魔拳果然高深莫测，技进乎道，可以不断挖掘，值得他仔细琢磨。

楚风将陈海的尸体提起，在他身上搜出通信器，并发现了一本陈旧的册子。

"形意拳真解？"他的心情有些激动。

他已经感觉到了，这门拳法非同小可，很厉害。最重要的是，这是人族拳谱，让他很眼馋。

"可惜，未涉及形意拳的最高奥秘。"楚风遗憾地说。

这部拳经中规中矩，有形意拳的练法，但是关于那十二形只简单提了几句，一笔带过。至于十二形的图谱，更是一个都没有！

楚风收起拳经，留着回去参考。不过，能不能参悟出来都不重要了，毕竟，有大力牛魔拳在手，得不到形意拳十二形也没什么。

山林中杀气弥漫，数百只猛兽躁动起来，一个个嘶吼着，随时准备冲过来。

山猫和白犀牛已经悄然退走，躲在兽群后面，正在发号施令。

楚风丝毫不惧它们，来到奇藤的近前。

有一个非常重要的器物他还没有收起来。

奇藤已经干枯，他轻轻触碰了一下，奇藤就刹那间化成了粉末，簌簌落下。

地上那些银色的根须也都化作粉末，轻轻一触就彻底消散了。

此物当真神异，短暂的绽放之后，便又归于寂静。

楚风将石盒捡起，但令他惊讶的是，石盒中哪里还有什么异土，早已暗淡无光，跟平常的土没什么区别了。

而他看到的这片山地也彻底干枯了，地下的精气被抽得干干净净。

楚风的掌心有一颗浑圆的雪白种子，生机旺盛。他有一种感觉，想让这颗种子发芽，估计难度会骤增，因为它太非凡，需要消耗很多异土才有可能。

"雪白晶莹，不染尘埃，这么漂亮，下次不会真种出什么神仙吧。"楚风很轻松地自言自语着，无惧周围的异兽。

他将种子放进石盒中，然后把石盒带在身上。

"嗯？"

他惊讶地发现，那两只异兽霸主在召唤更多的猛兽，可以听到附近的山地间不断有嘶吼声传来，连大地都在轻颤。

难怪它们没有急于进攻，原来是想以兽潮淹没他！

楚风动了，他要突围出去。他双拳舞动，如同无坚不摧的剑锋，刺破了一切阻挡，凿穿了所有障碍！

"砰砰砰！"

他的拳头十分恐怖，最初的几击就将一只又一只巨兽击穿。所过之处，任何巨兽都抵挡不住。

但是，这像是捅了马蜂窝，当兽血溅起时，数百头猛兽不怕死地向前疯狂杀来。

要命的是，远处还传来更多的兽吼声。

楚风即便再强大，也不免一阵头皮发麻。如果猛兽一窝蜂地杀过来，他估计完全挡不住。

他原以为可以杀一儆百，斩杀一些巨兽后会震慑住兽群。没有想到，这群猛兽疯了，不停地咆哮着，震动山林，要一起发威将他杀死。

"嗖！"

楚风一跃而起，跃过兽群，向白犀牛和山猫那里杀去。

他盯上了这片区域的两个霸主。

"嗷！"

月夜下，白犀牛发狂了，它十分眼红那颗雪白的种子，虽然忌惮这个人，但看他杀来了，自然要拼命。

"轰隆！"

它力量惊人，不顾一切地野蛮冲撞。在这片区域中没有哪一只异兽比它力气更大，它可以轻易将山壁撞塌。再进化下去的话，它将有移山之力！

"咚！"

沉闷的响声震动山林，白犀牛面露痛苦之色，它感觉像是撞在一座圣山上，犄角与头都要裂开了。

而事实上，挡住它的只是一个人类的拳头！

见情况不妙，它开始倒退，发出吼声，召唤更多的兽群向这里聚拢。

听到召唤，附近的异兽冲了过去，拥簇着白犀牛，将它保护在中间。

那只山猫则更是狡猾，早已躲到远处，命令其他异兽冲锋，向楚风杀去。

"不太妙！"楚风的神色分外凝重。

这片山地在摇动，有更多巨兽杀来。向远处望去，漫山遍野，密密麻麻的。

"还想留下我不成？我就不信我杀不出去！"楚风迅疾如电，每次出拳都有兽血溅起，他盯着白犀牛，想杀一只异兽霸主立威。

白犀牛在后退，但是它块头太大，在密密麻麻的巨兽中移动起来不方便，最终让楚风杀到它的近前。

白犀牛眼神狠辣，身体冒出一股白光。既然正面遇上了，无法躲避了，它就发狂了，向楚风猛撞过去。

它的力量比陈海的还要大，但技巧略有不足。好在它有杀招弥补，随着"哧"的一声，它的犄角竟发出白光，像是一柄利剑劈了出去。

楚风一闪，迅速避过，没有硬接。

那道白光没击中楚风，倒是接连劈开三只巨兽，十分可怕。

楚风见状，不敢大意，这次他没有躲避，而是施展特别的呼吸法，配合大力牛魔拳，迎上白光。

"砰！"

随着一声巨响，白光崩散。

白犀牛神情骇然，在这片区域，其他霸主见到它动用这一招，都只能躲避，不敢硬碰硬，今日它竟然遇上一个怪物。

"砰砰砰！"

楚风接连挥拳，轰在白犀牛身上，这头庞然大物浑身都是伤，最后死在了这里。

这片区域顿时乱了！白犀牛的死对异兽有强大的威慑力。

"喵！"金色山猫喝令兽群继续围攻。

"看来你不杀死我，不得到那颗雪白种子就不死心啊！"楚风盯着它。

山猫很谨慎，躲在数百米外的山头上，没敢靠近。

附近，兽群奔腾，到处都是兽影，景象骇人。

楚风倒吸一口凉气，他要真被困在兽潮中，即便再强大，多半也得死，因为他的力量迟早会有耗尽的时候。

他猛地跃起，"嗖"的一声冲到一棵还没有倒下去的大树上，在上面借力，而后向着另外一棵大树跃去。

他一跃就是数十米远，速度惊人。

山猫身上的毛倒竖，转身就走。

在这片山林中，它的速度排第一，其他异兽都远远不及，它就不信那个人类能追得上。

然而，很快它就傻眼了，身后那个人类居然在拉近距离，他太快了，竟要追上它了。

"唬！"

楚风手一甩，黑色短剑如同闪电般飞出。

"噗！"

百米外，山猫身上溅起了血，它发出"喵"的一声惨叫，而后眼睛都红了，回头恶狠狠地盯着楚风。

它的尾巴被黑色短剑斩断，落在了地面上。

"喵！"

它疯狂地号叫着，周围的异兽闻声开始飞速奔跑，冲向楚风。

同时，它自己从陡峭的山峰上跃了下去。猫类最擅长攀爬，哪怕这里是绝壁，它依旧如履平地。

"你逃不了！"

楚风冲到山峰上，捡起短剑，抓住一株山藤，"嗖"的一声，直接扑了下去。

"喵！"

通体金黄的山猫发出一声怒吼，它在山下被追上了，它摆脱不了那个可怕的人类。

它咆哮着，浑身绽放金光，转身杀了过来，围着楚风疾速攻击，留下一道道残影。

它竟比那头白犀牛还厉害。猫爪所过之处，岩石如同豆腐般被轻易抓开，它虽然个头不大，但有一身钢筋铁骨，可以撞碎数万斤的巨石，硬度相当恐怖。

可惜它遇上了楚风！

数十次交击后，它被楚风一拳打中脑袋，横飞出去，落地后再也没有起来。

得手后，楚风转身就走。

他感觉到了危机。

这片区域的气氛不正常，所有猛兽都发狂了，此外，天空中开始出现一只又一只巨禽。

他将速度提升到极致，冲向远方。

山地非常猛烈地颤抖，并伴着恐怖的金色光辉。

虽然已经冲出去数千米了，楚风却还是心悸不已。他回头一看，一只庞然大物出现了，它有巨山那么高，通体金光璀璨。

"那是什么生物？"

那是一只巨兽，浑身尽是金色鳞片。它咆哮着从迷雾中走出，向这边奔来。

"嗖！"

楚风头也不回地远去，不想跟那只神秘生物交手。

终于，他冲出了大山。

"那是折叠空间深处的生物！"他在出口这里等了很久都没有见到那只恐怖生灵逼近，故而做出了推测。

楚风迈步远去，在路上，他查看了一下陈海的通信器，发现联系人中除了姓穆的人，还有许婉怡！

楚风冷哼一声，双手用力，通信器化成粉末，随风飘散。

他找了一处宁静之地，准备休息。

不过，在睡觉前，他露出了古怪的笑，开始拨打黄牛的通信器。

黄牛估计睡着了，被吵醒后就直接挂断了，脾气不小。

楚风很执着，再次拨打。

黄牛怒了，依旧挂断，但这次用文字回复了："聒噪！"

楚风气得磨牙，这家伙还真是牛气冲天。

　　他想了想，回复了四个字："生根发芽。"

　　他没说开花了，因为怕黄牛不相信，那样的话估计它就不会百爪挠心了。

　　而后，楚风准备睡觉。

　　另一地，黄牛的眼睛直了，它"噌"的一声坐起，双蹄狂戳通信器，要跟楚风通话。

　　结果，楚风根本不搭理它。

　　它锲而不舍地继续拨打，却发现楚风关机了。

　　黄牛抓狂，气得想骂人，直接跳了起来，"哞哞"叫个不停。

　　人与牛斗，这一次显然是楚风胜出。

　　这一晚，黄牛再也睡不着了，当真是百爪挠心，恨不得立刻杀回去。

　　它才跟楚风分开，那颗种子就生根发芽了？一想到这里，它就气得想尥蹶子，不断磨牙，睡意全消。

　　最终，它把周全拉了起来，不让他睡，让他陪着它在那里闹心。

　　周全被折腾了大半宿，急了，躲到了大黑牛那里。

　　黄牛这次直接找上了大黑牛，在那里叫个不停，跟它磨叽个没完，也不让它睡。

　　"牛犊子，你找揍吧？自己不睡，别拉着我！"大黑牛怒了。

　　"哞哞哞……"黄牛不听劝，跟个话痨似的，凑在大黑牛眼前，跟它说个没完。

　　"牛犊子，你是不是活腻了？"

　　"哞哞哞……"

—— 第42章 ——
实力大增

这一觉睡得格外香甜，楚风起身时，感觉神清气爽。

"不知道黄牛睡得怎么样？"他嘴角带着笑，好奇地想，但硬是没敢开通信器。

寻找了很长时间，他终于发现了一处山泉。他快步走了过去，脱下所有衣服，走进澄净而清凉的水中。

"真舒服！"

昨夜连番大战后，他略有疲累，而且已是深夜，没有找到水源，直到现在才清洗身体。

原本已是初冬季节，但现在山林丰茂，草木葱郁，气温很高，跟夏季没什么区别。

天地剧变后，一切都不能以常理度之。

很久之后，楚风才起身。洗掉了兽血还有进化时排出的污渍，他顿时觉得全身舒泰。

他从水中走出时，在朝霞的照射下，身体表面竟有一层光泽，并且有一股特别的清香。

楚风知道，这是肉身成圣特有的迹象，他会在这条路上越走越远，而且会不断进化。

"在人前时需要注意，别被人察觉到。"楚风自言自语道，而后将脏衣服扔进泉水里，简单搓洗后，晾在一边。

他换上新衣，迎着旭日，开始运转特别的呼吸法。

对于这特别的呼吸法，他每天都勤练不辍。

"咦？"

这才刚开始，楚风就觉得如同置身于火炉中，热烘烘的。

情况很诡异，在他的身上有光焰在跳动，太阳的光辉更像是浓郁了数倍不止，还在他毛孔中流淌。

这是什么情况？楚风诧异万分。

他继续练习时，发现呼吸法的效果强于以往，他通体滚热，身体散发着金色光辉，到了最后他整个人都变得朦胧了。

因为，他完全被金色的光辉笼罩了！

楚风确信，呼吸法更惊人了，效果远超以往。

他很吃惊，照这样下去的话，每天光是练习这种特别的呼吸法就可以不断改善自己的体质了。

一想到这里，他就更不会停下了，而是全身心地投入。

毛孔中金辉流淌，血肉与肌体在轻微震动，脏腑也开始跟着共鸣，人体仿佛在被净化。

长此以往，身体会蜕变！

楚风从未感觉这么舒服过，呼吸法更有效了，每天都如此，体质肯定会进化到不可想象的地步。

不久后，他停了下来。因为练习这种呼吸法每天所需的时间都不长，只要时间一到，即便他再进行下去也会没有效果。

"花粉，触媒！"

楚风确信，今天的情形跟昨夜的奇藤有关，花朵绽放后释放的迷蒙的白雾都被他吸收了，导致他迅猛进化。

"我的体质大幅度提升，更适合使用这种呼吸法了？"他思忖着。

花粉、体质、呼吸法，三者密不可分，以后道路再艰难，也离不开它们。

简单吃过一些野味后，楚风上路了。

"测试一下我的速度！"

楚风带着一阵狂风奔行，道路两旁那些大树模糊了，迅速倒退，沿途飞沙走石。

他速度太快了，全力奔跑时带动起来的气流非常惊人，同时脚步很重，往往会将地表踩裂。

大概跑了十秒钟，楚风便已经跑了两千五百多米。他的速度实在太快，根本就不像是一个人类的表现。

沿途的鸟兽都被惊起，像是看怪物一般，盯着他的背影。

正常的人类哪有这种生命力？毫无疑问，楚风的各项生命数值都达到了骇人听闻的地步。

"每秒钟可以奔行两百六十米左右！"

就连楚风自己都被吓了一跳，这种速度几乎是原来的三倍。他成了一个名副其实的怪物。

他现在将速度提升到极限时，一个纵身就是上百米远。这相当恐怖。

"即便没有大雷音弓在身上，我也可以行走天下了。"楚风确信，现在他有足够自保的实力。

如果再跟银翅天神遇上，他根本无须避退，也不用手持大弓对敌。

接着，他测试了听觉、视觉等，发现全都有了大幅度提升，任何一项数值传出去都足以引发轰动。

站在这里，他能觉察到极远地方的几只蚊虫在飞，甚至能看到它们身上的纹路等，并且，耳中也能听到蚊子的嗡嗡声。

当然，这需要他特别专注才行，并且需要动用呼吸法加以配合。

"不行，平日得封闭这种神觉。"楚风觉得，感官太敏锐也有麻烦，天地间噪声太多，任何风吹草动都会被捕捉到。

因此，不踏足险地时，没有必要开启各种感知。

他注意到一个现象，只要封闭自身气息，身体就不会散发清香，肌肤也不会有光泽，跟正常人一样。

这样也好，免得被人看出什么。

最后，他开始检验自己的力量，一边赶路一边寻找合适的目标。

一会儿后，一块数万斤的巨石进入他的视线，他在地上猛力一蹬，"嗖"的一声冲了过去，而后挥动拳头，向前击去。

"砰！"

两只拳头如同牛魔王之角砸进巨石内，一路无坚不摧，向前凿进，接着他的身体也跟进去了。

"轰隆！"

瞬间而已，他就带着碎石，从巨石的另一侧冲了出来。他像一柄利剑一般破开障碍，就这么将它打穿了。

楚风低头看了看自己的拳头，又看了看晶莹的肌肤，真正感觉到了自身的强大。这次前往雷天城，他定然无惧任何挑战！

他意识到，很多热武器都对自己失效了，比如子弹，根本打不穿自己的身体。

金刚号称拥有不坏之身，在目前的异人中体魄最强，子弹都打不动，可以无视诸多的热武器。

现在楚风觉得，自己绝对可以做到那一步，甚至更强。

"雷天城，我来了！"测试完自己的实力后，楚风心情大好。

直到这时，他才开启通信器，一边赶路一边查看各种留言。

果然，在未接来电提醒中，光是黄牛的就足有数十条，它锲而不舍地打，估计一宿都没睡着。

最近的一次是数分钟前打过来的。

至于文字留言，那就更多了，清一色都是诅咒楚风的，说他不讲义气，是个浑蛋。

他看文字消息时，通信器响了，黄牛又打过来了。

楚风不紧不慢地接通，道："喂，黄牛啊，睡得好吗？"

而后，他赶紧让通信器远离耳朵。

"哞——"

通信器那一端传来震耳欲聋的牛吼声。

楚风觉得自己够明智，不然的话，就这么一通乱吼，保准让他耳鸣。

黄牛气坏了，一宿没睡，那家伙还敢问它睡好没，太可恶了！

这是在挑衅啊！他最好短时间内别跟它见面，不然，见到他时，它肯定会将他揍成八瓣！

楚风心情愉悦，嘴角挂着笑，一边赶路一边跟它通话。

他相当淡定，只字不提昨夜种子的事。

黄牛愤懑极了，真想杀过来，"哐哐哐"给他几蹄子，让他明白山花为什么这么灿烂。

"大哥，终于跟你联系上了……"很快，通信器那一端传来了另一个声音，那是带着哭腔的周全。

他抢过通信器跟楚风通话，泪流满面地说道："我这一宿都没睡觉，那头牛非要拉着我唠嗑。"

"什么情况？"楚风问道。

"你还问啥情况！昨天夜里你到底把黄牛怎么着了，它……"周全声音中带着哭腔，向楚风诉苦。

昨天整整一夜，黄牛死活睡不着，还不让别人睡，拉着周全，说个没完没了，跟个话痨似的。

"小子，我警告你，别欺负牛！"突然，大黑牛也凑了过来，将通信器夺了过去，对楚风吼道，大声威胁他。

因为，它也一宿没睡，黄牛死猪不怕开水烫，也拉着它"唠嗑"，都不怕挨揍了。

"我哪敢欺负牛啊。"楚风干笑，最后更是补充了一句，道，"我都不吃牛肉了。"

"啥，你说啥？再说一句！哞……"大黑牛在那边狂吼。

楚风赶紧将通信器丢到一边，这声音也太大了，他有点担心，通信器会不会被这牛魔音震坏。

"小子我警告你，别惹牛，不然的话，下次见面我非狠揍你不可！"大黑牛在那边威胁他。

楚风不说话了，在那里默默发誓，到了雷天城，一定要吃红烧牛肉、水煮牛肉、酱牛肉、咖喱牛肉……吃个够！

终于，黄牛将通信器抢过去了。

"黄牛啊，我挺想你的，吃得还好吧，睡得……差不多就行了。——你说啥？我听不懂啊。"

"哞哞哞……"黄牛又被气到了。显然，它是想让楚风详细说出种子的情况，但是那家伙故意装糊涂。

"行,我知道你的意思了,赶紧离那个大神棍远一点,找个没人的地方,我跟你细说。"楚风小声道。

不然的话,黄牛都要抓狂了。

黄牛终于安静了,抱着通信器飞快地跑远了。

楚风将发生的事向它讲了一遍,最后更是用通信器对着雪白的种子拍了几张照片,传了过去。

通信器另一端,黄牛鼻子中冒着白烟,耳朵中喷着火,它实在气坏了,等了将近二十天,什么都没看到。

结果,它刚离开,那种子不仅生根发芽,还直接开花结果,这不是故意气它吗?

"哞!"

黄牛直尥蹶子,而后更是用头猛撞一座石山,愣是将那地方撞到崩裂。

它觉得,整片天空都是灰暗的,它居然错过了那样一颗神奇的种子,实在是不可原谅的重大错误。

黄牛后悔得肠子都青了,早知道会这样的话,它再多等上那么两天就是了,或者直接就不去昆林山了。

它觉得无比受伤,"哞哞"叫个不停。

到最后,黄牛更是发出另类的惨叫:"哞哞哞,嗷……"

"它要变异了?体内有其他族的血脉?"周全狐疑地问,结果大黑牛直接给了他一蹄子。

最后,楚风又发了一条文字消息——

"黄牛,去了昆林山记得多找些异土,全部打包带回来,雪白种子还等着发芽呢。"

黄牛看到这条消息后,叫得更凄惨了。

"哞,嗷嗷嗷……"

远处,大黑牛抬头,问道:"真变异了?"

楚风心情舒畅,一路向北狂奔而去,大喊着:"雷天城,我来了!"

太阳很大,普照着山林。雾霭终于散开,各种兽吼声不时从山脉中传出,还有一些猛禽在空中盘旋。

这就是海明城外的景象。

自从天地剧变后，这个世界越来越难理解。许多地方的地貌都发生了很大的变化，跟过去相比显得有些陌生了。庆幸的是，突然出现在那些山脉中的怪物出不来。

海明城是国内最大的城市之一，天神生物的总部就在这里。

穆家也在这座城市中。

这是一座占地很广的园林，是穆家的一处别院，建筑风格复古，景色很美。

室内客厅开阔，装修很讲究，座椅、茶几等都以紫檀木为主，摆设等古色古香。

"联系到陈海了吗？"一个中年人问道，他是穆家的一名重要成员，名叫穆清河，是穆的父亲。

"还没有。"一名异人禀报。

穆清河闻言，将茶杯放下，任袅袅茶香飘荡。他皱着眉头站了起来，慢慢踱步，道："出事了。"

"叔父，不太可能吧？陈海不见得比金刚弱，即便不敌也可以全身而退。"穆卓说道。他很年轻，二十几岁的样子。

"我也不想相信，毕竟我对他抱有很大的期望，连合金盾牌都给他了，可一晚上都联系不到，多半是出事了。"穆清河阴沉着脸说。

他是穆的父亲，对这件事自然比谁都上心。

"金刚有那么厉害？"穆卓不太相信。

陈海最后跟他们通话时，和他们说自己是去追金刚了。

"再说了，合金盾牌可是掺杂了那种神秘金属的啊，非常坚韧，可以将他的防御力提升一大截。"穆卓说道。

"陈海拳法惊人，要真给他找到了合适的异果，他定会崛起，成为一个绝顶高手。"穆清河说道。

能找到这样一个人很不易，对穆清河来说，如果失去了陈海，就等于失去一个异人中的绝顶高手。

只要有神秘果实，陈海未来的成就一定会非常恐怖。

"看来，古武真的要再次焕发生命力了，属于体术的黄金时代到来了。"穆卓说道。

"体术可以促进进化，自然非常重要。"穆清河点头，显然他知道很多别人不知道的事，他又道，"古武一直很神秘，从未彻底没落。"

"服食神秘果实后，除了体术，还有其他办法辅助进化吗？"穆卓问。

"自然有！"穆清河肯定地回答道。

随后，他又开始担忧陈海，他真不希望陈海发生意外，因为那样的话，他的损失就太大了。

海明城，碧湖湾别墅区。

富丽堂皇的客厅中，许婉怡也在跟林夜羽谈论陈海的事。

"金刚竟然那么厉害，将陈海杀掉了？"许婉怡相当惊讶。

"不见得是金刚，或许另有他人也说不定。再说陈海也只是暂时消失，不一定死了。"林夜羽皱眉说道。

"如果被无声无息地杀掉，那才可怕，难道是迦释门徒这种怪物出手了？"许婉怡有点怀疑地说。

"不好说！"林夜羽摇了摇头。

很快，他们转移了话题。许婉怡说有人想请她参演一部末世大剧，以天地剧变为主背景，在当下应该很励志。

据说，所请的都是重量级明星！

许婉怡有些跃跃欲试，因为，她也在荧屏上火过，只是后来嫁给了林夜羽，才渐渐淡出人们的视线。

"我听闻卫城山一战时有人也在那里不要命地拍摄取景，或许对你们有用？"林夜羽说道。

"那几人被业内嘲笑了，没有名气的小导演还想拍什么史诗级大剧，你可别让我沾惹他们，会被人笑话的。"许婉怡说道。

"不对呀，你不反对我参演吗？"她像是才回过神来似的。

"不会，你愿意就好，我又不是族中的那些老头子。"林夜羽笑着道。

林夜羽离开后，许婉怡表情很冷地自言自语道："楚风，我妹妹的死或许跟你无关，但我还是很不喜欢你！"

被两方人马都念叨过的楚风正在一路疾驰，他要尽快赶到雷天城。

沿途他看到一些荒废的村庄，只有一些异兽出没，景象让人心头沉重。

有些村庄的人是自己搬去了别处，有些则是被一些变异的生物攻击，村民全部遇难。

现在还可以看到一些村庄中有大片的血迹。

楚风将通信器联了网，他在查看各种新闻报道。

果然，最近这两日发生了很多类似的惨案，目前政府正在救援，同时派遣军队去灭杀游荡在村庄附近的异兽。

楚风意识到，和平时期结束了，各地蛰伏的异兽终于出来了，未来将会越来越危险与可怕。

路过这样的地方时，他果断出手，在一个村落中杀了一窝变异的野猪。那些野猪太凶残了，整片村庄都被它们毁了。

"怎么会有一窝，难道它们不是吃异果进化的，而是触及了花粉？"楚风心头变得沉重。

异果很少，一株植物上多半只能结出一颗。但花粉就不同了，或许可以让附近的生物同时变异。

将这个因素考虑进去后，楚风脸色凝重，异兽的数量或许比人们想象的还要多。不过，这窝野猪的实力并不是很强，或许是因为花粉过于分散。

一路上，楚风又看到几个死寂的村庄，这让他心头越发沉重。

同时，他也数次看到军队正在围剿异兽，用重型武器射杀它们。

"杀！"

当看到一只五六米高的黑色巨犬撞翻一辆装甲车时，楚风疾速冲了过去，一拳将它的脑袋打穿了。

"噗！"

黑色巨犬顿时丧命。

楚风没有停留，刹那间远去。

这只是他沿途看到的部分景象，可以想象这种事不算少，各地都有发生。这预示着，美好时代结束了。

黄昏时，楚风路过一个较为偏僻的村庄，发现那里有大片的血迹，但也还有人没有逃离。

村头有几个脏兮兮的孩童，显然受了不少苦。

此外，还有一些老人坐在一起叹气。

那里几乎没有青年人或者壮年人。

"这里有异兽，你们怎么留下没走？"楚风走进村中询问他们。

他知道，这样的村落不宜久留，应该马上逃离才对。异兽时常出没的地方太危险。

"我们原本想逃走，但是有些亲人在妖怪手里。"一个十三四岁的少年眼睛发红地说道。

有妖怪？什么情况？楚风愕然，他打算详细询问，了解一下这里的情况。

询问了不久，他怒意顿起！原来，有只较为强大的异兽居然效仿传说中的妖王行事，穷凶极恶。

这只异兽号称"黑风老妖"，竟然懂得各种胁迫手段，驱赶大半个村的人帮它去挖"洞府"，同时，它威胁剩下的老弱不要逃，不然的话，它就将抓走的那些人都吃掉。

真成精了？楚风惊异的同时，露出杀意。

"大哥哥，我们好饿啊。"一个孩子凑到近前，仰着小脸望着他。

另外几个孩子也怯生生地凑了过来。

"别怕，你们稍等！"

楚风大步离开，而后在无人的地方猛地提速，如同疾风般冲向那片山岭。

这只异兽是一只黑狐，它在这里作威作福，让人挖出一个很大的洞穴，要修建所谓的"府邸"。

楚风赶到时，在洞穴中看到了这只黑狐，它个头很大，足有七八米长，正眯着眼睛，让人给它读各种新闻报道。

果然，野兽变异后，有不下于人类的智慧，它在了解人类的动态。

黑风老妖懂得从网络上获取各种新闻，着实不简单。

它又很残忍，饿的时候，会直接吞下一个活人。

"咔！"

来到这里之后，怒气冲冲的楚风没有任何耽搁，第一时间出手了。

这只黑狐很强，不然的话也不会效仿传说中的妖王要建"洞府"，它居然跟楚风过了几招，还吹出了可怕的黑色罡风。

那黑风很可怕，如果是一般的异人的话，真的挡不住，会被化成肉泥。

不过，跟楚风相比，它还不行。

"噗！"

楚风一跃数米高，扑到近前，右拳轰出，洞穿它的额骨，解决了这只危害附近村民的黑狐。

洞穴中有不少青壮年男人，得救后又哭又笑。对他们来说，这些天发生的事简直像是一场噩梦，谁能想到，昔日的一只狐狸居然可以这样"统驭"他们。

天地变了，让人越来越无法理解。

许多生物都在进化，有了极高的智慧，这个时代对人类来说很糟糕，人类不再有优势。

村民被救出后，准备立刻搬迁，觉得这地方不能久留。

楚风告诉他们，军队估计快到了，已经开赴这片区域，可以在这里等一等。

他的脸色很黑，那是故意抹的草木灰烬，他不想被人看到真容，怕惹出麻烦。

离开时，楚风进山杀了几只猛兽，将尸身带了回来，亲自烤熟分给孩子们吃。听着他们开心的笑声，他也很满足。

当夜，有几辆装甲车开到了这里。

楚风当即离开了，不再停留。

夜晚过去，白天到了，楚风开始发足狂奔，他想早点见到父母，不想在路上耽搁太长时间，所以拼命赶路。

终于，午时时分，楚风到达雷天城！而也就在此时，一则消息引发各方震动。

凌山上有很多庙宇，更有千年古刹，天地剧变后，这里尽显不凡之处。有几只猿猴类生物占据了此地，曾经跟菩提基因的人马大战，击败后者。

这件事虽然一直处在保密状态，但不少势力都有自己的消息渠道，多少知道一点。于是这段时间里，很少再有势力去攻凌山，因为，但凡出手的人都惨败了。

有人评估过，其中一只老猿的实力不会比卫城山的白蛇弱，说深不可测一点也不为过。

最主要的是，它也有可怕的神觉，能提前躲避危险，各种热武器中的大杀器都不见得能杀它。

凌山后面紧挨着大山，它若是觉察到不对，随时可以逃进折叠空间。

此外，这几只猿猴类生物一直没有进行大杀戮，所以那片区域相对还算安宁。

当然，菩提基因不会这么认为，因为他们损失惨重。

也正是因为如此，各方对那里忌惮不已。

就在今日，谁都没有想到，凌山上居然有了动静。

那只老猿最近都在一座古刹中诵经，但今天竟走了出来，正式对外宣布，它将立下一门派，名为大林寺。

这消息掀起了巨大的波澜，各方都不能平静！

第 43 章

家

一只老猿立下了门派，这事当即震动天下。所有人都在谈论这件事，这件事的影响实在太大了！

那可是一只异兽，并不是人类，竟然能占据凌山立教，这实在让人难以置信！

"大林寺"三个字瞬间传遍天下，让所有人都记住了。

"我们到底处在怎样的一个时代？异兽崛起，难道人类要开始没落了？"

"对于飞禽走兽来说，这是一个璀璨的黄金年代，而人类却遭遇了有史以来最大的危机！"

"不用怕，人类中一定也有强大的进化者，不会弱于异兽，这很公平。天地剧变，人类文明或许会再一次飞跃，达到一个无法想象的高度。这是大机遇啊！"也有人信心十足地说道。

一时间，有人哀叹，有人呐喊，网上的议论更是爆炸了，这个消息引发的风波大得超乎想象。

随着大家的深入挖掘，关于凌山的各种真相都渐渐浮出了水面。

"凌山上的变异草和非凡小树可不止三五株，数量之多足以让异人疯狂！"有人泄露了其中的秘密。

同时，还有不止一个大财团出击，想要攻占凌山！因为那里太神秘了，自天地剧变后，凌山就异象频现，极其不凡——山顶冒出金霞，绝壁长出奇树，庙宇前还接连有异草发芽……

这些变化怎么能不让人动心？

各大财团洞悉这一切后，眼睛都红了，纷纷派遣大量高手杀了上去，只可惜最后都铩羽而归了。

其中，菩提基因的损失最大。

几只猿猴强大得可怕，其中那只老猿最强，它可讲人语，也了解人类，拥有非凡手段，让人觉得不可思议。

这时，菩提基因中有人站了出来，既然消息已经泄露，他们便索性又主动透露了一些真相。

凌山上有几棵菩提树，笼罩着朦胧的金色光辉，散发出异香，神异无比。

菩提基因确信，这几棵树绝对比现在发现的异草和其他奇树都要强很多。其中那一棵千年金刚菩提老树更是无法想象，据传可能是圣树，光辉普照，映衬得整座山峰都神圣无比。

至此，人们终于明白为何各大势力会发了疯般地猛攻那里了。

凌山出现了那么神异的事，但凡是异人都会动心，更何况是有野心的各大财团，怎会甘心让好处落在他人手中，自然要抢夺。

只是他们没有料到异兽会这么敏锐，而且实力更强大，一只老猿就击败了各方势力，带着族人最终占据了那里。

当了解到真相后，各地沸腾了。谁没有想法？哪怕不是异人也难免心动，恨不得立刻杀上凌山，毕竟那棵千年金刚菩提圣树太吸引人了。

就连楚风心中都急切难耐，他很吃惊，虽然早已知道凌山上有奇树，但没有料到会这么惊人。

"那么多奇草异树，足以让人疯狂，让他们忍不住去飞蛾扑火。"有人感叹道。

其他异兽知道消息后，估计也会发疯。

但人们也明白，那几只猿猴已经站稳了脚跟，凌山多半拿不下了，人类的几大势力都已败北，谁还敢上？除非政府出手！

瞬间，很多人明白了，老猿口吐人言，立下门派大林寺，这算是在昭告天下，它无惧挑战。

显然，它是想看各方的反应。

不久后，菩提基因第一个发声，表示彻底放弃凌山，不再争夺。

连菩提基因都退出了，人们意识到，那只老猿比他们想象的还要恐怖。

"万物有灵，众生平等。"当日，老猿开口，讲了一些平和的话语，表示不愿伤及无辜，可与人类共处。

同时，它还委婉地表示，愿意跟相关高层一见。

击败几大势力后，它开始表达善意。

"这只老猿当真了不得，居然想进人类的巨城，还敢跟高层一谈。"不少人都吃惊了。

有的财团意识到，老猿这是想"合法化"，最后会跟他们一样，形成一股超大势力。

"不日，大林寺将收门徒，不分种族，有缘皆可来！"不久后，凌山上的老猿竟放出这么一则消息，再次引发轰动。

各方都被惊住了，老猿手笔不小，立下大林寺，还真不是说说而已。许多人也因此动心了！

凌山上原本就有很多寺院，更有千年古刹。在古代时，那里便颇负盛名，现在，老猿立下门派，名为大林寺，颇有深意。

雷天城是国内最大的几座城市之一，城中高楼大厦鳞次栉比，宽阔的街道上人流如潮，商店里各种商品琳琅满目。

突然回到人气这么足的地方，楚风真有点不适应。

这边无比繁华，对面却如同原始之地，矗立着很多大山，大山中有各种猛兽出没，更有凶禽在盘旋，景象稀奇。

前后反差太大，让楚风恍若隔世，但他无心驻足，拦了一辆车，想尽快见到父母。

来到父母的住处，他们不在。两人都有工作，现在还没有回来。

显然，雷天城的秩序维持得很好，各行各业都十分稳定。

总算回来了！楚风长出一口气。他有家中的钥匙，打开门，家里没什么变化，还跟过去一样，这让他稍微安心了。

楚风开始上网，继续关注有关大林寺的各种报道，他有一种预感，这只是开始，或许其他异兽也会有动作。

"大林寺居然有一棵千年金刚菩提树，这可是黄牛都在惦记的大机缘。"他感叹道。

关于金刚菩提树的报道有很多，据闻，这些菩提树只要开花结果，就能促进各类生物迅猛进化，效果惊人。

目前发现的草木，大多都只能开花结果一次。凌山大林寺的金刚菩提树却不是这样，据传它们每年都可以开花结果，尤其是那棵千年老树，更是不可想象！

如此情形，谁不眼红？估计那些大财团心都在滴血呢。

不过幸好还有别的名山大川，他们还有其他目标可以争夺。

楚风听林诺依提到过这些。他仔细搜索，果然发现各地都不宁静，尤其是那些名山附近很不太平。

虎泷山、沅林山、千普山、悬田山、宝峦山……这些地带都有战斗的痕迹。

不过，只有个别消息流传出来，现在谈论的还很少。

楚风可以想象得到，那些地方必然会杀到疯狂，场景无比血腥。

凌山有金刚菩提树，其他不弱于它的名山中未必就没有奇异的古树。

网络上有人发了一张照片，照片显示普梦山上有恐怖大战，据闻那里的山崖都被血染红了。

那个人发的照片很模糊，但还是隐约可以看到有人类和恐怖的异兽在普梦山上厮杀，而且，各座山峰上都有战斗的身影。

可是，这张照片很快就被人删除了，也不知为何。

楚风心中极不平静，有些蠢蠢欲动。他想了想，决定探一探两头牛的口风。

"黄牛，睡醒了没？"拨通通信器后，楚风笑着问道。

黄牛想踢他！想到昨天的事，它现在都还觉得恼火呢！如果楚风站在它面前，它早就扑上去了！

"哞！"

"你是说，早就睡醒了，一天没通话挺想我的？"

黄牛听他这么一说，鼻子都要气歪了，它觉得楚风又贱又坏，脸皮比它的还厚。

"别急，我是想跟你商量件大事，我们闹个惊天动地，怎么样？"楚风放低声音，一副很了不得的样子。

"说！"黄牛发来文字消息。

"天下名山何其多，你还去什么昆林山！咱们也去抢一个山头，不比什么都好？"楚风撺掇它。

黄牛"哞哞"叫了几声，那意思是，它早就想这么干了。

"那就付诸行动！"楚风微笑着说。

黄牛叹了口气，发文字消息告诉楚风，现在的名山全都在发生流血事件，大战的激烈程度无法想象，掺和不进去。

它明确告知楚风，现在各方都杀红了眼睛，都想拿下一个山头，用以安身立命。

菩提基因、先秦研究院、天神生物、地外文明所等大财团都在跟异兽开战，杀得血流成河，几近白热化，只是没有报道出来而已！

大财团意识到，未来想要雄踞一方，必须攻下一座顶级灵山才行，那是崛起的根基所在！

因为，顶级灵山上的草木的非凡程度无法想象。

黄牛很无奈，它和楚风现在算是散修，人单势孤，没有办法去跟那些大势力争夺。

"大老黑呢？"楚风问道。

"小子，你说谁呢，叫谁大老黑？"大黑牛耳朵太灵了，隔着很远就听到了，在那边大声叫嚷。

楚风干笑，他其实就是想找大黑牛探口风。

"黑老大，你就不动心？"他谨慎地询问。

大黑牛怎么听怎么别扭，弄得它好像是黑道头子似的，它没好气地斥道："你小子憋了一肚子坏水，想从我这里打探消息吧？"

"我的意思是，咱们可以叫上所有牛兄牛弟，再或者，你赶回昆林山，喊上那只藏獒，还有那只金色的大鸟，再联络一些人手，咱们来个大手笔，也夺下一座顶级灵山。"楚风出主意。

"有昆林山在，它们还会舍近求远？告诉你，西部打得更疯狂，一寸山河一寸血，没人会离开！"大黑牛说道。

"要不咱们去偷袭？比如凌山大林寺，那只老猴子不是要离山去见人类高层吗，我们趁机潜入，采摘个两筐菩提果……"

听到凌山大林寺，大黑牛磨牙，道："那猴子是我结拜兄弟，我不去！"

而后，它果断结束了通话。

不久后，黄牛给他发消息，告知隐情——大黑牛曾经悄悄摸上凌山，结果被追杀得很惨。

"都被人打了，还说是结拜兄弟？"楚风哭笑不得。

"给自己找台阶下呗！"黄牛也很鄙夷这种厚脸皮的行为。

但是，很快就传来了它的惨叫声。联系中断了！因为大黑牛发现了它的小动作，直接给了它一顿狠揍。

楚风放下通信器，暗自思忖。他当然没有疯狂到想去攻下一座顶级灵山，只是想从大黑牛那里了解情况。

现在看似平静，其实各大名山中都是暗流汹涌，在不为人知的层面发生着激烈的战斗，极其恐怖！

"不知道诺依怎么样了，她现在的处境一定很艰难吧？"楚风皱眉自言自语道。

忽然，门口传来响声。

他赶紧起身，应该是父母回来了。

门被推开了，一个五十岁出头的男子走了进来。他并不显老，两鬓微白，其他大体都是黑发，略显儒雅。

在他的身后有一名女子，将近五十岁，慈眉善目，一看就是个很和气的人，现在却带着愁绪。

他们就是楚风的父母——楚致远和王静。

"不知道小风到哪里了，真让人担心啊。"王静说。她刚回到家，立马取出通信器准备和楚风联系。

这两日各地突然间就不安宁了，开始有一些异兽闯入村庄，发生了很多起血案，着实让她吓得不轻。

"小风说他跟人坐车回来的，车上有异人，应该没问题，不要担心。"楚致远安慰妻子，他比较镇静。

"妈，爸！"

王静吓了一跳，向客厅望去，正好看到楚风向他们这边走来。她脸上的忧色一下子消失了，露出一副无比惊喜的样子。

"小风，你回来了！"

即便楚风早已长大，在她眼里也还是孩子。她快速走了过去，拉住他，左看右看，脸上满是笑容。这段日子她担心不已，怕楚风在外边有危险。

"回来就好！"楚致远也非常高兴。

"你这孩子，回来了怎么不告诉我们？"王静数落他。

"这不是想给你们惊喜吗？"楚风笑着说。

这段时间发生了太多事，有许多人家都不能团聚了，因为天地剧变，不少地方道路中断。现在，他们一家人能够团聚，自然分外开心。

"告诉妈，你想吃什么，我去给你做。"自从见到楚风回来，王静脸上的笑就没有消失过。

"我想吃……牛肉！"楚风念念不忘要吃牛肉，现在回到雷天城了，终于离开了那两头牛，再也不用忌讳了。

"不太好买，不过没事，让你爸去找熟人试试看。"王静说道。

楚致远点头，就要出门去买。

"爸，妈，不用了，我都买回来了。"楚风赶紧阻止，他就担心会出现这种问题。

天地剧变后，正常的粮食供给没问题，但有一些食物略显紧张，比如牛肉，因为通向北边草原的道路断了，运输起来很不方便。

楚风打开冰箱，取出几大块鲜肉。

"这么多！你怎么买到的？"两人惊讶万分，因为这种物资太紧缺了，有钱也不见得能够顺利买到。

"在路上买的，我就担心雷天城供应紧张。"楚风笑着道。

"路上还有牛肉卖？"

"有一头牛变异了，四处伤人，被路过的异人杀掉了，当场处理卖给路人。"楚风急忙解释。

的确是一头四处为祸的牛，变异后，它虽然不吃人肉，但会疯狂地伤人。楚风在路上发现它时，它正在发狂呢，差点将一个村庄彻底毁掉。

楚风不好将实话告诉两人，怕他们担心。

这一顿饭算得上是牛肉大餐，红烧牛肉、水煮牛肉、爆炒牛肉、酱牛肉……

"儿子，你这是受什么刺激了吧，怎么突然这么爱吃牛肉了？虽然这确实是一桌子菜，可其实都是一个种类啊。"王静说道。

"你不会在半路上被变异的牛给踹了一脚吧？"知子莫若父，楚致远怀疑地看着楚风，琢磨着，觉得他没准是在变异的牛手上吃亏了。

"被您说对了，我最近受牛气了，那头大黑牛蹄子有这么大，对，跟水盆差不多大，差点踹我一脚，还威胁我，所以我得好好地吃回来。"楚风说道。

"啥，你真跟变异的牛近距离接触过？伤到哪里了？让我看一看。"王静很不放心。

"没事，我怎么可能会被牛欺负，它没踹到我。妈，您做的这些菜真是绝了，太好吃了！"楚风赶紧转移话题。

"来，陪爸爸喝两杯，难得今天这么多菜。"楚致远今天很高兴，有了喝酒的兴致。

"好！"楚风赶紧去倒酒。

"这世道真是让人看不懂了，连只猴子都敢称王称霸，真是无法无天了，盘踞凌山立下门派，真跟天方夜谭似的。"喝了几杯酒后，楚致远脸膛发红，开始说起报道中的那些事。

"那猿猴还算不错了，最起码没像那条白蛇一样毁城，待在庙宇中的应该很和善吧。"王静说道。

"这你就不懂了，这只老猴子很狡诈，估计非常厉害，真要惹了它，它多半能掀翻天。"楚致远说道。

"怎么可能，那猿猴一看就很好，慈眉善目的，不是穷凶极恶之辈。"王静辩驳，觉得凌山大林寺的猿猴不是恶茬儿。

"这能看出什么，猴子那种生物说翻脸就翻脸，你防不胜防。"楚致远说道。

"你这是有成见，不就是年轻时去凌山游玩被一只猴子抓了一把吗，现在还记着呢！"王静当场揭他短。

"你冤枉我！"楚致远脸红了。

楚风在一旁看得嘿嘿直笑。

"你看，儿子都笑话你呢。"王静也乐了。

……

这顿饭吃了很久，一家人都特别欢乐。吃完了饭，一家人就聚在一起看电视、吃水果。

"爸，妈，你们以后要是突然长犄角，或者会喷火，会觉得怪吗？"楚风很自然地问道。

"那不成妖怪了？"

"是啊，我觉得现在的异人更适合叫妖人。"

楚风听到这句话，嘴里的一块苹果差点喷出去。随后，他没提紫金松子的事。他没有想到的是，父母还挺有想法的，所以他准备上网仔细查一下，一旦变异都会发生什么。

比如周全，那种变化的确让人有点哭笑不得，别人的特征都能隐藏起来，他倒好，根本藏不住，一次比一次惊人，生怕别人不知道他长得"霸道"。

"对了，小风，你回来得太是时候了。"王静一边看电视一边笑着说。

"怎么了？"楚风满腹狐疑，不知道她葫芦里卖的什么药。

"我有个好姐妹，她的侄女特漂亮，我上次可是亲眼看到了，长得比那些明星还标致，我特别托那个好姐妹了，准备将她那侄女介绍给你。"王静高兴地道。

楚风一阵头大，赶紧跑回自己的房间。

"小风，我跟你说，这次你不能错过，那姑娘可有气质了，据说跟那个女神姜洛神还是同学呢，而且不比她差。"

楚风吓得直擦汗，回家第一天居然就要被安排相亲，这他可真没想到。

他也知道，父母当年晚婚晚育，将近三十岁才有了他，这是不打算让他步后尘，提前准备上了。

片刻后，楚风静下心来，露出了笑意。或许，这才是正常人的生活吧。

刚才他有点不适应，可细细想来，常人的父母不都是这样吗？

最近一段时间，他经历的都是什么？跟黄牛学法，大战白蛇岭，杀陈海，闯大山，跟异兽厮杀。

或许这些才不正常。

"这么短的一段时间，竟然改变了我的世界观。"楚风轻叹。

过去他不相信那些神话传说，可是最近遭遇了太多怪异的事，实在是颠覆了他的想法。

楚风让通信器连接上网络，仔细翻看一些报道，想知道服食异果后的各种症状，得到的结论是，总的来说，因人而异，不同的人表现不同。

夜晚，星光灿烂，楚风站在敞开的窗前练习特别的呼吸法。

今夜，他感觉很特别，跟以往不同。

自从进化后，他的体质提升了一大截，他练习特别的呼吸法时，也逐渐有不同之处了。

早上时就不必多说了，会被金色光辉笼罩；现在夜里也变了。以前是柔和的光辉落在他的身上，现在则多了丝丝缕缕的黑雾，很稀薄，却可以被他感知到。

这一缕又一缕的黑雾无比冰凉，悄悄没入他的躯体。

"咦，效果更佳！"他很吃惊。

他的身体像是被水冲洗了似的，冰凉彻骨，血肉更通透了，脏腑也有了光泽，身体在略微进化！

结束呼吸法的练习后，楚风发现自己神采奕奕，整个人无比舒泰，刚才的进化速度加快了！他知道这是好事。

"黄牛，呼吸法出大问题了！"楚风第一时间跟黄牛通话。

黄牛被吓了一跳，用文字询问他发生了什么。

"我练习特别的呼吸法时，有妖邪入侵，带着黑雾从天而降，向我身体里钻！"

"哗！"黄牛睁大眼睛，那表情太怪异了，跟活见鬼似的。而后，它嫉妒羡慕恨，对楚风瞪眼、磨牙，就差吐口水了，显然非常不忿。

"是妖邪入侵，还是说我突破了，超过你一大截了？"楚风嘿嘿笑着问道。

"呸呸呸！"黄牛愤愤地敲下这么几个字。

而后，它不理楚风了。

楚风尝试跟它联系，它果断关闭了通信器，把他晾在那里。

"死牛！"

•——第〈44〉章——•
异乱

接下来的两天，楚风过得十分安逸，待在巨型城市中，看不到异兽，跟以前的假期没什么区别。

后来，他去商场逛了逛，竟有些新奇感，主要是因为他最近总在大山间接触异兽，状态还没有调整过来。

楚风竟然在奢侈品店看到了兽骨、鸟喙等，他十分惊讶，这些东西都能摆上柜台？

一看价格，他吓了一跳，都是上万地球币起，比其他奢侈品都要贵。

"先生，您看中这个火鸦喙吊坠了吗？真是好眼光。您看，它火红如玉，不仅美观，而且拥有奇效，戴在身上还可以舒筋活血。"

一名漂亮的女店员走来，微笑着向楚风介绍这一块像是玉石的火红鸟喙。这块鸟喙是经过打磨的，如今晶莹透亮。

"它对身体有益？"楚风有些好奇。

"当然，您看，这可是一只异禽全身的精华部分，猎杀它很不容易，它蕴含神秘能量，您可以摸一下，看是否觉得有热流进入身体。"漂亮的女店员小心地取出火红的鸟喙。

楚风摸了摸，似乎真的有股暖意慢慢渗透进身体。

"这么贵！"他看到了价格标签，上面居然显示着三十万地球币。这么多钱，一个家庭即便不吃不喝也要攒很多年才行。

"对，这一块是精品。您知道的，异兽特别恐怖，非常难消灭，而且不是每只异兽都能产出这种神异的东西。"漂亮的女店员很温和地向他介绍，并指了指其他几块兽骨。

相对来说，那些物品的价格不是特别离谱，但普通人也绝对承受不起，因为数字后面的计量单位都是万。

很快，楚风发现一块更贵的兽骨，需要一百万地球币！

"换算一下的话，差不多是五百万九州币。这是雷豹的额骨，也是它可以劈出雷电的部位，可谓全身精华之所在！"

女店员在介绍时略显激动，双眼发光地盯着那块兽骨。

地球币是通用计量单位，各国适用，和九州币差不多是一比五的关系。

经历过那场毁灭性的战争后，在后文明时代，人们又启用了古代对于东方的一种称呼——九州。

近些年来物价不高，一个家庭每年有一两万九州币就足够应付日常开支了。可以想象，一块兽骨价值五百万九州币是多么昂贵。

"这块雷豹骨有什么用？"楚风问道。

"它溢出的雷电对人体有极大的好处，可以刺激细胞活性，显著增强体质……"女店员说了一大堆好处，最后更是眼神炽热，补充道，"更能刺激和改善肌肤，美容效果无与伦比！"

"有这么神吗？"楚风想看一看那块兽骨。

女店员有些犹豫，这超过了她的权限，最后，她去找店长签字后才谨慎地将它取出，放在柔软的丝巾上。

楚风仔细观看了一下，这块兽骨经过打磨后，只有三寸多长，两寸多宽，雪白细腻，确实比玉石还精美。

他将其握在掌中，果然有酥酥麻麻的感觉，有一些奇异的电流从骨中溢出，向他体内蔓延。

"这是蕴含着神秘力量的电流，与普通电流不同，对身体十分有好处。"女店员只让他简单试了一下，就快速将它放回原处。

"还行！"楚风点头。

女店员像是看怪物一般在一旁看着他，雷豹骨也只得到"还行"的评价？这可算是目前的珍稀材料了！

楚风觉得自己太浪费了，白犀牛的角还有那只金色山猫的皮竟然被他扔掉了，真要拿到这里，肯定价格不菲！

"你们这里帮人寄卖吗？"楚风试探着问道。

他对这家奢侈品店印象不错，最起码漂亮的女店员和店长都很有耐心，并没有因为他不买东西而轻慢他。

女店员告诉他可以，并微笑着送上一张名片。

"洛神？"楚风万分惊讶。这是一家规模不算小的奢侈品店，在许多城市都有分店，品牌的名字是洛神。

这不会跟姜洛神有关吧？他有些怀疑。

楚风离开了这里，一路上，他开始思考一些事。

普通人家一年的花费也就一两万九州币，这个奢侈饰品店内一块最便宜的兽骨都要价数万九州币，昂贵的则达到了数百万。他的家境还算不错，却跟奢侈不沾边。他发现，就这么几天时间而已，他至少将数百万九州币扔在山林中了。想到这里，他吓了一跳，这种大手大脚的毛病还真是有些恐怖啊。

"我曾经赚了那么多的九州币？"他脸色古怪，心里很不是滋味。

不过，仔细想一想，他确实可以做到很多别人做不到的事。杀掉陈海，意味着他目前已踏足异人中的绝顶强者之列。

想杀异兽，得靠这种高手。

"钱虽然不需要很多，但也得足够花。"楚风琢磨着。

他有了去猎取最珍稀兽骨的计划，想着帮母亲王静打磨成手镯，佩戴在身上，那样的话，对身体非常有益。

同时，他也想帮父亲楚致远弄一条兽骨串，选顶级的骨质，但看着要朴实，不要太显眼，让父亲去把玩，滋养身体。

"我要做一名猎人！"楚风严肃地对自己说，但最后，他自己都忍不住笑了。

他已经毕业了，原本是要去工作的，可在现在这种大环境下，他的人生轨迹显然要有些不同了。

楚风在规划自己的未来，他不可能总待在雷天城，既然已经走上了进化这条路，他是不会停下脚步的。

他觉得，要去那些名山大川转一转，哪怕没有能力攻下其中一座，也要近距离看一看，说不定就会有收获。当然，他也可以考虑杀异兽取兽骨，但凡为祸四方，进攻人类城镇的异兽都是他的目标。

随后，楚风在另一个商场中看到了更贵重的东西。

"异果？"

这种东西居然都能摆出来售卖。

这里围了很多人，但大家也只是看看而已，一般的人根本买不起，太昂贵了。

那里仅有两颗异果，都是镇店之宝。

相对便宜的那颗，标价八百万地球币，换算一下的话大概是四千万九州币，足够一个家庭花费三四千年。

另一颗异果则更贵，标价是一千五百万地球币！

但现场没人嫌贵，价格高低都对他们无意义，他们也只是好奇看一看而已。

"可惜我没钱，不然的话一定要买下来，异果可以增加人的寿命，单此一项就值了！"有人感叹道。

"按我的薪酬来计算的话，需要工作几千年才能买得起。"另一个人摇摇头，同样叹了口气。

楚风也咋舌，这种价格确实让人望而生畏。不过，他在想，如果以猎人为职业的话，似乎前途很光明。

"虽然不至于穷侈极奢，但帮父母换个大房子还是有必要的。"

当然，楚风觉得也应该为父母寻到几种顶级兽骨以及能增加寿命的果实，因为异兽、异果已经从方方面面影响到人类目前的生活了。

"不好了，有怪物来了，铺天盖地啊，向雷天城冲来了！"突然，商场中有人大叫，顿时引发了巨大恐慌。

楚风心惊，这可是雷天城——北方最大的城市，防守最为严密，怎么还有凶禽异兽敢来冒犯？

他并没有慌，迅速在网上查询，或许那里有最新的消息。

"轰！"

很快，他听到了炮声。

真的出大事了！远方有火箭炮在猛烈开火！

"爸，妈，你们在哪里？不要慌，我过去找你们！"楚风联系父母，让他们等着，他要第一时间赶过去。

"小风，你别担心，我和你爸都没事，已经下班了，马上就要到家了。"

"好！"

楚风发现街上彻底乱了，现在根本拦不到车。他选了一条路，快速向家中跑去。不过，想快也快不到哪里去，人流密集，车辆太多，无比拥堵。因为大家都听说了有怪物要攻入雷天城的事，个个都很惶恐。

很快，楚风从网络上了解到了事情的原委。

成千上万只异兽不知道从哪里冒了出来，有在地上奔跑的猛兽，也有在空中盘旋的可怕异禽，都想要闯进雷天城。

这些异兽要是真的杀进来了，后果将不堪设想！

还好这里防御能力很强，军部很早就发现了异常，第一时间开火，以各种新型武器扫射天空与地面。

"打退了！"

城外的炮火声没有持续很久，很快就消失了。

那批异兽虽然出现得很突然，却被成功地抵挡住了。它们被可怕的火力震慑住了，逃进城外那些大山中。

"查，一定要查清楚它们的来头，它们来得太突然了！"有军部的人下了死命令，今日这事太凶险，险些出现大祸。

"不好了，史地出现兽潮，各种怪物奔腾，震动大地，它们要攻进城市了！"

此时，网络上炸开了窝，雷天城刚遭遇危机，史地又出大事，一时间震惊国内。

"天啊，异兽王者现身了，南桂高原出大事了！"

下一刻，另一则爆炸性的消息传了出来，南桂高原有怪物屠城。

"老天啊，南桂高原发生血腥灾难，苍狼王无比残暴，这头苍狼王能比肩卫城山的白蛇、凌山上的老猿，太恐怖了！"

雷天城、史地、南桂高原都发生了灾难，这一连串的消息像是晴天霹雳，将所有人都劈蒙了。

这一切太突然了，几乎是同一时间发生的。

楚风赶到家中，发现母亲的眼睛有些红。

"妈，怎么了，我爸呢？"他心头一沉。

"小风回来了，我没事。"从房间中传出楚致远略显疲惫的声音。

楚风大步冲了过去，看到父亲躺在床上，面色有些苍白。

"爸，您怎么了？！"楚风非常紧张地问。父亲怎么像是受伤了，可刚才他们还在通话。

"有些人太恶劣了，刚才在街上撞了你爸一下，他直接摔了出去，差点被一辆车的车轮轧了，幸亏有一个小伙子眼疾手快，拽了你爸一把。想一想刚才的情景，我现在还在发抖呢。"王静眼中含着泪，情绪激动。她真的被吓坏了。

只差那么一点而已，楚致远就被那辆车碾轧了。

楚风听到后，眉毛都要立起来了。

"没事，意外而已，刚才人心惶惶，街上那么多人，不小心被撞了一下。"楚致远安慰楚风，说自己没事。

"还说没事，腰都伤到了。而且，我看那个人像是故意的，要真是不小心碰到倒没什么，可当时看他那样是用了多大的力气啊？都把你撞飞了！"王静极其不忿地说。

那个人撞倒楚致远后，没有停下来道歉，直接就跑了。

"当时人那么多，大家都比较害怕，哪里顾得上那些，意外而已。"楚致远说道。

"爸，让我看一看。"楚风蹲下来为他检查。

他眼底深处有一股杀气。这是意外吗？他觉得有问题！

"真当我是软柿子吗？！"楚风怒了，他要查个彻底，如果不是意外，他发誓要将这些人彻底铲除。

"是海明城的人吗，还以为我对你们无能为力吗？别逼我直接杀到海明城去！"楚风无法平静了。

楚致远确实伤到了腰，需要休养一段时间。

"爸，妈，你们将这些松子吃掉！"楚风知道不能等了，得让他们赶紧吃下紫金松子。

这两日他一直在准备，买了很多药草，熬成汤汁让他们喝下。

这是网上流传的一种方法。据说，配合药草调理几天身体，然后再服食异果的话，会吸收得更彻底，效果奇佳。

楚风曾半信半疑，但看了一下，那些药草都没什么害处，平日服用也能起到保健的作用。

这两日他一直在帮父母调理身体，但没有告诉他们是为了服食异果。

现在看来，不能等了！

"这是什么？"王静非常惊讶，看着楚风手中那些晶莹的小颗粒，一时间没有反应过来。

"这不会是异果吧？"相对来说，楚致远较为镇定，虽然从来没有接触过，但第一时间想到了。

"对，这就是异果！"楚风坦言。

"什么？"

当听到他肯定的回答后，无论是王静还是楚致远都露出了惊讶的表情，他们再也无法保持平静了。

他们深知这东西有多贵。

雷天城是北方的中心，也是全国最大的城市之一，个别顶级名店中有少量异果出售，价格昂贵得吓死人。他们听说过，最差的异果都要八百万地球币，换算成九州币就是四千万起！

现在，他们的儿子楚风居然带回来这种东西，这怎么能不让他们心惊肉跳！

"小风……这是从哪里来的？"王静的声音都不自然了。

"我从卫城山带回来的。"楚风平静地说道，他摊开手掌，让两人看得仔细一些。

他的手心里共有十二粒松子，每一粒都紫莹莹的，像钻石一般熠熠生辉，并弥漫着清香。

这些松子仅是看着就让人觉得不一般，不像是坚果，倒像是艺术品。

"紫金色的松子，这该不会是卫城山上的那棵小树结出来的吧？"楚致远很快回过神来，做出了精准的判断。

"没错，就是那棵松树结出的果实！"楚风并没有隐瞒他们。

"天啊，我可听说了，那条白蛇一直守在那里，很多异人去争夺，也不知道死了多少，你……你竟能带回来一些。"王静非常震惊，越是了解就越是害怕，她赶紧拉住楚风，检查他身上有没有旧伤。

都快过去一个月了，卫城山的大战还是时常会被人提起，只因那一役中死了许多异人，震惊了世界各地的人。

"妈，您放心，我很好，身上一点伤都没有！"楚风安慰道。

"这果实可不一般，它的价值甚至没有办法估量。"楚致远说道，他很清楚这究竟代表着什么。

草类结出的果实都已经是天价，价值最少是四千万九州币。

奇异松树结出的种子，那根本不可想象，没有人会卖，随便放出风声都会引发轰动，这东西无价！因为，它可以造就高手！

"这不是完整的松果，仅是一部分松子，但足够爸妈你们用了。"楚风说道。

金刚等人所发现的小树结出的是单一的果实，而卫城山的松树产出的则是大量松子，可以让多人进化。

这样分散后的松子，虽然可以造就多个高手，但其身体潜能比不上金刚等人。一般人服食四五粒松子就足够了，再多也不会进一步提升体质。

没有办法，紫金松子具有的就是这种效果，似乎倾向于让一个族群进化，而非让个人冲向顶峰。可即便如此，数粒松子合在一起，也远胜那些草类结出的神秘果实。

"小风，在你身上一定发生了很多事，告诉我，你现在是不是比一般的异人厉害？"楚致远心里有很多疑惑，于是问自己的儿子。

"是！"楚风做出肯定的回答。他有他的想法，就是要让父母安心，告诉他们，哪怕现在外面非常危险，他也足以行走天下！

"那我就放心了。今天我多半是被人故意撞的，这里面可能有事。但我怕你冲动，鲁莽行事，所以瞒着你。"楚致远说道。

上一次就出现过要对他们动手的异人，而这次他又觉察到不对劲的地方，所以心有隐忧。

现在，楚致远稍微放下了心。

"爸，妈，这件事你们不要管了，更不用怕，我会妥善解决的。"楚风希望他们放宽心。

他心中腾起一股怒火。父亲证实了这根本不是什么意外，是有人故意下死手。

这不是第一次了，接二连三有人想对他父母下手，这绝对不可饶恕！他一定要将那些势力连根拔起！

都那么危险了，父亲还在隐瞒，怕他莽撞，担心他发生意外。这让他心中更加不好受了，他特别愧疚，因为那些人原本是冲着他来的。

"那个人太可恶了！"王静很生气。

"小风，你自己还需要用这种松子来提升体质吗？"楚致远问道。

"我已经不需要了。"楚风告诉他们。

"那好，我们吃下这些松子。"楚致远点了点头。

楚风强压下自己心中的怒火，在父母面前，他始终表现得很平静，不想让他们担心，还打趣道："爸，您不是说异人更适合叫妖人吗，我感觉您和妈都有点排斥啊，现在怎么突然这么积极了？"

"那时我们不是没有机会得到异果嘛，那是在自我宽心。"楚致远笑着说。他丝毫不觉得脸红，这一点，父子两人很像。

"这个世道，以后必然要出大乱子，想很好地活着，必须有足够的实力自保。"楚致远很认真地接着说，"哪里还有什么选择，即便服食下异果后真的长出犄角，生出鳞片来，也得吃！"

"真会长犄角？"王静脸色发白。说到底，她是女人，哪怕青春逝去，也很在意个人形象。

"别担心，我不嫌弃你。"楚致远笑着道。

"我嫌弃你！"王静瞪他。

两人感情很好，一直都是这么过来的。

楚风嘿嘿直笑，用力捏开十二粒紫钻般的松子，让他们赶紧吃下去。

楚致远没有丝毫犹豫，拿起六颗，直接就放到嘴里，道："味道真不错！"

他很果断，很快就咽了下去，这点跟楚风相似，决定后就立刻付诸行动。

"妈，吃吧，没事！"楚风催促她。

王静一咬牙，将六粒松子放进嘴里，闭着眼睛嚼了，跟赴刑场似的。她确实很怕吃完后就长出犄角来。

"真香！"

她忽然说出这两个字。因为紫金松子的确味道绝佳，远超那些普通松子。

"咦，没变得怪模怪样的？"等了很长时间，王静都没觉得自己有什么变化。

"蜕变需要一定的时间，不同的人有不同的反应。这个过程中，有可能会疼痛，有可能会嗜睡，也有可能会发热……但不用担心，都没问题。"楚风提醒两人。

其实，他也特别期待，想看看父母会有什么变化，想知道他们身体中到底蕴含着怎样的神秘因子。

半个小时过去了，两人没有任何不适的症状。

"我估计睡一觉，明天起来时一切都会变得完全不同。"楚风很轻松地说道。

"叮咚！"

忽然，有人按门铃。

楚风眼中露出精光，他示意母亲去开门，他则站了起来，走向自己的房间。

"怎么了，小风？"

"不用担心，正常应付就好。"楚风说道。外面的人气息很怪，他有所觉察。

"通天快递！"门被打开后，一个年轻人递上一个包裹。

"哦，是我网购的衣服。"王静总算松了一口气。

然而，送快递的人竟然直接走进来，并顺手关上了门。

"你……你想干什么？！"王静警惕地快速倒退。

"没什么，听说你们家有人摔伤了腰，过来看一看。"通天快递的派送人员笑着走进楚致远休息的卧室。

他神色自然，很嚣张地将这里当成了自己的地盘，根本就没有在意王静与楚致远的感受。他大模大样地坐下，道："伤得怎么样，我看你的腰应该没断吧？"

王静非常气愤，这个人太可恶了。

楚致远示意她不要多说什么。

"你是什么人，为什么知道我受伤了，来我们家想干什么？"楚致远问道。

他知道，这些应该也是楚风想了解的情况。

王静虽然很生气，却不说话。

这名快递员长相很普通，没有异人的明显特征，唯独一双眼睛显得很妖异，偶尔流淌着蓝光，甚是吓人。

"看来你伤得不重。我原本预计你应该被车碾轧一下，双腿断掉，多处骨折，但不至于死，真是遗憾，没有达到效果。"这个人带着惋惜的口吻说道。做出这种恶事，却说得很随意，实在让人恨得牙痒痒。

"你这人怎么这样歹毒！差点害死我们家老楚，却还敢上门来，你到底是谁？究竟想干什么？"王静很想这样愤懑地质问他。这个人太恶毒了，实在可恨。

但她克制住了，想探他的口风，弄明白他到底是什么人。

"不对，那个人比你高，也比你壮，跟你不是一个人。"王静皱眉，她发觉了不对的地方。

"都是我，只不过换了个皮囊而已。"这个人坐在那里，相当悠闲地跷起腿，并且自顾自地倒了一杯茶喝。

"你什么意思？"楚致远皱着眉问。

"空有一身惊天动地的本领，却总是行走在黑暗中，实在让我心中很不舒服，这样行事等于锦衣夜行。"他摇头，还连连叹气。

"就你这样的人，也配说什么有惊天动地的本事，我根本瞧不起你！"王静不屑地说。

"哼！"

这个人冷哼了一声，显然对这样的境遇很不满意。他有非凡本领，但外人不知，他觉得很可惜。

"我对于你们来说就是神！"他说话的时候，眼中有蓝光流淌。

随后，一团朦胧的蓝光从他身体中分离出来，悬在房间内，有拳头那么大。

"我这是在哪里？"那名快递员迷糊地睁开眼睛。

"嗖！"

但很快，他又闭上了嘴巴，因为蓝光又回到了那具身体中。

"你……"王静吓了一大跳。

"你可以用精神占据别人的身体？"楚致远很吃惊。

"不错，猜对了，我拥有强大的精神磁场，可以离开自己的躯体，控制其他人，这是我服食异果后获得的独一无二的可怕能力。"这个人懒洋洋地说，坐在那里，一副好整以暇的样子，根本不将王静与楚致远放在心上。

"你们得罪了不该得罪的人，他们请我出手。不过你放心，我不会留下任何痕迹，你们总是会因意外而出事。"他漫不经心地说道。

"比如，即便今天你被车碾断双腿，一辈子坐在轮椅上，也不会有人能查出什么。因为，被我控制的人早已被深度催眠，事情过后，他只会觉得是自己不小心将人撞倒在那辆行驶的轿车前的。"这个人说话时始终面带微笑。

"你怎么这么恶毒？"王静对这个人又恨又怕。

"恶毒吗？说早了。我今天晚上来就是想看一看该让你们发生怎样的意外。嗯，可以这样，燃气泄漏，引发爆炸与火灾，导致你们重伤。或者，你们中的一人不小心在浴室滑倒，摔成骨折。你们自己选吧。"

他很轻松，脸上带着笑为两人选择重伤的方法。

另一间房内，楚风眼神冰冷，他封闭身体气息，冷漠地听着，这个人真的太恶毒了，他恨不得立刻将其杀了。

"你不杀我们，只是这样折磨我们，就不怕走漏风声吗？"王静问道。

"我会对你们进行深度催眠，更会让你们忘掉现在的一切，等你们清醒过来，你们会觉得这一切都是意外。唉，都是我做的，却偏要抹除所有的痕迹，当真是不舒服，我也只能在动手前倾诉一下了。"他对现实有些不满。

看得出，正是因为实力强大，却见不得光，他才有这种倾诉欲。

"究竟是谁让你来这样针对我们的？"楚致远问道。

"好吧，满足你们。其实，原本我也会告诉你们的，这是我的风格，但最终又会让你们把这一切遗忘。是海明城的一个女人让我这么做的，你们根本惹不起！好了，快选择怎么受重伤吧。"说完，他站起身来，双眼中蓝光闪耀。

"哦，忘了告诉你们，她的主要目标是你们的儿子。他会死！"他补充道。

一团蓝光从那名快递员的身体里飘出，显然是精神体飘了出来。他要动手了。

"轰！"

突然，像是有一道闷雷在房间中爆响，那团蓝光发出凄惨的一声大叫，直接被炸掉一半。

是楚风，他动用了莽牛吼攻击那团精神体。

在卫城山大战时，穆手下服食特殊药剂的十几名异人曾在楚风的一吼之下全部毙命，可以想象，莽牛吼的攻击力有多恐怖！

最近，楚风迅猛进化，实力更是大增，莽牛吼的威力自然更可怕了。

这一击，他有选择性地针对那团蓝光，非常有效。

"啊！"蓝光湮灭一半后，冲进那名快递员的体内，发疯一般地逃走。

"小风！"王静叫道，有些害怕。

"妈，爸，你们不要担心，我很快就会回来。"楚风跟在那人后面出了家门。

他其实还是很吃惊的。这个人的精神居然可以离体，着实诡异，而且其精神确实非常强大。莽牛吼的攻击力那么恐怖，又在如此近距离内，他还没有肉身加持与庇护，居然也只是被震碎一半而已，可见此人实力极强。

不过，看他需要借助肉身开门，而不能穿墙逃遁，楚风放心了。

楚风不怕他逃，不紧不慢地跟在后面，打算去杀其本体！

他很清楚，精神离开自身躯体也是有一定风险的，那个人的本体应该就在附近。

不远处有一个公园，里面有很多林木，蓝光疾速冲去，逃向树林深处。

在那里，有一个人一动不动地坐着，蓝光瞬息没入他的头中。

楚风的速度何其快，提升到极致时，每秒钟可以奔行两百六十米左右，相当恐怖。

所以，蓝光一回到那具身体中，楚风便突然提速，直接杀到了那人近前。

"砰！"

楚风一脚踢出，那个人身体顿时发出"咔嚓"一声轻响，脊柱断裂，翻飞了出去。接着，他又是两脚，那个人的双腿同样发出"咔嚓"之声，也已折断。

楚风一脚踏在他嘴上，警告道："别喊，不然你会更惨！"而后，他才松开脚。

这个人在地上哀号，因为惧怕楚风，所以压着声音，没敢大叫。他脸色雪白，汗水直接浸透了衣服。

"伤了我爸的腰，还想让车碾断他的双腿，你自己先感受一下吧！"楚风站在近前，俯视着他。

第⟨45⟩章
大魔王

即便拿下了此人，将他击伤了，可楚风心中还是有一团怒火，因为这个人实在太歹毒了。

而且他很嚣张，之前险些将楚致远送进车轮下，如今还敢上门再次下手，简直是肆无忌惮。

楚风向前迈步，再次抬脚。

"别……不要杀我！"这个人十分恐惧，低声哀求。

"你现在的胆子跟你在我家的表现很不相符，刚才很镇定地为我父母选择遭受重创的各种方法，一副高高在上的样子，何等张扬，现在为什么害怕？"

楚风低头看着他，"砰"的一声，再踢一脚，这个人应声横飞出去，砸在不远处的一棵大树上。

树干摇晃，叶片簌簌坠落了不少。

这个人低声发出惨叫后落在了地上，因为惯性，身体在地上滚动了好几圈。楚风那一脚太重了，让他的肋骨断了好几根，他眼泪都要流出来了。

事实上，楚风根本没有用力，他真要放开手脚的话，数万斤巨石都会被踢到爆碎，更不要说血肉之躯了。

"有话好说，一切都可以商量。"这个人挣扎着想要坐起来，但发现腰部以下没什么知觉了。

他低头看到自己的身体弯曲了，显得很怪异，多半是脊柱出了大问题，这让他毛骨悚然，连声音都在颤抖。

"别对我下手了……我愿意配合，只要不杀我，什么事都好商量！"剧痛和恐惧让他快要崩溃了。

夜色中，站在他面前的这个年轻人是如此冷漠、镇定，给他造成了巨大的心理压力，这个人简直像是魔神，让他害怕。

其实，最主要的原因是楚风表现出来的实力让他惊悚。

一声低吼而已，就震裂了他的精神磁场，还有那非人一般的恐怖速度，居然比他的精神体还要快。要知道，精神磁场不受束缚，他可是飞回来的，扔下那名快递员后，第一时间冲回本体。

可当他睁开眼睛时，这个年轻人就已经杀到，还一脚将他踢翻。

这是何等恐怖的实力！

"留下你有什么用？"楚风让他自己说。

"我……"这个人张了张嘴，略微迟疑了一下，他深知海明城那些人的可怕之处，要是真的背叛那些人的话，下场会很惨。

"看来你并不想配合。"楚风说完，"砰"的一声，又踢了一脚。

地上的人又一次飞起，撞进灌木丛中。他清晰地听到了骨骼断裂的声音，感觉肺部特别难受，连呼吸都困难了。

巨大的惶恐涌上他的心头，如果死在这里，没有人知道，只能算是白死。同时，他也在思量，这个人到底有多强？或许比金刚、银翅天神都要厉害！

想到这些，他忍不住一阵颤抖，因为他们所有人都错了，他们完全低估了对手，犯下了不可原谅的错误。

海明城的那个女人很厉害，但是她根本不了解这个对手！想到这里，他生出一种无力感。

"你想知道什么，我都说，但你要放过我。"他虚弱地开口道。

楚风不说话，就这么看着他。

"你应该猜测到了，我来自海明城，是林家的那个儿媳指使我这么做的，以林家的势力，没人抗拒得了。"他想为自己开脱，努力露出了真诚与无奈之色。

楚风根本不同情他！这折磨人的手段肯定不是姓许的女人教的，而是他自己的行动，他怎么看都不是善类。

"你说的这些，我都能猜到，没什么意义。"楚风很镇静地开口了。

这个人害怕了，稍微犹豫后，才道："我们一共来了十三人！"

他一咬牙，狠心说出了这些。他现在可顾不上林家那个儿媳会不会报复他了。

"都在哪里？"直到此时，楚风才开始关注他透露的信息，不再像刚才那样面无表情。

这让地上的男子长出一口气，但也有些忐忑。这下真要彻底得罪海明城的人了。

"他们住在郊区的一栋别墅内。"

他接着说了很多，讲得很清楚，包括这些人进化后拥有的能力和大体的手段等。

楚风了解到，上一次就是这些人想动手直接带走他的父母，很是张狂与霸道。幸好被另一批人阻止了，按照地上这个人的推测，应该是林诺依的人阻拦的。

同时他坦言，上一次他还没有来，并未参与。

楚风皱眉思忖，如果上一次是这个人出手的话，那还真麻烦了，一个精神可以离体的人十分可怕，做什么事都神不知鬼不觉。

"我什么都说了，求你放过我。"他忐忑不安地连声求饶。

楚风没说话，他在考虑一些事。他认为海明城那个女人应该打消了怀疑，不再认定他是牛神王，不然的话，手段会更可怕。因为一般的人对付不了牛神王。

也正是因为这样，楚风才更觉得她可恶。她明明打消了怀疑，却还是在派人动手行凶。

地上那个人看楚风不说话，心头更是一阵剧跳，眼中蓝光隐现。他一直惴惴不安，因为他很清楚，对方不见得会放过他。即便他什么都说了，能活命的希望也不过两三成而已。

他一咬牙，突然眼中蓝光大盛，精神体"嗖"的一声向着楚风的额头冲去，想要钻进楚风的体内。

他决定拼一把，为自己创造机会，不等别人施舍。而且，现在对方正在走神，机会难得！

一旦成功，他就占据这个人的躯体了，比他自己的那具要好太多了！

楚风目光灼灼，冷冷地轻喝一声，紧接着，一道惊雷在半空中爆开，这团蓝光应声轰然炸开了。

"不！"

这个人的声音微弱到几不可闻，他最后残留的意识恐惧到了极点，但什么都晚了，蓝光彻底湮灭。

楚风皱了皱眉，这是他第一次在城中解决敌人。

出于自身考虑，楚风将那个人扔进公园深处。

很快，楚风便出现在了公园的门口。他快步向家中走去，久去不归的话，父母一定会很担心。

在路上，他看到那名快递员已经苏醒，正茫然地从这里离开。

不一会儿，楚风就回到了家中。

"小风！"王静确实很害怕，坐卧不安。她平日哪里接触过这些凶险，又帮不上什么忙，心神不宁地等了很长时间，生怕他出什么意外。

"那个人……"楚致远相对镇定一些，询问他怎么样了。

"爸，妈，你们放心，麻烦已经解决，没事了。"楚风尽量放松，他不想让父母担惊受怕。

"吓死我了，刚才那个人又恶毒又可怕，你说一个人的精神怎么能脱离躯体呢？"王静现在还觉得后怕呢！

"小风，你把他……"王静想到这个问题，忽然非常紧张。

"妈，别多想，没什么事了。"楚风想告诉他们真相，可是又怕他们受不了。

他站起身来，为两人各倒了一杯水，道："爸，妈，今晚你们早点睡吧，睡眠有利于吸收松子中的神秘能量。"

他还要出门，但不能告诉父母，要不然，估计两人都会提心吊胆，睡不着觉。

"睡吧，那些事等明早起来再说。"楚致远开口道。

楚风故作轻松，是为了让他们安心，然后，他回到了自己的房间。

不过很快，他就无声无息地从窗口离开了，他要赶时间，怕那些人有所觉察。

离家很远后，楚风拦了一辆车，但可惜人家不敢去郊区，只将他送到城市边缘。

现在，郊外很不安宁，容易碰到异兽。

楚风下车后，走进夜色深处，而后开始一路狂奔。以他目前的速度来说，奔跑比乘车更快！不久后，他就来到了目的地。

这里有些别墅，但几乎空了，没人敢再继续住下去。因为它们地处郊外，那里时常有异兽出没，猛禽盘旋，非常危险。

但其中一栋别墅灯火通明，不像其他家那么冷清、黑暗。

楚风意识到，他要找的人就在里面。

他无声无息地接近这里，避过各种摄像头，释放神觉，仔细查看了一下，发现这栋别墅很大，地上有四层空间，足够这些人住。

他数了数，里面正好是十二个人，有人在喝酒聊天，也有人在房间练拳，还有人在睡觉。

"我们窝在这里很久了，什么时候能回去？"

"快了，听说那小子已经回家了，只要让他死在车祸中，我们就可以走了。"

"不就是普通的一家三口嘛，要我说，一会儿我直接过去，一巴掌全部拍死多省事。搞这么麻烦，真无聊。"

"你喝多了，别乱来。上面不希望掀起什么波澜，让他意外死去就可以了，不然的话，容易出事。"

喝酒的人简单提了几句，便开始聊别的了。

楚风毫不掩饰地带着杀气，如一个大魔王般，将房门蹬得四分五裂，径直闯入。

"什么人？"喝酒的那些人全都站了起来，戒备着。他们知道，敢这么闯进来的人，绝不会是弱者。

"砰！"

楚风速度太快了，一个纵身就到了近前，一脚将其中一人踢得飞起来，那个人顿时在半空中殒命。

"就凭你也想一巴掌拍死我们一家人？！"楚风眼中寒光闪烁。

"天啊！"看到此情此景，有人顿时慌了，大叫起来。

其他人也都醒酒了，一个个头皮发麻。这是谁啊？简直就像是魔神，随意一击，他们当中的第三高手就毙命了。

而且还死得那么惨，没有丝毫反应！

在他们看来，这绝对是大魔王！

"楚风，他竟然是……楚风！"有人大叫，终于认出了他。因为那个人看到过他的照片，他们一行来雷天城就是为了此人。

这些人快速出手！

他们都拥有非凡手段，有人直接化成岩石人，有人则变身成为神秘异兽，更有人通体流动着金属光泽。

"砰砰砰！"

楚风无情地施展拳术，威力惊人且恐怖，这些人怎么能挡得住？他们比陈海差远了，瞬间而已，全部横飞了出去，当场毙命。

事实上，如果楚风用全力的话，这些人就不会有全尸了。

"嗖！"

下一刻，楚风从窗口跃出来，猛力跳起，冲上十几米的高空，直接将一名想展翅逃走的异人拉了下来。

"砰！"

落地的刹那，也是此人毙命之时。

还在其他房间的几人此时也都冲了出来，没有迎敌，而是想立刻逃走，因为他们太恐惧了。

在大厅中喝酒的六个人全都刹那间毙命了，将他们吓坏了。

"砰砰砰！"

很可惜，没有一人能逃走，楚风速度太快，给了一人一记重拳，最后他们都伏尸在草坪上。

"接二连三地对我父母下死手，那是触我的逆鳞！不管是谁，都杀无赦！许婉怡，我早晚要杀了你！"

楚风转身离去，消失在夜色中。

他心中也有非常柔软的地方，但只对那些值得同情的善良人，对这些歹毒而强横的恶人，他从来不会怜悯与留情。

楚风回到家中，洗了个热水澡，直接就睡了。

这一觉睡得很香，清晨，楚风睁开眼睛，阳光洒入房间，照在身上暖洋洋的。

新的一天开始了，他神采奕奕。昨夜的负面情绪早已被他抛开，他是一个乐观的人，懂得时时为自己减压。

楚风没有练习特别的呼吸法，起床后，他直接跑到父母那里敲门。

他想看一看一夜过去后两人怎样了。

显然，这两人服食了紫金松子后，身体确实在蜕变，睡得比平日要久一些，不然的话，这个时间点他们早就起来了。

"啊！"

楚风听到一声尖叫，顿时吓了一跳，连忙拍门，喊道："妈，别想不开，长犄角怎么了，大不了咱去美容院把犄角锯掉。"

他还真担心王静会一时想不开。

"这是……"

很快，他又听到楚致远的声音，像是因为心惊，只吐出两个字就没有声音了。

"爸，您要是长犄角，不用锯掉，多威风啊，快开门！"楚风赶紧在门外大喊。

"臭小子，有你这么说话的吗？"王静来开门了。听她的声音，居然不再恐惧，还略带喜悦。

"啊？"门被打开后，楚风也叫了一声，相当惊讶。

因为，王静不仅没有长出犄角，而且气色非常好，眼角的皱纹都消失了，感觉一下子年轻了很多岁。

"这是谁啊，我什么时候多了一个姐啊？"楚风夸张地叫着。

听到这句话，王静顿时更开心了，嘴上却说着："没大没小，怎么说话呢！"

看得出，她连眼睛都带着笑，特别高兴。她早先的担忧早已消失得无影无踪，因为这种变化让她非常满意。

"妈，您变年轻了，再感觉一下还有什么变化。"楚风催促道。

他也非常高兴，自己的母亲将近五十岁了，岁月不饶人，她终究不再年轻，眼角早就有鱼尾纹了。

现在她的皱纹消失后，她气色特别好，整个人顿时精神焕发，年轻了十几岁。

没有一个女人不爱美，尤其是青春不再，岁月逝去的人，失而复得时会更珍惜。

"这是……真的吗？"已经过了很长时间，王静还在镜子前出神呢，怎么都有点不敢相信。

至于楚致远，早已跟楚风坐在客厅里了，父子两人心情都很好，正在交谈。楚致远变化也很明显，两鬓微白的发丝不见了，现在满头黑发，精气神十足，明显年轻了不少，看起来像四十岁，而且脸膛红润，以前的黑眼袋都不见了。

"我现在精力充沛，身上像是有用不完的劲，比年轻时的感觉还要好！"楚致远在说自己的感受。

"爸，仔细看一下，有没有多长出什么来。"楚风笑着提醒。

"你这小子，还真盼着你爸妈长出鳞片，生出犄角？"楚致远瞪着眼说道，说完，他自己也笑了。

"真的太好了，没有变得怪模怪样，还年轻了很多！"王静的情绪终于稳定了，她满脸笑容地走了过来。

"你们父子俩想吃什么？我去早市买些菜。"王静说道，那意思是想做一桌子大餐，庆祝一下。

"早餐没那么多讲究，把小风带回来的那些肉都焖掉吧，如果能再买只老鸭炖熟也不错，另外看一看有没有羊肉，对了，鸡蛋和牛奶别忘了。"楚致远说道。

王静顿时瞪他，道："这就是你说的没那么多讲究？你还想吃多少？"

"不知道怎么回事，我特别饿。"楚致远老脸微红。

这时，王静的饥饿感也非常强烈，她也特别想吃东西。

"这很正常。"楚风笑着告诉他们，体质进化后，最初会胃口大开。

"我没感觉到其他特别之处，就是觉得精气神很足，力量变大了许多。"吃早饭时，楚致远很详尽地说着自己的感受。

王静点头，她确信自己也是这样，没有获得什么神秘能力。

楚风皱眉，这有些不太对，服食异果后不是会拥有一些近乎神通般的本领吗？父母居然都没有？

他试了试自己父亲的力量，非常大，比几个壮小伙加在一起都要强，但这算不得什么神秘能力。王静并不在意这些，能够变年轻一些，对她来说就是上天最好的恩赐，她已经很满足了。

楚风打开通信器，短暂犹豫后，向林诺依发了一些文字消息，问她是否只要吃下异果就会发生变异。

天神生物在这方面造诣很深，在天地剧变之前，就已经知道了很多秘密。

很快，林诺依就给了回复，告诉他，并不是这样，有些人体内缺少神秘因子，服食异果也不会变异。

楚风呆住了。

由于他和林诺侬的关系，天神生物曾有人拿他的发丝去检验，并早已得出结论——他不能变异。

不过，他自己并不知道这回事。

"为什么会这样？"楚风又发了一条消息。

林诺侬告诉他，这很复杂，但也不能确定是坏事，还需要时间去检验。

自始至终，楚风都没有提自己是否变异，林诺侬也没有问。

"小风你不用皱眉，顺其自然就好，那些如同神通般的本领，就是给了我们，我们也用不上啊。"楚致远说道。

"是啊，你还指望我和你爸去打打杀杀？还是算了吧，都老胳膊老腿了，哪里经受得了那些惊吓。"王静也说道。

"我和你妈都想太平点，你想啊，我们这个年龄，难道还要跑到荒野中去跟怪物厮杀？"楚致远宽慰他。

楚风点了点头，的确是这样，哪怕父母获得了神秘能力，他也不可能让他们那样做。他只是想让父母有些自保的能力，但现在看来，情况很复杂，不同的人体内的神秘因子不同，这种事现在还难弄透彻。

很快，楚风释然了，道："有我在，自然不需要你们去经历险境。"

他觉得，只要自己足够强，便能震慑到其他人，让他们不敢再针对自己的父母。

楚风思忖，如果有必要，他可以向一些人露出锋芒了，甚至"獠牙"。他忽然间想到了，他身上还有呼吸法！

"爸，妈，还有一条路，不知道你们想不想试。"

早先不行，是因为他们没有接触过神异的花粉，现在他们吃了异果，应该可以试试了。

"黄牛，你是怎么传我呼吸法的，就是那种秘传之法，赶紧告诉我。"楚风联系黄牛，想让它告知。

呼吸法分为"形"与"神"，"形"可以模仿，跟着学就是了，所以楚风当初学得很快，但想要真正掌握这门神技，还需要得到"神"。当初黄牛秘传，以奇异的力量让楚风心魄共鸣，楚风这才彻底习得了呼吸法。

那种手段犹如"灌顶"。

而大雷音呼吸法，楚风跟黄牛都模仿了其"形"，但效果并不理想，原因只有一个，那就是没办法得到"神"，无人帮着"灌顶"。

远方，黄牛大怒，立刻回复楚风，告诉他想都别想，传给他已算破例，绝不能再外传！

"你别这么严肃好不好？"楚风厚着脸皮说。

"哗！"

黄牛狂戳通信器，告诉楚风，这不是开玩笑，它绝不会再将呼吸法外传，要是别人掌握了这种呼吸法，说不定将来它和楚风都会有杀身大祸。

楚风看它急眼，不好再索要，赶紧询问具体情况。

黄牛告诉他，这种呼吸法来头太大，号称"绝顶"，能跟完整的大雷音呼吸法媲美，是无上不传之秘。

它还告诫他，在有幸得到此法后，最好保持低调，千万不能外泄，否则，必会惹来杀身大祸！

"只有哪天成圣做祖了，才能抵消那种恐怖压力。"黄牛无比严肃地告诫道。

楚风吓了一大跳，没想到他所掌握的特别呼吸法来头这么大！

黄牛又补充了一句，它还好说，算是半光明正大得到的，但楚风就不同了。

楚风一阵眩晕，好半天都没有出声，看起来这件事关系甚大。

不过他也不是很担心，黄牛说过，这片天地剧变后将会非常惊人，在这里待上一年的收获顶得上在其他地方待十年、百年。

"成圣做祖，我拼了！"

这本是黄牛的目标，现在被楚风征用了，他也要做到才行。

随后，他又问如果没有"神"只传"形"是否可以，黄牛表示没问题，就如同那大雷音呼吸法，外界也有"形"在流传，算不得绝密。

趁着阳光还不强烈，楚风开始教自己父母特别的呼吸法，这种呼吸法很适合在清晨时练习。

"喀！"

果然，两人练习这种呼吸法时，也出现了楚风当初遇到的问题，险些呛到自己。

虽然只是"形"，只能算残缺的呼吸法，但想要精通，也要花费一番功夫。

楚风暂时没有教他们大雷音呼吸法的打算，因为它太霸道了，如同雷霆震骨，冲击血肉，极其容易伤到已身。

经过一番练习，两人竟然渐渐掌握了，楚致远长出一口气，感觉很不可思议。

"小风，你别为我们忙了，这种呼吸法用来养生倒也不错，我们根本就没想成为高手。其实，我们更在意的是你，这段日子你究竟经历了什么？"平静下来后，楚致远终于开始询问关于楚风的事。

楚风想了想，决定告诉他们。当然，一些特别惊险的事，他一两句就带过去了，不想让他们担心。

夫妻俩听楚风讲完近期的经历后，久久没有说话，两人都觉得这太不可思议了。

"小风，你没伤到哪里吧？"王静非常后怕。

"我没事，我现在也算是一个绝顶高手了。"楚风笑着说道，想让他们宽心。

"穆家和那个姓许的女子，都是不小的麻烦。"楚致远沉声道。

"是啊。"王静也面露忧色，在很短的时间内她也想到了很多，道，"这次小风出手将十三名异人彻底铲除，那个女人肯定会瞬间惊醒，知道出大问题了。"

楚风点头，十三名异人消失，肯定会让那个女人震惊、心痛，同时也会意识到他有大问题。

不过，他没得选择，只能这么做。他们来势汹汹，根本不会放过他，所以他怎么可能会放过他们。

"你是不是已经有什么打算了？"楚致远问道。

"是！"楚风点头。既然要暴露了，自然要早作打算。

"让我想一想。"楚致远沉思，这关系到儿子的安危，他要帮着谋划，确保一家人都安全。

"你现在很强，他们短时间不见得能奈你何。但是，人心叵测，鬼蜮伎俩太多了，会令你防不胜防，而且，多半还会以我和你妈来针对你。"楚致远说道。

"其实，我自己倒不怕，就是担心你们。"这是楚风的软肋。

"你很强，可势单力孤，应该有所选择了。"楚致远说道。

楚风点头，这正是他的打算。

"菩提基因足以对抗天神生物，还有先秦研究院、地外文明所、通古联盟……这些势力都很强大。"楚致远一一筛选。

最近，一些大势力渐渐浮出水面，血战凌山，争夺金刚菩提圣树，虽然失败了，但展示出来的实力让人心惊。

"其实，还有一家更厉害，值得加入。"楚致远忽然笑着道。

"哪一家？"王静问道。

"老大嘛，肯定是政府。"楚风开口，但也在皱眉，道，"被人管着的话，我怕有些受不住。"

"不一定，现在政府招募异人，实力足够强的话，会有充分的自由，甚至根本不会限制你，只要关键时刻你肯出力就行。"楚致远说道。

"那还等什么，赶紧向你那个老同学打听啊！"王静催促道。

楚风的父亲有一个老同学在部队，楚风还见过他一次，但并不了解他，只知道自己的父亲和他关系还算不错。

很长时间后，楚致远才从卧室回到客厅，说出一些重要消息。

"我了解到白虎就是他们的人，平日很自由，没有任何限制，只需在关键时刻帮忙。"

这意味着，要是有金刚、火灵、白虎那个级别的实力，就可以不受限制，拥有足够的自由。

"这没问题！"楚风直接点头，关于实力的定位，他丝毫不怵。

"真要加入的话，据说也有很多好处，比如古武秘籍，各种最新消息，家人的保护等，都包括在内。"楚致远告诉楚风。

楚风当即就动心了，不仅可以保护家人，还可以观阅古武秘籍？条件太好了！

在这片土地上，还有谁掌握的秘本比政府更多吗？肯定没有！

"不是白给你看，需要看贡献，付出越多得到的也越多，如果什么力都不出，那就什么也没有。包括对家人的保护力度也是根据贡献大小来斟酌的。"楚致远继续说道。

这些话肯定不会在外面传，只能在内部讲。

"危险吗？"王静问道。这才是她最关心的问题，她怕楚风发生意外。

"那就要看自己的选择了，有些贡献不是那么好完成的，比如现在的大动作。"楚致远郑重地说道。

"什么大动作？"楚风问道。

"知道南桂高原的苍狼王为什么如此疯狂，史地为什么会出现兽潮，还有很多异兽为什么会攻向雷天城吗？都是因为想让政府分心。"

"嗯？"王静不解。

"如今都在争名山大川，政府肯定也会出手，最起码也要掌握两处名山才行，所以现在打得无比激烈。那两三处如果实在得不到，甚至可能就会动用大杀器，将它们直接毁掉。"楚致远说道。

这么激烈？楚风大吃一惊。

"其中有一处必须得到，而且要不计代价，无论如何也得掌握在手！"楚致远说道。

"哪个地方？"楚风问道。

"历朝历代的帝王都要去的封禅之地！"

而今那里的争夺最为惨烈，那里山体都在发光，无比神异，各方都杀到胆寒了，伏尸无数，血流成河。

• ──第⟨46⟩章── •
//////////
苍狼王

楚风心中掀起了巨大的波澜，封禅之地，那可不是一般的地方啊！

那里究竟会出现怎样的异树？

"据说，那里除了山体发光，部分区域如山顶等还笼罩着浓重的迷雾，极其神秘！"楚致远说道。

可以料想，那个地方绝对非同一般，或许不止一棵圣树。

无论是哪个有实力的组织，都肯定会动心，无不想要分一杯羹，所以要在那里血拼。政府自然也要出手，绝不容那里有失！

"也就是说，包括异兽都杀红了眼，小风要是去了的话，那不是太危险了？"王静想想就觉得害怕，她不想让楚风去。

"这也是我在担忧的。"楚致远点了点头。

封禅之地每天都有厮杀，连登山的石阶都被血染红了，有人类的，也有异兽的。

政府动用了最新式的强大武器，可还是没有占据绝对优势。因为来的异兽太多了，而且实力都相当恐怖。

有些异兽早已开启神觉，能够提前避开危险。

此外，哪怕有强大的热武器在手，也投鼠忌器，怕毁掉山顶的神秘古树等。

"据说，卫城山的白蛇都曾现出踪迹，而凌山的那只老猿也悄悄到场过。"

这是楚致远的那个老同学透露的，算是很隐秘的消息了。

异兽中的绝顶强者都相继亲临，说明那地方实在是太恐怖了，不用多想就知道已经杀成什么样子了。

这件事的确得小心，不能大意。

"我想去看一看！"楚风开口说道。虽然那里很危险，但是他想近距离一看，能打就打，不能打就退。

封禅之地，肯定有大场面。到底都有哪些非凡生物在那里大战，他倒想见识一下。

"不行，太危险了！"听他这么一说，王静的眼圈顿时就红了，她一把抓住了他的手臂。

"妈，您放心，我不会拿自己的性命去冒险的。"楚风安慰她。

"那也不行，绝不能去！"王静很坚决地说。

"其实，就是我想去，人家也不见得会让我立刻出动啊！要加入相关的异人组织，再怎么着也是需要一定时间的。"楚风尽量轻松地笑着道。

"嗯，是这样。"楚致远点头。哪怕有心加入，相关部门也得考量一番，了解清楚他的实力以后才能决定。

一家人商量多时，最后决定由楚致远负责接触这方面的事，帮楚风安排一番。

"好，那我就静静等消息吧。"楚风乐得清闲。

楚致远很快就忙碌起来，跟朋友联系，了解各种情况，还得约时间相见等。

"爸，妈，你们别去上班了。"楚风说道。现在外面有些乱，他实在不放心。尤其是发生了昨天那样的事后，许婉怡多半已经惊醒了，万一她发疯的话，后果不堪设想。

"总待在家里也会无聊。"王静说道。但这没有办法，需要局面稳定下来才能出去。

"那就网购吧，您不是最喜欢网购了吗？"楚风打趣道。

王静撇了撇嘴，各地道路都断开了，网购也只能买雷天城本地的东西，可选的东西实在不多。

清闲下来后，楚风开始浏览各种新闻报道。

史地大乱，兽潮汹涌，造成了很大的伤亡。军队早已出手，正在轰杀各种变异的飞禽走兽。

这是昨天发生的事，到现在伤亡又扩大了。因为异兽实在太多，并且都有很可怕的杀伤力，任何一只闯进村庄都会带来一场灾难。

据闻，很多地方都被轰成焦土了。

不过，异兽一旦逃进森林就更难追杀了，大山太多，可以帮它们有效躲避攻击。

庆幸的是，军队总算将兽潮击溃了。

同样，昨天出事的南桂高原场面也非常惨烈，苍狼王所过之处，不少村镇被毁，景象惨不忍睹！

让人头痛的是，那头苍狼速度太快，而且它拥有神觉，能躲避危机，仅它一头而已，就比兽潮还可怕。

网络上早已一片喧嚣，人们无比愤怒，迫切希望能宰掉那头苍狼。

保守估计，那头苍狼最少已经导致数万人死去，它路过的村庄很少有人能活下来，实在是残暴。

这件事震动国内外，西方世界的人都在惊呼，这可能会是一场大祸，让他们想到了类似的黑龙王。

"必须灭掉这头苍狼！"军部有人震怒了。这件事影响太坏了，一头狼而已，居然横行南桂高原。

不久后，苍狼王消失。

这让人们又恨又怒，它一旦躲起来，就很难找到了。

不过，这也让不少人长出一口气，它实在过于恐怖，凭着直觉就能有效避开各种大杀器，很难对付。

楚风轻叹一声，他知道，这头苍狼的生命层次进化到了一个非常可怕的境地，想要消灭它的话，得付出很大代价。

天地剧变后，异兽的崛起太迅猛，真正的大危机开始出现，让人不安、恐惧。而且，异兽进化速度太快了，像是"弯道超车"，即将全面追赶上人类。

这个时候，一些人想到了卫城山那条白蛇出世时说过的一句话，顿时觉得惊悚不已。

白蛇曾说："人类在某个时期走了捷径，但现在不同了！"

当时人们并不觉得这句话有什么，而现在呢，他们总觉得有股寒气渐渐在心底弥散开来。

黄昏时，南桂高原上的那头苍狼又出现了，而这一次它直接口吐人言，昭告天下。

"南桂高原，将成为我的领地！"

它开口后的第一句话就是宣示领地，说那片地带将被它统驭，从此以后那里将是狼族领地。

并且，苍狼还出言威胁，要这片高原上的所有人类全都迁徙走，否则杀无赦！

"我将在此建苍狼王宫！"

它的声音如同雷鸣，在长空中激荡，很远的地方都能清晰地听到。

"这头畜生真是凶残又霸道！将对狼的习性有研究的动物学家都请来，还有，最新武器准备到位了吗？我就不信灭不了它！"军中的人实在被这头苍狼气坏了，放出了这样的狠话。

哪怕这头狼的实力很强，此举也太嚣张了，居然要驱赶人类，谁都咽不下这口气。

网络上自然是一片诅咒声，人们恨不得扒了它的皮。

晚间，楚风一家人吃饭时也在谈论这件事。

"这头苍狼太凶残了，可恨啊！"王静特别气不过。

"我觉得不计代价也得杀掉它，必须立威，不然的话，后果不堪设想。"楚致远说道。

楚风点头，的确是这样，现在如果不能形成有效的震慑的话，后面肯定会有更大的麻烦。

只是，那个级别的生物太难杀了！

第二天，楚致远再次跟人联系，对方告诉楚致远，两天后楚风就可以和相关的人见一见，但需要楚风展露实力。

"没问题！"楚风有绝对的自信，没什么可犯怵的。

不久后，一则消息震惊天下。楚风看到这则最新报道时，顿时头皮发麻！

"发生大事了！"

"天啊！"

此时，就连王静和楚致远都忍不住惊叫。

"清晨，南桂高原遭遇苍狼王屠城，死伤超过七十万！"

这么一行醒目的红字，让所有人都觉得毛骨悚然。

那头苍狼王太凶狂了。

苍狼暴虐至极，激怒了所有人，无数人在诅咒它，恨不得剥了它的皮。

消息像是一股飓风席卷各地，连国外都跟着声讨。这是最可怕的一次异兽灾祸，苍狼王比黑龙王杀的人还多。

"我已经说过，这是苍狼王宫所在地，是我的领土。"苍狼王丢下这句话后，很快又消失了。

显然，它也在防备热武器的连续轰炸。

这头苍狼拥有的本领近乎神通！它将整座城市都毁掉了，高楼倒塌，建筑损毁，化作一片废墟，血迹斑斑，让人触目惊心！

所有人都愤慨不已，尤其是看到那血淋淋的城市的时候。

高层出面安抚民众，沉痛哀悼死难者，表示一定会给死难者一个交代。

"杀！"军中许多人的眼睛都红了！

可怕的是，随后，史地兽潮又开始爆发了。同一时间，雷天城附近那些大山中出现了成千上万只异兽与凶禽，它们再次逼近城市。

这绝非孤立事件，而是三地兽王联合采取的行动。

"请所有人放心，我们必然会为死去的人们报仇！"一位少壮派将领发誓道。

这个黄昏，注定全世界都会被震动！

就在这一日的傍晚，一朵蘑菇云在南桂高原某一地腾空而起。

蘑菇云冲起的刹那，南桂高原深处传来一声愤怒的狼嚎，震动群山，恐怖绝伦。

那画面是对外直播的，恐怖的云朵升腾起来的时候，惊呆了每一个人。一时间，全世界都安静了。

谁都没有想到，军方能这么快就定位到苍狼王的位置，直接动用大杀器，对它下死手！

要知道，这种生物拥有不可思议的神觉，能提前躲避危险，这次它竟然没有逃掉。

能杀死它吗？许多人盯着屏幕，都在等待结果。

世界各地的各层人士皆在密切关注。如果能杀死这头苍狼，影响将无比深远，会有效震慑到异兽。

"杀死它，为死去的人报仇！"许多人无比紧张地祈祷，心都提到了嗓子眼。

"一定要干掉那头畜生，它太残忍了，屠城导致七十多万人死去，人神共愤！"很多人情绪激动，无比愤慨，希望能杀死它。

真能锁定这种生物？要知道黑龙王肆虐时，西方的高层可是头痛得要死，一点办法也没有。

神觉！

那是一种可怕的感知能力，兽王一旦拥有它，便总能化险为夷，即便是最恐怖的大杀器都无用武之地。

"啊……不好！"突然，有人大叫。

因为，屏幕上的画面显示，在上百千米外，那头苍狼正在疾速奔跑，虽然看上去很狼狈，但是并没有大碍。

"天啊，果然没有锁定它，它并不在核爆中心地带！"

这则消息对人们的打击非常大！

"为什么？"许多人脸色发白，一旦让它逃走，它必然会进行疯狂的报复，到时候死伤的人会更多。

"再来一枚啊，轰杀它！"有人不能接受这种结果，大叫道。

可是晚了，它已经逃向大山。那里是折叠空间，地域开阔，并笼罩着迷雾，目标难以被锁定。而且，它的速度实在太快了！

重新用导弹携带大杀器发射过去，时间多半已经来不及。

"不！"有些人接受不了！

甚至，有人气到咯血，觉得太遗憾了。死了那么多人，好不容易才发现它，还启用了毁灭性武器，可仍旧让它逃掉了，实在让人难受。

"真是可惜。"

这一次离成功太近了，几乎制住了苍狼王的神觉，只差一点就能杀死它了。

"轰！"

下一刻，又一朵蘑菇云升腾而起，在大山那里绽放！

"什么？"人们惊呆了。

早已提前锁定好了？众人都在心中猜测。

"它所谓的神觉没用？竟彻底失效了？"西方许多人都在惊叫。

此时，网络上再度沸腾了。这次再杀不死它的话，人类就真的要对它无能为力了。

根据画面来看，它应该处在有效杀伤范围内，会被那恐怖的温度焚成灰烬，必死无疑！

"太好了，终于杀死了这头苍狼！"

"杀得好，这头畜生终于完蛋了，死去的人们安息吧！"

……

人们期待的结果出现了，所有人都无比激动。

国外的人也很兴奋，在大喊大叫，因为这对他们来说也是好消息，他们可以据此研究怎么杀死黑龙王了。

"他们到底是怎么让苍狼的神觉失效的？"国外的相关人士迫切想知道。

"经过仔细探测，那片区域已没有生命波动，苍狼王被杀死，幸不辱命！"军方适时发出通告。

这则消息出现后，各地顿时一片欢腾，人们走上街头庆祝。

这一夜，注定难眠。

雷天城外的那些异兽退走了，没有再逼近。

第二日，世界各地的报纸头条都是杀死苍狼的消息。至于网络上那就更不用说了，从昨天开始到现在，各种报道铺天盖地。

这一战影响非常大，而且取得了立竿见影的效果。

就在当天，名山大川的争斗仿佛一下子降温了，不再那么激烈。

随后，有异兽中的王者开口了！

凌山大林寺的那只老猿发表声明，声震上万米，它宣称反对兽王屠城，呼吁各方都不要再冲动，要和平共处，任何事都可以先坐下来谈，没有必要采用这么激烈的方式。

人们深感意外，甚至有人怀疑，苍狼王该不会是被它设计而死的吧？不然的话，那头狼的神觉为何失效了？

　　毕竟，这种神觉只有兽王最了解，能想办法克制。

　　很快，卫城山的白蛇出现了，它很冷漠地明确告知大家，苍狼王之所以会死，是因为它太弱了。真正的绝顶强者神觉极其敏锐，提前一个小时就能警觉到危险，无惧任何恐怖武器。

　　这番话影响极大，让世界各地都震动不已，兽王竟这么可怕？

　　按照白蛇所说，苍狼王只是最弱的一个兽王，只是刚刚达到那个境界而已！

　　"黄牛，将通信器给黑老大，我有事请教它。"楚风喊道，他想知道白蛇所说的是否为真。

　　"别烦我，忙着呢！"大黑牛接过通信器后直接回复道。

　　"黑老大，你在忙啥？"楚风问道。

　　"小子，我警告你，别再叫我黑老大，小心本王杀到雷天城去收拾你！"大黑牛很不满那个称呼。

　　楚风干笑，接下来称它为牛魔王，问它到底在干什么。

　　"研究核武器！"牛魔王不耐烦地说道。

　　楚风目瞪口呆，这头牛想干吗，要进军这一领域？

　　很快他就明白了，这一役还是起到了极大的震慑作用，大黑牛显然被吓了一大跳，临时开始了解核武器。

　　"看来杀了苍狼王很有效果，异兽们都有所忌惮了。"楚风自言自语道。

　　凌山大林寺的老猿、卫城山的白蛇先后出声后，人们忽然发现，它们两好像是一个唱红脸一个唱白脸。

　　"应该起到了威慑效果！"许多人这般猜测。不管怎样说，人们觉得应该可以迎来一个平和期了。

　　可是，事情往往跟人们的猜测相反。苍狼王被消灭后，雷天城外的飞禽走兽退走，史地的兽潮却还在，并没有溃散。

　　显然，在它们的背后有一只异兽之王，而且它并没有被吓到，依旧怀着敌意，想要搞出大事。

　　"不好了，史地有异兽之王现身！"

爆炸性消息刚一传出，就让很多人都蒙了。

才杀死一只兽王，又有一只出山了？

果然，关于它的消息在网络上出现了，甚至有图片。

那是一只鹰，通体如同金属般流动着可怕的光泽，羽翼展开时足有数十米长，横空而过时，散发着可怕的威压。

但凡飞禽走兽见到它，无不瑟瑟发抖，匍匐在地，对它顶礼膜拜。

"人类，你们激怒我了，杀死我的好友苍狼王，这个仇不能不报！"

鹰王展翅横空，发出人类的声音，无比恐怖。

"轰隆！"

有人看到它的翅膀能轻易削掉一个山头，景象吓人。

这些视频传到网上后，所有人都觉得头皮发麻。

人们意识到，这只鹰王更恐怖，会无比难缠。

"用卫星锁定它，干掉它！"军部有人怒了，才杀死一头苍狼，又出现一只鹰王，在那里强势挑衅。而且，看样子这只鹰王的危害更大！

史地的兽潮是它引发的，现在它终于现身了。

"你们所谓的大杀器对我无效，锁定不了我，不信的话尽管来，看一看是这片大地先残破，还是我先殒命！"鹰王叫嚣。

它凌空展翅，速度极快，以至于空中发出了恐怖的爆鸣声。

人们看到它一冲而过，如同锋利的天刀般，轻易就劈开了空中的一架飞机。这等景象让人胆寒！

鹰王数十米长的身体比飞机小不少，但是如神铁般无坚不摧，同时它速度飞快，再加上它可怕的神觉，卫星根本就没有办法锁定它。

"我给你们时间准备，从史地开始，我要连屠十城！"鹰王的声音很冷，它更加残忍、霸道。

它示威般地朝一座大山飞去，速度快到不可思议，展开的双翅迸发出无穷无尽的光芒。

"轰隆！"

那座山体被它劈开，分为两半。这些画面被卫星清晰地捕捉下来了，惊呆了世界各地的人。

"神话再现，这只鹰王比那头苍狼更恐怖！"

许多人意识到有大麻烦了。

"怎么会这样强？"

有战机自史地升空，想要锁定鹰王，将它杀死。

"咔嚓！"

鹰王在疾速前进中张嘴就是一道电芒，隔着很远的距离就将战机击落了。

地面上的导弹飞来时，鹰王轻易就避开了，正如它所说的那般，这对它无效。

突然，地上冲起一道光束，似是激光武器。

可惜，鹰王拥有预警的能力，先一步避开了。它张嘴发出尖锐的叫声，转瞬之间，有电芒冲了下去，下方的发射地随后发出爆炸声。

数次试探性的攻击都被它轻易粉碎了，这让人胆寒。

国内外许多专业人士都为之皱眉，预感到有大麻烦了，这只鹰王太恐怖，很难消灭。

"时间不多了，我即将开始屠城，记住这一天吧！"鹰王冰冷的声音划破长空。

史地顿时一片大乱。

人们惊恐万分，许多人都在向城外逃，一时间，引发了巨大的骚乱。

因为发生过苍狼屠城事件，没有人再认为这不可能了。现在这只更为厉害的鹰王出现了，场面将会更血腥与恐怖。

这一刻，史地被惶恐的情绪笼罩着。

同时，其他地方的人也都感觉到一阵寒冷，异兽崛起，无比强大，而且残忍，人类的出路在何方？

他们为史地的人感到揪心，同时也在为自己担忧。这只鹰王真要大开杀戒的话，谁知道最终会波及哪里。

不少人都绝望了！

"都沉默了吗？既然无人反对，那我就开始动手了！"鹰王残忍地说道，带着冰寒刺骨的杀气，向史地的一座城市飞去。

"咻！"

一道璀璨无比的白光从沅林山迸射而出！这画面被卫星捕捉到了。

那是什么？所有人都惊呆了。

现在，史地成为焦点，能动用的卫星都锁定了那里，人人都在密切关注。

"天啊，我看到了什么，那像是一道剑光！"

"它是从沅林山冲上来的？"

史地多剑仙传说，怎能不让人多想？

"咻！"

那白光太迅猛，速度快得不可思议，直接追上鹰王。

鹰王心中一惊，快速改变方向，避过这一击。

"飞剑，是飞剑啊！"

此时，但凡见到这一幕的人都无比激动，忍不住大叫了起来。

"咻！"

那道白光掉转方向，依旧迅猛无比地向着鹰王飞去。

"噗！"

这一次，鹰王没能避开，它那可以劈开山峰的翅膀被穿透了一只，有大量的鲜血洒落。

"神啊，竟然刺穿了！"有人又兴奋又激动地大叫道。

"古老的国度太神奇了，竟然真的有剑仙？"连西方一些高层都在惊叫。

至于国内，那就更不用说了，网络上无比喧嚣。

"史地剑仙出世了！"

"这个世上真的有剑仙，太惊人了！"

……

史地上空，鹰王染血，它冷漠地停在远处，浑身都流动着金属光泽。它居然被重创了，这让它无比愤怒。

但是，它也无比忌惮，盯着某一个方向，寒声道："你是谁？"

那道白光终于停了下来，悬在高空。

"这……"不仅鹰王大吃一惊，所有的人类也都呆住了。

那不是什么飞剑！

　　悬浮在那里的是一只白鹤，它羽翼晶莹，周身散发着朦胧的光辉，弥漫着蒙蒙的白雾，宛若被仙气环绕着。

　　它身形并不大，跟正常的白鹤相仿，那种神韵却无与伦比，宛若超凡脱俗的仙道生灵。

　　它的头顶鲜红如玛瑙，身上有一部分黑色羽毛，其他部位的羽毛都雪白如羊脂玉，它应该是一只丹顶鹤。

　　而在民间，它也被称作仙鹤。

　　史地剑仙竟然是它？

　　"你为什么帮人类？"鹰王极其不忿地问道。同为异禽，直到如今它才开始崛起，这只白鹤居然跟它作对。

　　"数百年前，我负伤了，险些死在沅林山上，是一名老人救了我，给我食物，喂我水，如果没有他，我早就死了，也等不到这一天。"这只白鹤十分平和地开口了，是很好听的男子声音，略带磁性。

　　"所以你就对付我？"鹰王寒声道。

　　"是，那名老人早已死去几百年，但这里是他的家乡，我不允许你大肆屠戮，更不会让这片土地再继续染血。"仙鹤说道。

　　而就在这时，网络上有人曝出一则惊人的消息。

　　沅林山在今日正式有了主人。因为在不久前，各方都确定了，这里被一只白鹤占据了。

　　这是先秦研究院的人透露出的消息！

　　人们震撼极了。毫无疑问，就是这只白鹤击退了各方人马，让相关势力都服气了。

　　"如果我要继续呢？"鹰王冷笑着道。

　　"那我只能出手！"仙鹤说道。它浑身发光，疾速冲起，宛若一柄飞剑！

—— 第 47 章 ——

剑宫传承

雪白晶莹的仙鹤横空而起，刹那间绽放出刺目的剑光！

它的躯体太绚烂了，刚才还如羊脂玉般雪白莹润，现在立马变得璀璨慑人，且有剑芒从中激荡而出！

这是什么情况？

人们瞠目结舌，怀疑自己看错了。

只见天空中多了一柄雪白的利剑，向鹰王刺去，一时间，剑光照耀四方。

鹰王足有五六十米长，体形庞大，通体流动着冰冷的光泽，似由乌金铸成，现在它浑身比精铁还坚硬的羽毛几乎根根竖立，因为它感觉到有极度危险的气息在临近。

"当！"

它探出锋利的大爪子，向白光击去，天空中迸发出刺耳的金属颤音。

鹰鸣声响起，刺耳至极。

"噗！"

鹰王的爪子受伤了，留下很深的剑痕，血肉部位更是被剑气撕裂，险些被斩下一部分。它惊怒交加，忍不住倒退，浑身乌黑的羽翼蓬松炸立着，同时心底冒起一股寒气。

白鹤很干脆，说动手后便毫不犹豫地果断出击，一时间，天空中剑光激荡，真的如同剑仙临世。

鹰王无比愤怒地长鸣，再怎么说它也是一方王者，居然一交手就被重创。

它如同一轮黑太阳，通体缭绕着乌光，跳动着可怕的黑色火焰，而后"嗡"的一声张嘴喷出一道雷霆。

247

那是黑色的闪电，伴着火焰，向白鹤劈去。

"嗖！"

半空中的那只仙鹤速度太快了，它直接避开，雪白剑气纵横激荡，再次攻向鹰王。

人们都瞪大眼睛，屏住呼吸，紧张地注视着这一幕。他们有些难以置信，难道传说中的史地剑仙就是这只白鹤？

"放慢画面仔细看！"军方有人低语。

他们也震惊了，这情形实在具有颠覆性，他们不得不高度关注。

卫星捕捉到的那些画面被放慢播放，这时，人们才看清真相。

白鹤出击时的姿势很怪，它居然没有展开双翅，而是将其收拢在身体两侧，并且双腿向后绷得笔直。它的躯体几乎成一条直线，它以喙为锋，向前攻去！

这样看来，它的身体宛若一柄雪白的利剑，莹莹发光，破空而去。

事实上，它那很长的鸟喙的确在发光，跟平常的白鹤不同，它的喙雪白晶莹，绽放剑气！

果然像是飞剑！

人们终于看明白了，这只仙鹤在以身为剑，纵横长空。它通体缭绕着光华，剑芒迸射，无坚不摧。

天空中的白鹤速度太快了，胜过鹰王，跟飞剑没什么区别。

"这绝对是某种传承！"有人惊道，不然，它怎么会这样飞？这明显跟鹤类的习性不一样，倒像是在御剑飞行啊！

"当当当……"

史地上空火星四溅，两只禽王在激烈搏杀。

鹰王拼命抵挡，它如果不全力以赴的话，很可能下一刻就会被仙鹤一剑斩落。

它已经陷入危险之境。

谁都看得出，这只仙鹤太强大了，不愧是逼退各大财团，战败很多异兽的绝顶生物，此时它全面压制住了鹰王。

"噗！"

白鹤飞过时，将鹰王的腹部剖开一道可怕的口子，鲜血四溅，鹰王乌黑的羽毛都被浸透了。

鹰王发出一声怒鸣。它极度不甘，但心底深处也有些恐惧了。

可它已经没有退路，都杀到这般境地了，它只能血战到底，想逃的话可能会立刻被白鹤一剑洞穿后背。

仙鹤不断跟鹰王碰撞，一时间，剑气四射。

即便是鹰王最坚硬的部位都先后受损，无论是利爪还是鸟喙，都快断掉了，上面剑痕累累。

"咔！"

终于，它的一只爪子被斩断，带着部分血肉，向下坠落。

鹰王发出一声凄厉的大叫，而后浑身羽毛张开，通体缭绕着黑色电光，并且绽放出乌光，它打算与仙鹤拼命了。

现在它不计代价猛攻，再有差池的话必死无疑！

它看得出，这只仙鹤不动手时很和气，一旦激战，绝对果决无比，根本不会留情。

此刻，鹰王就算想停下来都不可能了，因为对方已经下定决心要杀它。

"杀！"鹰王长啸。随后，只见漫天翎羽飞舞，乌光透过它的身体向外爆发，而它自身也像是要炸开了。

它动用了最强的绝招，这个景象太恐怖了！

很多人的心都提了起来，人们怕它以这种手段翻盘，跟白鹤玉石俱焚。

"轰隆！"

一道又一道可怕的黑色闪电绽放，引发了极其恐怖的能量波动。

"咔嚓！"

很多道恐怖无比的乌光向仙鹤劈去，景象骇人。

没劈中仙鹤的乌光落在下方的山头上，传来阵阵爆炸声，不少高耸的山崖被削平了。

威力实在太大！

仙鹤不断躲避，没有硬拼。

可是乌光太多了，一道道乌光接连迸射而出。显然，鹰王誓要杀死仙鹤。

但此时鹰王的长喙中满是鲜血，而且身体也有龟裂的迹象。很显然，发动这种恐怖绝招的时候，它自己也需要付出极大的代价。

"嗖！"

仙鹤展开双翅，这时它跟刚才不一样了，不再像剑体。

它的身上流动着蒙蒙白光，白光化作涟漪向外扩散，而后越来越璀璨，到最后，白光弥散开来，如同起伏的海水，波澜滔天。

它在扇动翅膀，将一道又一道乌光都击散了！

"白鹤亮翅居然这么厉害！"有精通古武的人低语道。并且，他像是在参与直播，不经意间的话语都被播了出来。

这就是传说中的白鹤亮翅？这威力未免太惊人了吧！

鹰王长鸣，它又焦虑又急躁，通体都是裂痕，血液不断向外流淌，快承受不住了。

这是一种绝招，对它自身的伤害非常大，连躯体都可能会四分五裂。

"同为异禽，你却对我动手，就不怕惹怒其他的王吗？"鹰王色厉内荏，因为它坚持不住了。

"你很可怜，和苍狼王一样被蛊惑了，你以为出来作乱就可以得到某些兽王许诺的好处吗？"仙鹤停了下来，再次现出雪白柔和的躯体。它身上有一股仙气，不动手时，显得超凡脱俗。

"你……"鹰王想说什么，但它感觉到了恐惧，因为对方虽然平和，但是似乎要下杀手了。

"哧！"

仙鹤再次动了，迅疾如雷电，展翅凌空而来。

这一次，它不是整体合一如同剑体，而是不断挥动翅膀，其中一只翅膀迸发出恐怖的白光，无比锋利地扫过这片长空。

鹰王的颈项被斩中，"噗"的一声，它带着惊恐还有绝望，砸向下方的大地。

得手后，仙鹤化作一道白光向着沉林山方向快速消失。

人们震撼不已，好半天都没有出声。

直到过了片刻，嘈杂之音才再度响起。

"天啊，真有剑仙，它是一只鹤！"国外的人都被这场面镇住了，都有点蒙了。国内的民众也不例外，所有人都在惊叹，觉得这有些不可思议。

那只鹤的战力有目共睹！

鹤王崛起，震动各地！别说人类，就连各地的兽王也都心生忌惮了。

此时，网络上一片喧腾，像是翻滚的沸水。

"鹤王太神武了，这简直是横扫啊，干净利落地斩掉鹰王，剑气纵横，绝世无敌！"

"太好了，还是有异兽亲近人类的，我想去史地，那里现在有鹤王守护，最为安全。"

……

"快，将那只鹰王的尸体带回来，别让其他异兽把它吃了，这可是价值无量的王级血肉，会有大用。"军部的人坐不住了，下令必须在第一时间将鹰王的躯体带回来。

这一天，世界各地的人都在谈论史地仙鹤，很多人都被它的非凡表现镇住了。

西方等地的人们更是羡慕不已，在他们看来，白鹤简直就是一个保护神，庇护着史地。甚至，国外有些地方想派使者前往史地，请白鹤相助。

国内各大势力都非常重视史地的那只白鹤，它太强大了。

一时间，大家纷纷整理关于它的各种资料。

因为有些大势力争夺过沅林山，跟那只鹤打过交道。最后，通古联盟、先秦研究院等大势力不得不站出来，透露出一些真相。

自古以来，史地多剑仙传说，自然被所有大财团重视。天地剧变后，这些大财团了解了部分真相，第一时间派遣人马争夺。

抛开剑仙传说，沅林山、茨承山也算是天下名山，负有盛名，自然成为他们在史地的首选。

事实上，异类比他们更敏锐，抢先一步动手了。尤其是原本就栖居在沅林山上的那只白鹤，更是近水楼台先得月。

自天地剧变开始，它就一直栖居在一棵神奇的古树旁。

"这棵古树扎根在沅林山金顶，那里可谓最重要之地。"通古联盟的人感叹道。

沅林山金顶流光溢彩，散发神辉，连山崖都被照得无比晶莹。

那棵古树十分神异，花朵形似利剑，并带着金属光泽，随风摇曳时，铿锵作响。它结果时也非同一般，果实虽然稀少，但都是拇指长的小剑，看起来极其锋利。

白鹤守着那棵古树，起初险些被杀死。因为有的异兽不比它弱，很多异兽一起围攻它，让它满身是血。但是，它挡住了！

原因只有一个，沅林山金顶出现了一座地宫，地宫散发出蒙蒙的光辉，保护古树，也庇护了白鹤。

不久后，它变得越来越强大，因为它得到了地宫中的某种呼吸法，那应该是一种传承。

"这……这是真的吗？"

听到几个大势力透露出的这些消息后，人们目瞪口呆，这只白鹤的来历竟然这么离奇。

各方征战时，沅林山金光普照，同时缭绕着蒙蒙的雾霭，出现了不少莲花，还有其他异树，都在那棵古树的附近。

各大势力称那棵花与果实都如同飞剑的古树为"剑树"，它是沅林山第一宝树。

原本各方还不想退缩，可是茨承山传来的消息让他们发怵。

茨承山的变异也十分惊人，满山都在流淌五彩光辉，最重要的是，那里也出现了一棵剑树，苍劲如虬龙，同样被一只白鹤占据。

最可怕的是，两只鹤彼此熟识，疑似是亲兄弟。这让各方都心生忌惮！

到最后，当它们彻底占据两座山后，人们断了念头，不想招惹它们了。

一只白鹤就已经很可怕了，两只联手的话，那实在让人不安。

鹰王死去后不久，沅林山与茨承山的两只白鹤一同出现，对外宣布，将要立派，名为史地剑宫！

它们坦言自己的确掌握了一种呼吸法，而且不久后史地剑宫将会广收门徒，挑选弟子。

这消息掀起了巨大的波澜！

继大林寺之后，史地剑宫出世，又一个由异类组建的门派形成了。

"去史地，那里最安全！"

"是的，我也想去，我要成为剑仙！"

很多人都心动了，想立刻上路。

楚风自始至终都在关注着，心中震撼不已，连他都动心了，史地剑宫的传承对他有着极大的诱惑。

"小风，明天我们就要去跟相关的人见面了。"楚致远告诉他，明日将有考验。

"我有些想去沅林山了。"楚风嘀咕道。

"惦记上那里的两棵剑树了吧？"楚致远笑了，告诉楚风其实不必舍近求远。

楚风一旦加入政府的那个异人组织，很有可能会被直接派往封禅之地！

楚致远很严肃地说道："异兽之所以这么强，是因为它们登上过名山，抢先一步发现神秘古树。封禅之地，那是一般的地方吗？历朝历代都在那里祭天啊，真要有神秘古树的话，肯定了不得！"

而且，上面透露出一些消息，准备在封禅之地培养出人类中的绝世高手！

据猜测，那里或许还有适合人类的传承。

清晨，沐浴着金色的朝霞，楚风在练习特别的呼吸法。

不久后，他停了下来。今天就要去异人组织所在地了，只要他表现出强大的实力，日后父母的安全就会有足够的保障。

"妈，您也去吧。"

一家人吃过早饭后，楚风招呼王静。他不想她一个人留在家里，怕出什么意外。

他一口气将许婉怡派来的异人彻底铲除了，肯定刺激了那个女人，她一旦发疯，很难说会有什么出格的举动。

"好。"王静很痛快地答应下来，她不想让儿子担心。

清晨，海明城。

城外大山高耸入云，猿啼虎啸，城内车水马龙，摩天大厦一幢接着一幢，分外繁华。

城外与城内根本就是两个世界，或许也只有这等如同末世般的时代才会造就这样的奇景。

碧湖湾别墅区，一幢雕梁画栋、金碧辉煌的豪华别墅特别醒目。

这是林夜羽的家，连餐厅的装修也很讲究，水晶吊灯闪烁着梦幻般的光彩，下面的长桌台面足够数十人同时用餐。

许婉怡这两天心情很不好，吃早餐时都有些走神。一夜之间，十三名异人全部失联，这对她来说是个不小的打击。

那些高手都是她的亲信，她花费了很多钱财与精力才将他们聚拢在一起。

尤其是这种挫败感，让她特别沮丧。她原本以为可以神不知鬼不觉地解决掉那个出生于卫城山的可笑而又可悲的平凡小子，怎么也没料到会是这么一个结果！

她心中阴郁得很，恨不得调动天神生物内的各路隐藏高手，直接杀到雷天城去，将那一家人杀个干净！

可惜，她不是林诺依，没有那种权力。

许婉怡觉得自己有些魔怔了，她控制不住自己，总想在第一时间杀死雷天城的那个小子。

一名异人走来向她禀告，除了楚致远曾摔伤了腰，楚风一家三口现在活得好好的，没有其他变故。

"牛神王的身份呼之欲出，是他！以前我太小看他了！"许婉怡脸色铁青，虽然还没有最直接的证据，但是凭借本能，她也猜到了。

这两日她一直都在调查，发现从楚致远腰部受伤以后，她的人便开始发生意外，一下子都失联了。

她将刀叉重重地扔在餐桌上，面色沉重，眼中闪烁着仇恨的光芒。她以前就觉得妹妹死得蹊跷，跟穆的死一样大有问题。如果楚风就是牛神王，那一切就能解释得通了，因为她的妹妹和穆都针对过楚风，甚至半路截杀他。

"哪怕是我妹妹不对在先，对你动过手，但是……你也不可原谅！"她不会考虑自己妹妹身上存在的问题，只会一味怨恨楚风。

林夜羽从外面走进大厅，刚才，他迎着朝霞打了一趟拳，感觉浑身都有热流在涌动，整个人都略带光辉。

"夜羽！"

许婉怡拿着雪白的毛巾，带着温婉的笑迎了上去，细心地为他擦拭汗水。

"有心事啊？早餐都没怎么动。"林夜羽问她。

"想我妹妹了。"许婉怡叹了口气。

"人死不能复生，不要伤神。"林夜羽搂着她的肩头安慰她，而后像是想起了什么，道，"对了，听闻你们的那部末世大剧进展很快，很有可能会在近期上映？"

许婉怡终于露出了笑容，这或许是她收到的唯一的好消息吧，让她颇为期待。

但她谦逊地道："说起来很惭愧，我只是补拍了一些镜头，根本没有怎么参与那些末日挣扎、对抗异兽的剧情，另有其他女性异人在演，据闻这次请了不少异人，我们等于用了替身。"

她嘴上这么说，内心却很高兴，这部大剧请了太多的重量级明星，显然会很火爆，她虽然不是女一号，但也戏份十足。

这次她可能会凭借这部大剧红遍大江南北。

太阳升得很高了，楚风一家人来到了目的地。

这个大院占地非常广，灰色的墙体很陈旧，让人感觉有些压抑。门外有不少大树，有的需要两三个人才能合抱过来。

以前楚风也从这里路过，但是根本没兴趣探究，今日不同了，他竟要来这里面试，然后争取进入这个大院。

这片地带十分安静，肃穆且庄严。楚风不太喜欢这种氛围，所以早先有点抵触，但今日他不得不来。

进入大院看到青石铺成的道路后，他略感意外，这里面竟有些古意，与外面的风格大不相同。

大院中，几棵古树伸展着枝丫，老藤攀爬在上面，空气颇为清新。

"嗯？"楚风看到院中的一面匾额时，差点以为来错了地方。

"玉虚宫！"他相当惊诧。

玉虚宫不是传说中的神仙的府邸吗？

楚风目瞪口呆，大院外面严肃到令人倍感压抑，里面怎么完全不是那么一回事啊！这是谁的手笔？

楚致远与王静的眼神都怪怪的，早先的庄严与肃穆在这里似乎被破坏了。

紧接着，楚风看到了一个人，惊得他差点转身就走。

他实在不想跟这个人相遇。

周倚天，那个破导演，曾经追着他拍摄到没完没了的人，居然也在这里！

当时，牛神王纵横卫城山，可谓威风凛凛，最后却被这个导演约戏，吓得落荒而逃，那场面曾惊呆一群人。可以这么说，这是到目前为止唯一一个让楚风不战而逃的人。

"你们是来面试的吗？这边走。"周倚天冲他们和颜悦色地打招呼。

这破导演是这里的工作人员之一？

楚风觉得特别荒谬，想掉头就走，这家伙都混进这个所谓的"玉虚宫"了，这地方还靠谱吗？

"您是这里的工作人员？"王静很客气。

"算是吧，最近想请玉虚宫的人帮忙，所以暂住在这里。"周倚天微笑着说道，看起来倒是很随和。

如果是一般人肯定会觉得这人很亲切，但是在楚风看来，这人要多不靠谱有多不靠谱！他很想说，你赶紧拍戏去吧，别在这里添乱！

周倚天十分热情地过来引路，带着他们穿过一重又一重大院向里走。

这里占地真的很广，在寸土寸金的雷天城里，这么大一块地方太宝贵了，从另一个侧面也能看出这个组织多么有底气，不然的话，根本占不了这种地方。

最后，楚风实在没忍住，还是跟这个不靠谱的导演说话了，询问他在这么肃穆的大院里面怎么挂了一面刻有"玉虚宫"的铜匾。

"原因很简单，在东方神话中，玉虚宫是神仙的府邸，意味着神通广大，聚集着诸仙，而这里是异人的组织，起这个名字自然是有其深意的。"周倚天说道。

"我跟你们说，你们还别不信，真的大有意境，高层都默认这里叫玉虚宫，也是认可了它的地位，你们说它能简单吗？"周倚天神秘兮兮地说道。

"有这么邪乎？"哪怕站在这个特殊的大院中，王静也很敢说话。

周倚天很认真地点头，道："你们也不想一想这是什么地方，异人组织总部所在地，统驭他们的人能简单吗？"

楚风忍不住道："你别告诉我这里的头儿就是神仙！"

"不愧是异人，果然聪明，瞬间就想到了。"周倚天一脸赞叹之色。他这么一说，让楚风想给他一巴掌，这也叫聪明？

很快，周倚天又压低声音道："不过，你不能称呼他为头儿，他的地位极其超然，而且他非常神秘，只有足够强大的人才能称呼他为老师，其他人叫他……算了，一般的异人见不到他。"

一家三口面面相觑，这到底是什么地方，玉虚宫真的这么不凡与强大？

"玉虚宫的神秘主人很强吗？"楚致远问。

"当然！"周倚天郑重地点头，用不容置疑的口气说道，"应该是人类中数一数二的高手！"

"这么厉害？"连楚风都惊异万分。

他可是知道，菩提基因有迦释的门徒，天神生物有震雷子，这些人疑似二十多年前就成为异人了。而那个时候，天地剧变还未真正开始呢！

身为迦释门徒之一的千叶在卫城山跟白蛇大战过，虽然最后生死不明，但可想而知他的实力有多强。

"厉害绝顶，差不多快横扫世间无对手了吧！"周倚天无比推崇地说。

"既然他这么厉害，兽王作乱时怎么不见他露面啊，应该去亲手毙掉苍狼王还有鹰王才对。"楚风说道。

因为先入为主，他总觉得周倚天有些古怪，一个在卫城山四处撒名片的人，怎么能让人觉得靠谱？

"我跟你说些你不知道的消息，但你不要传出去。"周倚天压低声音道，"玉虚宫的主人不出面，是因为他在做一件惊天动地的大事！"

"什么大事？"楚致远问道。

"在封禅之地征战。他要拿下那个地方！那里异兽横行，更有兽王出没，恐怖无比，快打翻天了！"周倚天神色凝重地说。

封禅之地的战争肯定极其恐怖，毕竟连玉虚宫的主人都在那里参战，那无疑是绝世强者。

周倚天用很小的声音继续道："苍狼王血洗南桂高原，鹰王引发兽潮，还有雷天城外铺天盖地的异兽，都是异兽的鬼蜮伎俩，想让人族高手疲于应付，离开名山大川去平乱。不过，高层有战略定力。"

楚风点头，不再认为他是在胡说八道了。

楚致远忽然问道："既然有玉虚宫，会不会也有八景宫和碧游宫？"

王静神色古怪，觉得自己的丈夫太异想天开了，在东方神话中，八景宫和碧游宫也都是极其神异的存在，还真要跟玉虚宫凑一块儿啊？

谁知，周倚天却吓了一大跳，而后朝左右看了又看，见没有人，这才点头道："据闻，的确是这样！"

王静顿时觉得十分荒谬，世间竟然有三大异人组织，还分别是玉虚宫、八景宫和碧游宫！

"我也是才知道的，从一个很重要的朋友那里得到的秘闻。"接着，周倚天又小声道，"八景宫的主人也是一个绝世高手，不过这个异人组织没几个人。碧游宫据说在大海中，要知道，汪洋中也有神秘古树，比如扶桑神树。当然，海中的危险更大，那里的兽王太厉害了。碧游宫的主人绝对是个狠茬子，强大得很。"

楚风一家人好半天都没有说话，这些消息实在太惊人了。

"不过，据闻碧游宫的主人也回来了，他要先攻占一座陆地上的名山。"周倚天出言告知。

现在玉虚宫的主人正在封禅之地征战，八景宫与碧游宫的主人也都各自主攻一座名山，三大绝顶高手分三路进军。

这跟楚致远从他那个老同学那里了解到的消息一致，政府想要拿下三座最重要的名山，因此每一地都会有一个绝世高手坐镇。

"这么说，玉虚宫、八景宫、碧游宫都很强？"王静问道。

"那是当然，敢跟天下各路兽王血拼，你说有多强？而且，就是那些大势力的高手，比如天神生物的震雷子、菩提基因的迦释门徒等人都在玉虚宫登记注册过。"

由此可见，玉虚宫这个组织有多强，那些大财团都很给面子，他们中的高手都在这里登记注册过。

"到了，今天来的人可真不算少。"周倚天的声音恢复了正常，他将他们带到了考核的地方。

─第⟨48⟩章─
强势过关

烈日炎炎，树叶都蔫了。

很多异人站在一条爬满藤蔓的长廊中躲避炽热的阳光，有男有女，年龄跨度很大，从十几岁到五六十岁不等。

楚风他们算是来得比较晚的了，所以引来不少人的目光。

"你们一家都是异人？"一个干瘦的青年问道，他的眼睛特亮，跟两盏金灯似的。

"不，只有我一个。"楚风笑着答道。

一个很白净，耳朵特别大的年轻人嗤笑道："你都多大了，还让父母送，这样也想进玉虚宫？"

长廊中不少人听他这么一说，都回头看向这里。

楚风真想踹他两脚，自己就是说了一句实话而已，结果就被贬低了。

周倚天劝道："各位要和气一些，说不定以后就要在一起共事了，低头不见抬头见，应该互相扶持。"说完，他就背着手走了。

"别在意，他就是心直口快，喜欢说实话。"那个双眼如金灯的干瘦青年说道。

有这么调解的吗？前半句还算是在劝，后半句又明着贬上了。

楚风看向他们，道："你们两个一唱一和的，这样挑衅，是不是欠揍啊？"

"现在的年轻人，真是浮躁，还说不得了。"很白净的年轻人摇头，一双大得离谱的耳朵都在跟着抖动。他老气横秋的，实在让人恼火。

楚风真想扯住他的耳朵，狠狠地修理他一顿。

还没有等他再开口，不少人发出惊呼声，楚风循声望去，见到了一名女子。

"相当漂亮，十分妩媚动人，哎呀，她足有……"那个干瘦青年低声叫道，居然不客气地猜起了她的上围尺寸。

"不对，应该是……"大耳朵的年轻人也很激动。

楚风算是看出来了，这两人不是啥好鸟，两张嘴巴都天生欠收拾。

来者的确是一个美女，非常吸引眼球，她凌空而来，一头长发带着天生的波浪卷，眼神妩媚，红唇如火，肌肤如雪，背后更是有一对洁白的羽翼。

"总算没有迟到！"她轻盈地降落在地，长出一口气。

"这动作……我都要醉了！"大耳朵的年轻人脸上居然挂上了红晕，情不自禁地也跟着长出了一口气。

"美女，时间还不晚，你要是担心的话，来，排在我前面。"干瘦青年很热情，让女子插队，并且自我介绍道，"我叫杜怀瑾。"

"对，可以排在我们这里。"大耳朵青年也热络地自我介绍道，"我叫欧阳青。"

楚风彻底没脾气了，这两个不知羞耻的家伙将他们一家三口当空气了，明着安排人插队。

"这不好吧，我站在这里就可以了。"女子微笑着拢了拢卷发，眼波流转间，更显妩媚。她的雪白羽翼已经收了起来，背后的衣服有两条缝隙，那是专门留下的。同时，她笑着报出自己的名字——叶轻柔。

"啊，你就是叶轻柔？"

"天翼叶轻柔，没有想到竟能见到真人！"

长廊中，一群人顿时围了过来，有男有女。有的人很激动，道："天翼叶轻柔，我真的很佩服你！"

怎么回事？楚风一家三口因为紧挨着叶轻柔，也被围在这里，完全不知道现在是什么情况。

当然，也有一些人不解，只觉得叶轻柔不过妩媚动人而已，其他一概不知。

"你们还是异人吗，平日都不关注异人论坛吗？天翼叶轻柔都没有听说过，她可是杀过雷豹的人，以战绩而论，她是国内排名前五十的高手之一！"

楚风总算明白了，没有想到这个身材火爆，眼神动人的女子这么厉害。

不过，他觉得所谓的五十强肯定没有将迦释门徒、震雷子这等隐形的存在列入其中，那是二十几年前就已崛起的异人。

就如同现在的金刚、银翅天神、火灵、白虎之所以会被尊为四大高手，那是因为根本就没有将玉虚宫之主这样的绝顶人物算进去。

"叶轻柔姐姐，你不仅厉害，人还这么漂亮，比照片还要美上几分。"有个少女嚷着，旁边的一群男人则不断点头表示赞同。

"兄弟，长点眼力，赶紧挪两步，让美女向前走。"干瘦青年杜怀瑾对楚风说道。

"对对对！"大耳朵的年轻人欧阳青连连点头附和。

现在，楚风已经不对他们两个生气了，只觉得这两人太没底线。

叶轻柔被人簇拥着向前走，她回头对楚风笑了笑，道："谢谢啦。"

"别客气，站在我前面看着更赏心悦目，不然我还得回头！"楚风笑着道。

一群人都无话可说了，叶轻柔更是狠狠地白了他一眼。

就在这时，最后一批人来了，足有十几人，为首的是一个很英俊的年轻人，他脸上带着温和的笑，看起来非常阳光。

"咦，有点眼熟啊。"有人惊异道，而后很快认出，低呼道，"他是陈洛言！"

一群人都回头向那些人望去，盯着为首的那个年轻人。

"陈洛言？"有人惊声问道。

"没错，是他，战绩同样排名在五十强内，想不到他也来了，今天真是热闹了，一下子来了两个顶级高手！"

"你们好。"陈洛言很客气地跟众人打招呼，他外形很俊朗，战绩惊人，在异人的圈子中有极大的名气。

现在国内的异人可不算少了，能排进五十强，那绝对了不得！平均一下的话，这种人在雷天城能有两三个就到头了。

"陈兄也是雷天城的？"有人问他。

"不是，我是从靖门赶来的。"陈洛言说道。

众人大吃一惊，现在靖门距离雷天城起码有上百万米，他居然就这样过来了，足以体现出他强大的实力。结果，几名女性异人很客气地跟楚风商量，能不能让陈洛言排到前面一些。

"没问题。"楚风摆了摆手，让一个也是让，让两个还是让。

到最后，叶轻柔、陈洛言都已经排到最前面去了。至于楚风一家人，依旧在最后。王静有些不满，楚致远摆了摆手，觉得这没什么。

"好了，时间到，大家跟我走。"有人走了过来，请长廊中的异人进入前方那个更大的院子中。

现在，王静与楚致远只能等在外面了。

这个院子很大，很清凉，只因其中有一口正冒出惊人寒气的水潭。

院墙陈旧，四处空空荡荡的，又有一口寒潭，显得很怪异。

一名女性异人微笑着道："虽然大家都很热情，但是玉虚宫挑选异人很严格，只有实力过人者才行。"

接下来，她告诉众人，需要跳进寒潭，一直向下潜，自己寻到考核地。

"千万不要勉强，因为这口寒潭可不一般，非常寒冷，待在里面过久容易伤身。"她提醒众人。

所有人都一阵迟疑，真要潜下去？

"不会水怎么办？"

"那就看你的勇气了。"女性异人微笑着说。

众人琢磨了一下，觉得有实力的话应该不会遇到危险，就算不会游泳也多半能坚持到目的地。

"扑通！"

有第一个人下去后，就有第二个，很快，数十人向寒潭下方潜去。

楚风也下去了。这寒潭果然有古怪，寒气刺骨，一般的人下来会被冻僵！

他有点怀疑，这真的是水吗？为何没有结冰？

途中，果然有人受不了，慌忙结束下潜。他们的身体都冻僵了，连血液都要凝固了。

寒潭中有异人在关注着他们，见到有些人实在熬不住了，就立马过去救援。

楚风慢慢下潜，在途中的石壁上，他很快看到十分朦胧的光亮，便游了过去。那里是透明的，像是有一方空间被笼罩在光亮中。

他稍微一用力，整个人就挤入光晕内。

水没有跟着进来，他有些惊讶。这里很热，地面上腾起火焰，远处甚至还有岩浆。

"请继续向前走。"有异人为他指路。

走过这片灼热之地，楚风身上的衣服已经干了，而后，他进入了一片很广阔的空间。

这是地下世界还是折叠空间？楚风有些怀疑，因为此处可比地面上的玉虚宫大太多了。

这里像是一片巨大的演武场，无比空旷，半空中灰蒙蒙的，没有灯光照明，却不显得暗。走到这里的异人只剩下六十人左右，已经被淘汰了一半。

这里的工作人员较多，都是异人，有十来个。

"考核很简单，主要是看你们的实力！"其中一个气势十足的老头子正在盯着所有人。

他扫视过众人，渐渐露出笑意，道："不错，叶轻柔、陈洛言，我知道你们，名气很大，战绩不凡，玉虚宫欢迎你们。"

显然，这两人早就受到玉虚宫高层的关注了，他们认为两人是难得的好苗子，可以大力培养。

"据闻，你们这批人中还有拥有特殊能力的人，比如千里眼、顺风耳，成功走到这里了吗？"老头子问道。

"在！"杜怀瑾站了出来，双目灿灿。众人一下子就明白了，他就有所谓的千里眼。

"我也在！"欧阳青随后走了出来，大耳朵随着他的迈步而不停颤动着。

人们顿时笑了。

这两人有千里眼、顺风耳？楚风感觉怪怪的。

"你们两个即便实力不足，我也特许你们加入。"老头子笑着说。

众人羡慕不已。

"没事，我们两个想试一试。"这两人信心十足，显然觉得自己的战力不俗。

"考验很简单，没那么烦琐，先测试下相关的身体素质，而后直接进行实战对抗。"老头子宣布了流程。

身体素质检测主要就是检测听觉、视觉、速度、力量等。

欧阳青不愧是顺风耳，居然能听到数百米外蚊子飞过的声音，常人也就能听到半米内蚊子的振翅之音而已。

他的听觉比其他人敏锐数百倍？众人吃惊不已。

"值得培养，以后给你一些相关的异果，说不定你真的可以聆听到千里之外的声音。"老头子很满意地说道。

欧阳青摇动他的大耳朵，很是欢喜地说道："这还不是我的极限能力！"

楚风撇了撇嘴，虽然不得不承认这家伙的听觉敏锐得吓人，但还是觉得他太无耻了。

"你啥意思，不服气吗？"顺风耳欧阳青看到楚风翘起了嘴角，顿时觉得不爽。

一群人都望了过来。

"不就是简单的听觉吗？"楚风今天本来就是来展露实力的，因为只有这样才能被玉虚宫重视，让他们给他父母足够的安全保障，而且还可以有和白虎类似的自由身。

"咦，叫板？你要是也能有这种听力，我将数百米外那个纸盒里的蚊子全都吃下去。"欧阳青瞪着眼睛说。

"好，等着吃蚊子吧。"楚风说道。

三百米外，有人换上一个纸盒，里面有几只挥动着翅膀的蚊子。

"五只蚊子。"楚风敏锐地捕捉到了盒子里面的声音。

"正确！"有异人在远处回应。

现场一群人惊呆了，这么厉害，又一个顺风耳？！

"你……是蒙的！"欧阳青吓了一大跳，这么叫道。

"再来一次。"老头子也深感惊讶，让人准备再测试一下。

"六只。"楚风答道。

"正确！"三百米外再次有人回应。

"将纸盒拿过来。"老头子有点恶趣味，真的吩咐人去拿纸盒。

顺风耳欧阳青头都大了，一时间骑虎难下。

当纸盒打开时，他更是一声惨叫："怎么会有这么大个儿的蚊子！"

纸盒很大，里面的每一只蚊子都有一寸长，在那里嗡嗡乱飞。这样的五只蚊子，能吃下去吗？大耳朵欧阳青脸都绿了！

"玉虚宫内讲究愿赌服输，说话算话，吃吧。"老头子在那里笑着催促。

一群人都哭笑不得，感觉这老家伙下手有点狠，但同时也唯恐天下不乱，很期待接下来要发生的一切。

老头子很细心地"安慰"道："放心吧，这些不是真正的蚊子，而是人造的，跟正常的蚊虫发出的声音相仿，所以，大胆地吃下去吧！"

"塑料的？这么大个，还要吃五只？还不如是真的呢！"欧阳青要哭了，这东西吃下去能消化吗？

在众人的见证下，他欲哭无泪地把人造蚊子塞进了嘴里！

"你这小子，明明还需要父母送呢，想不到居然这么坏！"千里眼杜怀瑾盯着楚风，为欧阳青打抱不平。

"要不咱俩也比一比，输的还是吃蚊子？"楚风斜睨他。

一听到吃蚊子，杜怀瑾赶紧闭嘴，生怕也会输掉，要去吃几只蚊子。要知道，旁边的欧阳青正干呕呢。

"别吐了，那是环保材料，可以自动分解，顶多就是拉几天肚子而已。"老头子好心提醒。

"喀——"欧阳青气得想以头撞墙。

"不敢比就算了，我还正好不想比呢。"楚风一脸轻松地气杜怀瑾。

"比！"杜怀瑾冲口而出，因为他觉得这小子可能在耍诈，但是话说出口后他又后悔了。

"好！"老头子还没等楚风点头，就先答应了，愿意做个见证。

众人一阵无语，这老头子不是啥好东西啊！

远方，漆黑无光，伸手不见五指。

然而，千里眼杜怀瑾双目璀璨，直接看到三千米外的几只蚊子在飞舞。

这种视力把老头子都吓了一跳，老头子表情怪异地看着他，道："很好，日后等那棵树上的果实成熟了，一定会为你留一颗，保不准你就会成为神话传说中的千里眼！"

"该你了！"杜怀瑾笑了，看向楚风。

楚风很平静，全面开启神觉。他双目深邃，而后射出两道神芒，瞬息间他看到了四千米外墙壁上的几个斑点。

"五个斑点。"

"真的假的？"老头子惊道。

"正确！"有人当场告知了正确答案。

一群人震惊不已，这个被父母送来的"温室花朵"竟然这么厉害？

叶轻柔也惊呆了。

千里眼杜怀瑾直接抱着头蹲在地上，他快哭了，道："我不想吃蚊子！"

老头子安慰道："没事，能分解掉，吃吧。"

杜怀瑾无奈，只得照办。

在这两人生生吃过手指肚那么大的蚊子后，再也没有人敢跟楚风比试了。

测试力量时，陈洛言通体金黄，发出璀璨光辉，将三万斤的铜鼎直接举过头顶。

人们下意识地看向楚风。

楚风很自然地走过去，直接一脚把铜鼎踢了出去，那尊最大的足有三万七千斤的鼎瞬间离地而起，冲上十米高的半空。众人震撼不已。

到了现在，所有人都知道了，这是一个恐怖的高手。

测试速度时，楚风一秒钟跑出去两百八十六米，将可以飞行的叶轻柔都甩在后面，再次让众人震惊。

"实战！"

在场有三十名工作人员，都是异人，他们将作为陪练来检验众人的战力。

"砰砰砰！"

楚风毫不保留，一路横扫，眨眼间而已，三十名异人全部横飞了出去，没有一人能够站在这里。

"恐怖啊！"一名异人抚着胸口，龇牙咧嘴地道，"只需要能跟我们当中的一个人缠斗片刻就算过关了。"

"不早说！"楚风还真不知道有这回事。

"好，好，好！"老头子走上前去。他知道自己遇到宝了，这个叫楚风的人绝对比白虎还要强。

他认真地打量楚风，道："你可以成为一支队伍的头领，现在就可以在这批人中选一些手下。"

"我想要的是自由，还有对我父母的安全保障！"楚风平静地说道。

"没问题，但你依旧可以选些手下，他们平日里会帮你做事。"老头子在那里笑呵呵地说。

"那好吧，你，还有你，以后跟着我吧。"楚风指向千里眼和顺风耳。

"不要啊！"两人大叫，脸都白了。

"要！"楚风道。

"大哥！"

"老大！"

这两人变脸的速度太快了，他们快速跑来，满脸笑容地要帮他捏肩捶背。

"我也想加入他们。"叶轻柔开口道。她袅袅娜娜地向这边走来，用手拢了拢挡在白皙额头前的波浪卷长发。她的肌肤如象牙般洁白细腻，当然，最吸引人的还是她那一双眼睛，半瞟时，眼波流转，加上鲜艳的红唇，有种千娇百媚之感。

众人都觉得不可思议，叶轻柔名气非常大，为国内排名前五十的高手之一，居然甘愿加入别人的队伍？

就连老头子都很诧异，他原本还想让她独自带领一队人马呢！

不少人看向楚风。这个人刚才动手时迅猛如雷电，果断而霸道，瞬间横扫了三十名异人，绝对可怕。

在人们看来，这等恐怖人物一般很难相处，或个性张扬，或举止疯狂，不见得好说话。

谁知楚风满脸笑容，一点也不故作矜持，非常愉快地点了点头，表示愿意让叶轻柔加入。

一群人看得眼睛发直。

此外，他还转过身，开始驱逐千里眼与顺风耳："你们两个可以走了！"

"啥？"两人顿时傻眼了。

其他人也都一愣，这是在嫌两人碍事？也太直接了吧！

就连叶轻柔都神色微僵，原本甜美动人的笑容都有点不自然了。

"大哥！"

"老大！"

杜怀瑾与欧阳青立马反应过来，扑到近前，一个捶腿，一个捏肩，要多肉麻有多肉麻。有了叶轻柔的加入，他们死也不肯走了，脸皮简直厚到家了。

"那好吧，看你们以后的表现。"楚风点头。

老头子对楚风非常满意，因为其战力太强了，好好培养一番的话，此人以后应该可以对抗兽王。在他看来，这是一颗冉冉升起的新星！

"还需要人手吗？"老头子心情大好，这般问道。

"我也想加入他们。"陈洛言向前迈步，他同样是排名前五十的高手之一。此举顿时让在场的人心颤，这样一支队伍出去，足以横扫其他异人。

就连楚风自己都被震惊了。先是叶轻柔，然后又是陈洛言，他自问还没有这么大的魅力。

"为什么？"他问道。

"因为你足够强，跟你在一起相对会更安全。我想杀进封禅之地！"陈洛言很坦诚地说道。

叶轻柔带着笑，也在点头，显然抱有同样的目的。看得出来，他们也都从其他渠道了解到了目前的形势。

能否成为一支队伍的负责人并不重要，他们在意的是能否活着杀入封禅之地，因此选择一支足够强的队伍是最为关键的。

楚风意识到，这两人都想变得更强，要进封禅之地得异果。

"好，算你一个！"楚风点头。

最终，这支队伍的人员确定了下来——楚风、叶轻柔、陈洛言、千里眼、顺风耳。

"你们跟我来！"老头子对几人格外看重，单独把他们叫走了。

事实上，这几人是他早就盯上的人，这次筛选就是以这几人为主。当然，楚风是个意外，不过却给了他更大的惊喜。

他们走进了一间明亮的地下大厅。

"你们几人的资料、背景，我们都仔细研究过了，完全没有问题。"老头子对叶轻柔、陈洛言几人说道，并且自我介绍，说他叫陆通，负责管理玉虚宫的新人。

"有一篇秘法可以交给你们。"老头子陆通微笑着道。

千里眼杜怀瑾、顺风耳欧阳青都很高兴，这是他们加入玉虚宫的最主要原因，在这里可以提升实力。

叶轻柔笑容很甜，轻语道："是呼吸法吗？"

陈洛言同样非常在意，眼神中带着询问。

"你们有些贪心了，呼吸法太稀有，需要慢慢来。这是一部拳经，也十分非凡，持之以恒地练下去也可以将你们带入某种呼吸节奏中。"陆通答道。

随后，他又叹息道："史地剑宫的确藏有一部呼吸法，可惜被两只白鹤得到了。"

"玉虚宫有呼吸法吗？"叶轻柔问道，她很在意。

"自然有，等你们立下功劳时就能初步接触到了！"陆通说。

他又补充道："其实，各种古武秘籍中都藏着部分呼吸法，但需要你们强大到一定程度才能将其提炼出来。"

随后，在他的示意下，那四人被带走去学拳经，只留下楚风。

老头子陆通转身，将楚风带到另一间石室中。相对来说，这里更为幽静。

"你叫楚风，前阵子一直在卫城山，最近才来雷天城和父母团聚。"陆通看了看书案上的卷宗，在那里来回琢磨。

而后，他猛地抬头，像是想到了什么，非常吃惊地问道："你该不会就是那个牛神王吧？"

"是！"楚风大方地承认。

"真的是你？"陆通吓了一跳，很明显他们也一直在调查牛神王，想知道他究竟是谁。没有想到，大名鼎鼎的牛神王今日主动送上门了。

陆通稍微思忖一下就全明白了，似笑非笑地道："你是怕天神生物的人报复，所以想躲进玉虚宫。"

"我只是担心我的父母，不然我无所顾忌。"楚风相当镇定地说道。这是实话，现在他有这份实力。

"你杀了穆家的人，虽然有些麻烦，但我们玉虚宫是什么地方？根本无惧！"陆通摆了摆手，很霸气地说道。

楚风这个人，他们玉虚宫要定了。他现在就这么强了，日后肯定了不得！

陆通越看楚风越满意，他告诉楚风，可以将父母接到这片大院的地上家属区，那里绝对安全。

楚风露出笑容，连连点头，很满意这个安排。玉虚宫所在地谁敢闯？除非卫城山的白蛇、大林寺的老猿这等狠角色，不然的话，一般的人肯定有来无回。

"如果是其他人，根本不可能有这种优待，一切都需要按功劳来，我现在等于提前支付给你了。"陆通笑眯眯地说道。

这老家伙怎么看都不是那种愿意吃亏的主，楚风被他看得浑身不自在。

"牛神王……真没有想到竟然是你。"陆通在那里叨咕，像是在想着什么。

"那部拳经我也应该有一份吧？"楚风问道，他确实想看一看。

"当然！"陆通很大方地从抽屉里直接取出一份交给他。

楚风看得很仔细，这拳经很怪，的确可以带动某种呼吸节奏，是一个强大的人开创的，但应该不是古武。

很快，他就没多大兴趣了。拳法里面藏着的呼吸法是残缺的，不足以吸引他。不过，他还是佯装郑重，小心翼翼地将拳经收了起来。

"我还想看古武秘籍。"楚风说道。

"那些秘本都很珍贵，一般的人不立功的话没资格看，但今日为你破例！"陆通说道。

随后，他带着楚风走向远处，来到一座地宫前。

这里把守严密，是一处藏经之地。

地宫是石质的，空间很大，内部密室相当开阔，这里有石桌，也有石质书架，但摆放着的书籍并不是很多。

"就这么一点？"楚风惊讶地问。

"这可都是古代珍本，你以为是大白菜啊？就算是我，不立下相应功劳的话，也没有资格翻阅任何一本。"陆通很郑重地说。

楚风仔细看了过去，发现都是珍稀秘本，但最后他只盯上了形意拳拳经，想先从它入手进行研究。

"别乱动，让专人给你取，不然的话秘本会被毁掉。"陆通告诫他。

看样子保存秘本的石质书架有古怪，不简单。

最后，楚风顺利将形意拳拳经取到了手中，可是，他翻看了一下后又皱着眉道："拳经中怎么只有十二形中的三形？"

陆通道："十二形太珍贵，完整无缺的应该只在形意门内有，外面很难找到，玉虚宫几处藏经地加在一起差不多能找到九形。"

"还分开保存？"楚风惊疑地问道。

陆通很郑重地说道："形意拳可不简单，不是什么凡俗武学，它可以通神，这个传承极其厉害。事实上，掌握三形就足够了，过去的老拳师也都只练那么一两形就足够揣摩一生。如果你非要学更多，那么只能立大功，在玉虚宫中的其他几地凑齐九形，真要是练到最高境界，纵横天下，占据一座名山都没问题。"

"完整的拳经在形意门，这个传承还没断绝？"楚风问道。

陆通点头，道："当然，这一门应该灭不了，古武门派都很神秘。"

离开地官时，还得把拳经放回去，陆通告诉楚风，他可以每天来这里参悟，但不能把拳经带走。

"楚风，拳经提前给你看了，你父母的安全也在第一时间有了保障，你是不是也要立下一些功劳啊？"

"不会这么现实吧？我才加入呢！"楚风说道。这老家伙果真不肯吃亏，他对玉虚宫还不熟悉呢，就被催促去建功。

"这件事有点紧迫，没有比你更合适的人了！"陆通的神情无比严肃凝重，让楚风心中一沉。

"你放心，叶轻柔、陈洛言他们都会配合你，跟你共进退！"陆通的语气越发显得郑重。

很快，那四人被找来，看到老头子无比严肃的表情，他们也有点惴惴不安。

"说吧，到底什么事？"楚风问道。

陆通吩咐了一声，一名异人出去了，不久后将周倚天带了进来。

楚风一看就觉得不对劲，心中有种不妙的预感。

陆通介绍道："他是周倚天，目前在帮政府拍一部大型纪录片，再现神话时代来临的大背景，剧中有人族的奋争与崛起过程。如今人心惶惶，需要一部励志纪录片来鼓舞人心，你们要配合他完成。"

楚风暗暗腹诽，不祥的预感果然成真了。

其他几人也在发愣，这是什么事？他们是异人，加入玉虚宫后，第一件事居然是要配合拍什么纪录片？

"各位，我也是不久前被招安的。"周倚天干笑一声。

"怎么说话的呢？！"陆通朝他直瞪眼。

随后，他一手指向楚风，道："真正的牛神王就在这儿，不管你把它定位为神话大剧还是纪录片都没问题了吧？"

"什么，你就是牛神王？"周倚天惊得跳了起来。

旁边，叶轻柔、陈洛言、千里眼、顺风耳也都呆住了，瞪大眼睛，满脸惊容地看着楚风，一副难以置信的样子。

"我怎么感觉自己掉贼窝里了？"楚风说道。

接下来几日，他跟叶轻柔、陈洛言等人被抓了壮丁，配合补拍各种镜头，都快麻木了。直到五天后，拍摄才结束。

"小风啊，你终于回来了。"王静看到他后很高兴，她对这个新家还算满意，因为环境非常好，窗外就是个小湖，附近绿荫成片。

楚风觉得，终于清闲了，这几天真是见鬼了！

临别时，周倚天还跟他说呢，这部大剧要火遍大江南北，其他同类剧哪怕有大牌明星助阵，也照样会被压制。

"小风，我跟你说话呢，听到没有？"王静加大音量。

"啊，听到了。"楚风随口说道。

"听到了就好，已经为你约好明天去和那女孩见面。"王静很满意。

"啥？"楚风惊诧地问。

"相亲啊。"王静说道。

"啊？"

与此同时，另一个小区内，一个年轻女子正在跟人通话，只听她大声喊道："姜洛神，救命啊，你来雷天城了是吧？明天跟我走，用你强大的气场去帮我压制一个人！什么，你问我怎么了？我姑姑自作主张给我安排了一场相亲……你还笑？赶紧过来救驾！"

—— 第⟨49⟩章 ——

相亲

"哈哈……"通信器那一端传来一个女子非常好听却有点肆无忌惮的大笑声。

"气死我了，不许笑！姜洛神，你可是女神，矜持点！喂，从来没见你这么笑过，不许笑，气死我啦！"

楚家。

楚风正在发蒙，相亲？他居然要去相亲？怎么可能啊！他什么时候答应了？刚才？他在走神呢！根本就没有注意到！他这是被王静"偷袭"了！

"妈，您听我说，刚才我正出神呢，没有听到您说什么……"

"跟你说话你竟走神，反了你了！没听清也没关系，我再告诉你一遍，明天去相亲，早跟那边说好了。立刻、马上、现在就去买两件新衣服，打扮得帅气一点，快去，这事就这么定下了！"

王静噼里啪啦一顿数落，直接让楚风没脾气了，他完全招架不住这架势。

这是他妈妈，他没法强势反抗，而且看那架势，再不答应的话他妈就要直接过来揪他耳朵了。

楚风郁闷不已，堂堂异人中的绝顶高手，居然要被逼着去相亲，这要是传出去的话，会被人笑死的。

这事打死也不能说出去，不能让玉虚宫的人知道，楚风暗暗这么决定。尤其是千里眼和顺风耳，都得支远一点，别有事没事跟着自己，在近前晃荡。

现在只要楚风一出动，那两人都要奉命跟随，鞍前马后。可这对他来说，也算是在接受变相的惩罚。

“又发呆，还不快走？”王静催促楚风。

“去哪儿啊？”楚风不情不愿地嘀咕一声。

王静说道：“全家出动帮你去选衣服，都这么大的人了，也不知道好好打扮一下自己。”

楚风拒绝道：“不用了，简单点就行了，我觉得穿T恤就可以，还清凉。”

“不行，得穿得正式点，别让人家挑理。”王静说着，招呼楚致远也一起出门。

“不要啊，这大热天，谁穿那么多啊！”

第二天，天空湛蓝，阳光明媚，不是很热。如果不是城外有几只十几米长的猛禽在空中盘旋的话，那就更加让人心情愉悦了。

这些猛禽的羽翼流动着金属光泽，像是在提醒着人们，一个崭新的时代开始了，异兽已经崛起。

城外，大山耸立，一座接着一座，近在咫尺，甚至在城中较高的建筑上就能够清晰地看到山中血腥的原始景象。

比如，一条大蛇在林地中出没，将巨象缠住，最终吞了下去。

“大哥！”

“老大！”

能这么称呼楚风的只有千里眼杜怀瑾和顺风耳欧阳青，在通信器另一端，他俩凑在一起，殷切地跟楚风套近乎。

“别烦我，今天不要过来，别在我眼前晃荡，离我远一点。”楚风警告他们。

“老大，今天想找你聚餐啊，顶级餐厅。叶轻柔妹妹也在，她今天可是穿了背部镂空装哟，肌肤雪白细腻，赏心悦目。老大，来不来啊？”

这两个家伙一个比一个无耻，即便商量聚餐也说得一副很暧昧的样子。

不过，楚风真动心了，因为这总比去相亲好，他问道：“真是镂空装？”

“哎哟！”通信器另一端传来两人的惨叫声，显然被人收拾了。

叶轻柔在出手教训这两人，她觉得他们说话太混账了。

但是，她接过通信器时并没有发作，反而柔声细语地对楚风说道：“楚哥哥，镂空装哟，来不来？"

千里眼杜怀瑾顿时叫道："麻了，酥了，醉了！"

顺风耳欧阳青更是快流鼻血了，盯着叶轻柔道："他不来算了，我们去！"

"砰砰！"

这两人又飞出去了。

楚风虽然觉得很酥麻，但是也感觉到了叶轻柔话语中藏着的一股杀气，干笑道："今天我有事实在走不开，下次咱们再聚！"

他果断而迅速地结束了通话。

"嘟嘟……"忙音传来，叶轻柔那双非常娇媚的弯眉都快倒竖起来了，雪白的牙齿咬着鲜艳红唇，道，"居然有人主动挂我通信器！"

楚风没有穿那所谓的正装，从家中逃出后，他被王静在后面追了十几米远。最终得益于他跑得飞快，王静只得无奈返回。

"青云大厦八十八层？"楚风相当头痛。第一次见面至于吗，王静居然订了这样一个地方，太奢侈了。

要是他自己的话，直接找个连锁咖啡店就是了，简单而且易于出行。

青云大厦地处一处商圈中心，附近繁华而热闹，商场、餐饮、娱乐等应有尽有。

"这个地方不错，那个人还是用心了。千语，估计你爸妈会满意，说不定是个金龟婿哟！"青云大厦门口站着两个身材婀娜有致的女子，其中一个女子轻笑着，戴着的太阳镜将半张脸都挡住了。

"姜洛神，你再取笑我，就别怪我不客气，小心我在这里大喊，让所有人都围住你。"另外一个女子亭亭玉立，身材超好，肤色白皙，却气鼓鼓地瞪着一双大眼睛。

"夏千语你真是不识好人心，我这是帮你分析呢，这家伙应该很在意你，所以第一次见面就选这种地方，你可不能一见面就冷落人家。"姜洛神笑嘻嘻地说。

虽然被太阳镜挡住了半张面孔，但看得出她皮肤雪白晶莹，红唇贝齿，整个人都显得很阳光。

"你快气死我了，从见面就开始调侃我，一点也不帮我分忧。都怪我姑姑，干吗这么积极，我都没做好心理准备。"

夏千语素面朝天，看起来还像是一个学生，有一种清纯的美，只是现在，她正气得磨牙。

"你是咱们班第一个相亲的哟，如果传出去……那画面真美！"姜洛神总是在笑，她还在不断挤对身边的女伴，一副根本停不下来的样子。

"别说了，关键时刻发挥你的气场，给我震慑住他，让他知难而退，你就算完成任务了！"夏千语嗔怒道。

两人逛完街，快速步入大厦，没敢在人多的地方久留，并且姜洛神还戴上一个大口罩，这下算是彻底遮挡严实了。

两人步入位于八十八层的餐厅，来到预订的桌位。

在这里俯瞰城外，大山间的景物清晰可见，甚至站在窗边就能欣赏到空中的猛禽搏杀，地上的巨兽奔腾，那景象实在壮观。也正是因为如此，来这里用餐的人更多了。

"洛神，你这次来雷天城做什么？"坐下后，夏千语问旁边的同学兼好友。

"还不是为了那头苍狼王，我们菩提基因想了解它到底是怎么失去神觉的，想弄清楚后加以借鉴。"她轻声说道。

两人关系不一般，连这种事都无须隐瞒。

姜洛神问道："对了，你参演的那部末世大剧怎么样了？那么多的大牌，这次你想不爆红都不行，到时候别忘了给我签名哟！"

"去去去，少打趣我。不过这次多亏你牵线介绍，不然的话我怎么能混得进去，的确是大牌云集啊！这次可把我累惨了，还好终于杀青了。"

夏千语说着，看得出尽管很累，但她心情不错，很期待这部大剧。

"那个……导演没打你的歪主意吧……"姜洛神大眼睛滴溜溜地转着，压低声音神秘兮兮地问道。

夏千语顿时出手打她，道："你太讨厌了，找打吧？！你介绍我去的，也有人敢打我的主意？哼！私下里没有一点女神的样子。不过，还真有一个副导演很色，很讨厌！"

"我听说这部剧里临时加进去不少重要角色，都是为了照顾关系户，这不是毁剧嘛！"姜洛神说道。

正如夏千语所说，私下里她很放得开，除了姿色外，言语一点也不像女神。

"是啊，比如说林家的那位少奶奶许婉怡，一开始都没去过剧组，就最后补了一些镜头，真是的！"夏千语连连摇头。

"没关系，你的戏份不算少，这么清纯的小丫头，我见犹怜，到时候绝对能秒杀那帮老男人！"姜洛神很霸气地说道，并且还伸手去抚摸夏千语光滑柔嫩的脸。

夏千语快速拍掉她的手，并奚落道："你这女色狼，还是不是女神啊？太不成样子了！要是被人看到估计下巴都要惊得掉在地上。"

她梳着学生头，肤色白皙，大眼清澈，的确还像是个学生，有一种特别的清纯美。

"拍了那么久，你一定很累吧？"姜洛神问道。

"是很累，我要好好休息两个月。说起来也正是因为这段时间我不在，我姑姑才自作主张，真是气得我想立刻回南方去，不住在雷天城了。"夏千语忍不住抱怨起来。

随后，她看了看时间，道："咦，这个人怎么还不来？难道还要让我们等他不成？"

"一会儿我直接吓唬他？"姜洛神问。

"不，如果他很明事理，我跟他说开就行了，就当结识个普通朋友。就怕是一个觉得自己了不起的人，盛气凌人，那时就要靠你出面了，散发出霸王之气，将他震飞出去。"夏千语笑嘻嘻地说。

"没问题，到时候看我的霸王神拳！"姜洛神挥手道。

刚出现在青云大厦下面，楚风就吓了一跳，因为他看到了千里眼和顺风耳正帮叶轻柔开车门呢，他心中顿时生出一种不祥的感觉。

"还好没向这边来！"最后，他擦了把汗水，赶紧走进大厦。

楚风来到八十八层，寻到桌位，一眼就看到两个大美女，当真是赏心悦目。

虽然有一个美女全副武装，用太阳镜、口罩将自己捂得十分严实，但他能感觉到她气质不俗，应该不是一般的女人。

楚风没什么可紧张的，他上前打招呼，而后笑着赔罪，说是路上堵车来晚了。

"没事，我们也才到，请坐吧。"夏千语微笑着开口。

两人也在打量楚风，即便以她们见惯俊男美女的眼光来看，也觉得这个人相貌还算不错。只是见他没穿正装，她们多少觉得有点意外。

相亲，无论是对楚风还是对夏千语来说都是人生第一遭，虽然不至于紧张，但还是觉得特别别扭，所以两个人在那里有一搭没一搭地说着，都是些无聊的话题。

姜洛神在旁边看着直乐，偏偏还一副与己无关的样子，托着下巴在那里看笑话。

夏千语恨得咬牙，觉得这真是一个损友。

"这是……你朋友？怎么这副打扮？"楚风觉得很怪，这个女人一直都不吭声，太古怪了。

夏千语气姜洛神不帮忙，还在那里看笑话，果断进行报复，道："别怪她，她得了异禽流感，现在眼睛红肿，还不断流鼻涕，所以只能这么遮掩起来。"

异禽流感？姜洛神眼睛都瞪圆了，那可是异禽传播开来的疾病，人很难感染，她居然被这么污蔑。

"有病得治。这么严重，不该出来的。"楚风点头，还是在随口应付。

夏千语点头，道："是啊，回头我就带她去打异禽针。她是我的好朋友，对我格外关心，这次过来看看。"

什么有病得治，怎么像骂人啊？还要去打恶心的异禽针？姜洛神觉得自己在被两个人挤对，顿时不满了。

"听我姑姑说，你前阵子一直很忙？"

夏千语对这个初次相见的男人的印象还算马马虎虎，最起码相貌说得过去，不过总是说些无聊的话也太尴尬了，她想转移话题。

"前几天的确很忙。"

楚风略微有些出神，那几日他居然被抓去拍戏了！

尤其是想到周倚天在那里拍着胸脯跟他们保证这部剧要大红大紫，他就感觉脸上火辣辣的。

一个破导演，一群不专业的演员，这也能行？如果无法上映也就罢了，要真能播出来的话……楚风觉得前方一片灰暗。

他太担心了，真要是让熟人看到他参演一部烂剧，那可丢人丢到家了。

这一刻，他走神了。

"你都忙些什么？"夏千语随口问道。

"拍戏。"楚风想也不想就这么说了出来，因为他正出神呢，担心周倚天拍的纪录片真的会顺利上映。

"啊？"别说夏千语了，就连姜洛神都惊讶出声，暗道：难道遇到圈内人了？这世界未免太小了吧？夏千语有点犯嘀咕，这事万一要传出去就麻烦了，两个圈内的人这么相亲会闹笑话的。

她多少有些不自在，快速将这个人记下，准备回头了解一番。

姜洛神也在惊诧地打量着楚风，她觉得太巧了，没想到竟能遇上同行，她看着两个圈内人相亲，忍不住笑出了声。

夏千语掐她，在心中暗暗骂她，都什么时候了还在取笑人啊，好同学也不帮忙解围，就这么坐着实在尴尬。

楚风说完就后悔了，这种事怎么能乱说呢，所以他也不能淡定了，心绪相当不平静。

"真是让人惊喜。那你的工作量大吗？"姜洛神终于开口了。她的声音有些沙哑，这自然是故意的，她还不想暴露。

接下来，她举止优雅，言语也得体，没有直接询问，而是在旁敲侧击，问楚风的工作量以及其他问题，以此来推断他的戏份足不足。

姜洛神确信自己从未听闻过这个人，猜测他多半是刚出道，能演个男五号就很不错了。

她说话很有技巧，有意抬高楚风，没提什么配角的事。

"对呀，你的工作量很大吗？"夏千语回过神来，她觉得姜洛神很聪明，可以这么问。

"工作量很大，天刚蒙蒙亮就开始，一直要拍到深夜。"楚风实话实说，相当坦诚。

但是，听在两个美女耳中，完全不是那么一回事。

能有这么多的戏份？夏千语不太相信，新人会有这种待遇吗？

姜洛神不再那么委婉了，她觉得刚才的旁敲侧击对方没有领会，便柔和地笑着，直接询问道："你演的是男几号？"

“男一号。”楚风很实在地答道。

夏千语刚刚很淑女地喝下一小口柠檬水，听到这里后差点呛到自己。

一个刚出道的新人就演男一号？

这也太不可信了吧，真当她不懂行啊，再怎么说她也算是初步踏入这个圈子了。她鼓着嘴，瞪着清澈的大眼，在那里轻声咳嗽。她觉得这男人有点浮躁，不是很靠谱。

“真是了不起，居然是主演。”姜洛神微笑着说。

可惜她戴着口罩与太阳镜，不然的话肯定会娇艳无比。

夏千语好不容易咽下那口水，总算没有咳出来，她附和道：“是啊，真是不一般！”其实，她这是在讽刺楚风呢，觉得他吹牛皮不打草稿。

楚风哪里知道她们是圈内人士，还在实话实说呢，边说边吐苦水。

“其实我真不愿意去演，可没办法。”

他想到这几天的遭遇，实在觉得哭笑不得。他一个异人中的绝顶高手居然去拍戏，想一想就觉得不可思议。

真不知道这部剧万一上映后会出什么事情呢！

当时，玉虚宫的陆通大义凛然，说现在跟末世来临一般，需要一部真实的纪录片激励民众，楚风是牛神王，必须帮忙，推脱不了。

楚风摇了摇头，略微叹气。

听到他这么说，又看到他这个动作，两个大美女都不淡定了！

尤其是夏千语，她能拍戏多亏大学同学姜洛神的牵线照顾，不然的话她现在已经找个地方正常上班去了。

除了极其漂亮，成绩好，她的家境其实一般。

即便有女神这层关系她也不可能成为主演，只是个戏份还算足的配角而已。结果眼前这个家伙居然在她面前嘚瑟，说不愿意演男一号，骗鬼去吧！

夏千语很生气，觉得这人太不实在，谎话连篇，还真想将她当成无知少女蒙骗，而后好“为非作歹”吗？太可恶了！

姜洛神也觉得这个人心地不纯，想来这里蒙骗她们两个清纯小姑娘，本性有些坏。

“你拍的是什么戏？”她不再客气了，直接刨根问底。

"一部末世励志剧。"楚风说道。

姜洛神略微有些讶异，觉得这个人还算懂些门道，没乱说，因为夏千语参演的也是这种剧。

因为，天地剧变来临，在这秩序初步重塑的阶段，谁还有心情拍什么肥皂剧啊！现在无论是政府还是一些大财团，都在拍格调激昂、奋发向上的末世剧，想激励大众。

夏千语的发型本来就像学生的，此时她瞪着大大的眼睛，一副气鼓鼓的样子，越发显得清纯。她觉得这个人太坏了，仗着懂些门道就要一条路走到黑，死不悔改！

楚风丝毫不知，他竟然在跟两个圈内的美女"切磋"。

"是哪位导演拍的？"姜洛神问道，她的嗓音即便是沙哑的也很好听。

"算了，不说这些了！"楚风摇头，他真不想提周倚天，这个不靠谱的导演，据闻在他们那个圈子里都闹出笑话了。

这种话太敷衍，两个美女彼此相视一眼，都觉得这人很可恶，非常不靠谱，还是趁早结束交谈，赶紧走人吧。

"未来的巨星，祝你这部剧大获成功，到时候别忘了给我签名哟。"姜洛神带着笑说道。

"扑哧！"夏千语忍不住笑了，她也跟着调侃道，"大明星，你的星途注定很璀璨，为什么这么急着相亲呀？"

楚风瞟了她和姜洛神一眼，道："这世道不太平，像末世似的，我爸妈想早点抱孙子，火急火燎地安排我相亲，我抗拒不了。"

他早就觉察出来了，这两人对他有成见，所以最后他坦诚得有点吓人。

想早点抱孙子？

两个美女都被吓了一大跳，这也太直接了吧，生孩子那种事离她们非常遥远，相亲时听到实在有些惊悚。

"光顾着说话了，我们还没有点菜，来来来，别客气，看看想吃些什么。"楚风带着笑。

他觉得，也算是完成这次的相亲任务了，他可不管这两人是否对他有成见，反正他说的那些都是实话，就当找了两个倒苦水的对象吧！

他一直觉得那部励志大片像个地雷，说不定什么时候就会引爆了！

"算了吧，我们还有事，不饿呢。而且，我觉得这次……"夏千语组织语言，决定将事说开，他们到此为止，以后不再联系，这个人如果不识相，那就让姜洛神散发霸王之气压制他。

但就在这时，楚风摆在桌上的通信器响了，来电显示是一个名字——林诺依。

姜洛神惊异万分，这个名字对她来说太熟悉了，从某种意义上来说，她们是竞争对手。

夏千语也面露异色，因为她对这个名字也不陌生。

卫城山一战前，林诺依的一张侧身照流传出来都曾掀起不小的波澜，许多人都认为她实在绝美。

而在白蛇岭大战后，她的人气就更高了，直追姜洛神！单以颜值来论，两人不相上下。

姜洛神、夏千语彼此看了一眼，并不认为打电话的是真正的林诺依，反倒怀疑楚风是故意弄了这样一个联系人。这男人实在太坏了！

楚风对两人说了声不好意思，然后起身接通通信器，轻声唤了一声"诺依"。

"你在忙什么？"林诺依问道，可以感觉到，她心情不错。

"相亲。"楚风鬼使神差地吐出了这两个字，然后他就后悔了。

通信器那一边，林诺依先是一愣，而后笑了，平和地说道："真有意思，那你继续吧。"

她快速结束通话。

这都什么事啊？楚风站在那里，有些出神。

"天神生物的林诺依相当惊艳，想不到你的通信器里也有个同名同姓的人。"姜洛神笑着道，最后更是补了一句，"我看你神色异样，略有怅然，刚才通话的人不会是你前女友吧？"

楚风有些出神，没有立刻回应。

在夏千语看来，这人太能装深沉了，还真想让人误会那就是传说中的林诺依？

"嗯，曾经有可能，现在关系也很好。"楚风没头没脑地说了这么一句。

夏千语立马不淡定了，他这是在暗示他认识真正的林诺依吗？

就连姜洛神也觉得不能忍了，得用身份吓唬他一下，免得这个骗子不知道天高地厚，以后纠缠夏千语。

姜洛神果断摘下口罩，露出了半张白皙而晶莹的脸，容貌十分完美，这么近距离仔细看的话完全可以认出她是谁。

其实，楚风要是提前开启神觉的话，早就知道了。

可是，不遮掩神觉与气息的话，他的身体会变得晶莹并散发香气，而且就算是数百米外蚊子振翅的声音他都能捕捉到，就更不要说各种杂音了。

在城市中，这种体验太糟糕！

现在，楚风一眼就认出了姜洛神。

在白蛇岭大战时，他们还近距离打过照面，并简单交谈过几句，当时吃过他羊肉串的卢诗韵也在场。

只是那个时候他是牛神王，并没有露出真身，所以哪怕现在相遇，姜洛神也不认识他。

楚风相当镇定，并未被女神的气场所压，而且还上下看个不停。绝色当前，以他的性格来说，哪会放过这一次近距离欣赏的机会。

他上下打量着姜洛神，从白皙而绝美的脸颊到雪白的脖子，再到腿部，全都没放过。

什么情况？夏千语有点傻眼了！姜洛神没有镇住这个家伙不说，还在被那个人的眼睛"调戏"呢！

姜洛神惊诧极了，这人太镇静了吧？见到她不说脸红心跳，最起码面上也得有些波澜才对。

突然，楚风面色一变！

他看到了千里眼、顺风耳和叶轻柔，他们三人居然也走进了这家餐厅。这让他有点头痛。

第一次相亲就被熟人发现的话，那也太糗了。尤其是杜怀瑾与欧阳青那两个无耻的家伙肯定会像大喇叭一样四处宣扬，那样的话……楚风光想一想就浑身哆嗦，想以头撞墙。

事实上，早先在青云大厦下面看到他们的时候，楚风就有过不祥的预感，没有想到现在成真了，他们最终都来到同一家餐厅。

楚风心虚地向叶轻柔那边看了一眼，而后快速将姜洛神放在桌面上的口罩取了过来，戴在自己的口鼻上。

夏千语直接呆住了，什么意思？

这人胆大包天，这是在戏弄姜洛神吗？

姜洛神白皙的额头上更是青筋暴起，烈焰般的红唇间那晶莹贝齿直接开始磨上了，她气得在磨牙！

要知道那可是她刚刚戴过的口罩，曾经跟她的红唇、琼鼻贴在一起，结果就这么被一个男人直接戴上了？

他的胆子太大了！

姜洛神被气到了，这是在戏弄她吗？

（本册完）

《异人崛起》第3册6月上市！敬请关注！